Annie Ernaux · Sich verlieren

ANNIE ERNAUX

Sich verlieren

Die Geschichte einer Obsession

Aus dem Französischen von
Gaby Wurster

Goldmann Verlag

Die französische Originalausgabe erschien 2001
unter dem Titel »Se perdre« bei Éditions Gallimard, Paris.

Umwelthinweis
Dieses Buch und der Schutzumschlag
wurden auf chlorfrei gebleichtem Papier gedruckt.
Die Einschrumpffolie (zum Schutz vor Verschmutzung)
ist aus recyclingfähiger und umweltfreundlicher PE-Folie.

2. Auflage

Satz: Uhl + Massopust, Aalen
Druck und Bindung: GGP Media, Pößneck
Printed in Germany
ISBN 3-442-31003-2
www.goldmann-verlag.de

Voglio vivere una favola.
(Ich will ein Märchen erleben.)

Anonyme Inschrift auf einer Treppenstufe
der Basilika Santa Croce, Florenz

Am 16. November 1989 rief ich auf der sowjetischen Botschaft in Paris an. Ich verlangte Monsieur S. Die Telefonistin antwortete nicht. Es folgte ein langes Schweigen, dann sagte eine Frauenstimme: »Wissen Sie... Monsieur S. ist gestern nach Moskau abgereist.« Ich legte sofort auf. Mir war, als hätte ich diesen Satz schon mal am Telefon gehört. Es waren nicht dieselben Worte, aber sie hatten denselben Sinn, beinhalteten dasselbe Maß an Grauen und dieselbe Unmöglichkeit, diese Worte zu glauben. Danach erinnerte ich mich an die Nachricht vom Tod meiner Mutter vor dreieinhalb Jahren. Der Krankenpfleger hatte gesagt: »Ihre Mutter ist heute Morgen nach dem Frühstück verschieden.«

Einige Tage zuvor war die Berliner Mauer gefallen. Die Regimes, die die UdSSR in Europa eingesetzt hatte, kamen eines nach dem anderen ins Wanken. Der Mann, der nun nach Moskau zurückgekehrt war, war ein loyaler Kader der UdSSR, ein russischer Diplomat auf einem Posten in Paris.

Kennen gelernt hatte ich ihn im vergangenen Jahr auf einer Autorenreise nach Moskau, Tiflis und Leningrad; er war unser Reisebegleiter. Die letzte Nacht in Leningrad verbrachten wir zusammen. Danach führten wir unsere Beziehung in Frankreich fort. Es war wie ein Ritual: Er rief mich an, fragte, ob er am Nachmittag oder Abend kommen könne, manchmal auch, ob ich am nächsten Tag oder in zwei Tagen

Zeit hätte. Er kam und blieb ein paar Stunden, in denen wir uns liebten. Dann ging er wieder, und ich lebte nur in Erwartung seines nächsten Anrufs.

Er war sechsunddreißig Jahre alt. Seine Frau arbeitete als seine Sekretärin bei der Botschaft. Seine Laufbahn, von der ich bei jedem Treffen ein Stückchen mehr erfuhr, war die klassische Karriere eines Apparatschik. Eintritt in den Komsomol, dann die KPdSU, Stationierung auf Kuba. Französisch sprach er flüssig und schnell und mit einem deutlichen Akzent. Er war zwar ein getreuer Anhänger Gorbatschows und der Perestroika, doch wenn er getrunken hatte, trauerte er der Breschnew-Zeit nach und verhehlte auch seine Verehrung für Stalin nicht.

Über seine Tätigkeit, die offiziell kultureller Natur war, sprach er nie. Heute wundere ich mich, dass ich ihm nicht mehr Fragen gestellt habe. Auch werde ich nie erfahren, was ich ihm bedeutet habe. Sicher weiß ich nur, dass er mich begehrt hat. Er war in jeder Hinsicht ein heimlicher Geliebter.

Während dieser Zeit schrieb ich nichts außer Artikel, um die mich Zeitschriften baten. Einzig mein privates Tagebuch, das ich seit meiner Jugend unregelmäßig führe, blieb der wahre Ort meines Schreibens. Indem ich erotische Gesten und Worte verzeichnete, konnte ich das Warten auf das nächste Treffen ertragen und die Freude über das vergangene Treffen verdoppeln. Vor allem konnte ich so das Leben retten, konnte es vor dem Nichts retten, das dennoch immer näher kam.

Nach S.s Abreise aus Frankreich schrieb ich ein Buch über diese Leidenschaft, die ich erlebt hatte und die immer noch in mir lebte. Ich schrieb das Buch mit einigen Unterbrechungen, ich beendete es 1991, 1992 erschien es: *Eine vollkommene Leidenschaft*.

Im Frühjahr 1999 fuhr ich nach Russland. Seit meiner Reise im Jahr 1988 war ich nicht mehr dort gewesen. S. habe ich nicht wieder gesehen, es war mir egal. In Leningrad, das nun wieder St. Petersburg heißt, konnte ich mich nicht an den Namen des Hotels erinnern, wo ich die Nacht mit ihm verbracht hatte. Ein paar Worte Russisch, die ich noch kannte, waren während meines Aufenthalts der einzige Beweis für die Wirklichkeit dieser Leidenschaft. Ohne es zu wollen, versuchte ich andauernd und auf ermüdende Weise, die kyrillischen Buchstaben auf Schildern und Werbeplakaten zu entziffern. Ich war erstaunt, dass ich die Worte und dieses Alphabet kannte. Der Mann, für den ich das alles gelernt hatte, existierte nicht mehr in mir, und es war mir egal, ob er lebte oder tot war.

Im Januar, Februar 2000 las ich wieder meine Tagebücher aus den Jahren meiner Leidenschaft für S. Fünf Jahre lang hatte ich sie nicht aufgeschlagen. Aus Gründen, die hier nichts zur Sache tun, waren sie an einem Ort unter Verschluss, unerreichbar für mich. Ich merkte, dass es auf diesen Seiten eine andere »Wahrheit« gibt als die, die *Eine vollkommene Leidenschaft* enthält. Es ist etwas Rohes, Schwarzes, Heilloses, eine Art »Oblation«. Ich dachte, dass auch dies an den Tag gebracht werden müsste.

Ich habe den Originaltext nicht verändert und auch nichts gestrichen, als ich ihn am Computer erfasste. Die Worte, die auf dem Papier niedergeschrieben sind und Gedanken und Gefühle eines bestimmten Momentes einfangen, sind für mich genauso unwiderruflich wie die Zeit – sie selbst *sind* die Zeit. Der einzige Unterschied: Ich verwende Initialen, um den betreffenden Personen nicht zu schaden und um das Objekt meiner Leidenschaft zu benennen – S. Nicht, dass ich glaube, auf diese Weise seine Anonymität wahren zu können – das ist sicherlich eine eitle Illusion –, aber die Verfremdung durch das Initial scheint dem zu entsprechen, was dieser Mann für mich war: eine Figur des Absoluten, ein Vertreter dessen, das »namenloses Grauen« hervorruft.

Die äußere Welt ist auf diesen Seiten fast nicht präsent. Auch heute erscheint es mir wichtiger, Tag für Tag die Gedanken, die Gesten und all die Details zu notieren, die diesen Roman des Lebens, diese Leidenschaft ausmachen – angefangen von den Socken, die er bei der Liebe anbehielt, bis hin zu dem Wunsch, in seinem Auto zu sterben – als die aktuellen Ereignisse, die ich außerdem in Archiven nachlesen kann.

Ich weiß, dass ich dieses Tagebuch als eine Art innere Verjährung veröffentliche, ohne Rücksicht darauf zu nehmen, was er, S., empfinden könnte. Mit gutem Recht könnte er es für einen Missbrauch meiner literarischen Möglichkeiten halten, ja sogar für Verrat. Doch ich nehme an, er wird nach außen hin darüber lachen oder sich verächtlich äußern. Zum Beispiel: »Ich habe sie nur getroffen, um sie zu vögeln.« Ich würde mir jedoch wünschen, er akzeptierte – auch ohne es zu verstehen –, dass er während all dieser Monate ohne sein Wissen für mich das so wunderbare und so schreckliche Prinzip der Begierde, des Todes und des Schreibens gewesen war.

Im Herbst 2000

1988

Dienstag, 27. September

S. ... So viel Schönheit! Genau das gleiche Verlangen, die gleichen Dinge wie damals, 58 und 63 mit P. Und der gleiche Dämmerzustand, fast eine Starre. Drei Szenen lösen sich heraus:

Am Sonntagabend in seinem Zimmer, wir saßen nebeneinander, berührten uns, sagten nichts, waren uns einig und wollten beide das, was kommen sollte und was nur noch von mir abhing. Jedes Mal, wenn er seine Zigarette im Aschenbecher auf dem Boden abstreifte, strich seine Hand an meinen ausgestreckten Beinen vorbei. Vor allen. Wir plauderten, als sei nichts. Dann gehen die anderen (Marie R. Irène, R. V. P.), nur F. verharrt, er wartet, dass auch ich gehe. Wenn ich jetzt S.s Zimmer verlasse, habe ich nicht mehr die Kraft zurückzukehren; das weiß ich. Dann geht alles sehr schnell. F. ist draußen, oder fast, die Tür ist offen; mir ist, als würden S. und ich uns in die Arme fallen, als würde sich die Tür schließen. (Wer hat das gemacht?) Wir stehen im Eingang, mein Rücken an der Wand schaltet das Licht ein und aus. Ich muss mich woanders hinstellen. Ich lasse Regenmantel, Tasche, Kostümjacke fallen. Er macht das Licht aus. Eine Nacht beginnt, die ich mit absoluter Intensität erlebe. Dennoch will ich ihn nicht wieder sehen. Wie immer.

Zweite Szene: Montagnachmittag. Ich habe gerade meinen Koffer gepackt, da klopft er. Wir liebkosen uns gleich hinter der Tür. Er begehrt mich so, dass ich auf die Knie gehe und es ihm ausgiebig mit dem Mund besorge. Er verstummt, dann murmelt er mit seinem russischen Akzent nur noch meinen Vornamen wie eine Litanei. Mein Rücken an der Wand, Dunkelheit (er will kein Licht), Einssein.

Letzte Szene: Im Nachtzug nach Moskau. Wir küssen uns am Ende des Waggons, mein Kopf neben einem Feuerlöscher, wie ich später bemerkt habe. All das in Leningrad.

Keine Vernunft meinerseits, keine Hemmungen, auch keine Zweifel. Etwas fängt wieder von vorn an. Ich mache die gleichen Fehler wie früher, und es sind keine Fehler mehr. Es ist nichts als Schönheit, Leidenschaft, Lust.

Seit meinem Rückflug gestern versuche ich zu rekapitulieren, was vorgefallen ist, aber alles entzieht sich mir. Als hätte es außerhalb meiner Selbst stattgefunden. Sicher ist nur: Am Samstag in Zagorsk bei der Besichtigung des Ikonenmuseums, mit Filzschlappen an den Füßen, fasst er mich für einige Sekunden an der Taille, und ich weiß sofort, dass ich mit ihm schlafen würde. Doch woher kam meine Lust? Essen mit Tschetwerikow, dem Präsidenten der VAAP [Agentur für Urheberrechte der UdSSR], S. ist weit weg von mir. Abfahrt nach Leningrad im Schlafwagen. In jenem Moment habe ich Lust auf ihn, aber es geht nicht, und es stört mich nicht. Ob es nun stattfindet oder nicht, kümmert mich nicht. Am Sonntag Besichtigung von Leningrad. Dostojewskij-Haus am Morgen. Ich glaube, ich habe mich getäuscht, was meine Anziehungskraft auf ihn angeht, und denke nicht mehr daran. (Sicher?) Essen im Hotel *Europa,* sitze neben ihm; aber wir saßen auf der Reise immer mal nebeneinander. (In Georgien saß er einmal neben mir, und ich wischte meine nassen Hände ganz spontan an seiner Jeans ab.) Besuch der Eremitage, dort sind wir nicht oft zusammen. Rückkehr über eine Brücke über die Newa, wir sind zusammen, stützen uns auf die Brüstung. Abendessen im Hotel *Karelia,* wir sitzen weit voneinander entfernt. R. V. P. drängt ihn, mit Marie zu tanzen, es ist ein Steh-Blues. Dennoch weiß ich, dass er mich genauso begehrt.

Eine Episode hatte ich fast vergessen: Bei der Ballettaufführung vor dem Essen sitze ich neben ihm, denke nur daran, wie sehr ich ihn will; vor allem im zweiten Teil, *Die drei Musketiere* im Broadway-Stil. Die Musik habe ich heute noch im Ohr. Ich sage mir: Wenn mir der Name von Célines Lebensgefährtin, einer Tänzerin, wieder einfällt, schlafen wir zusammen. Er fällt mir ein: Lucette Almansor.

Er lädt uns zum Wodka in sein Zimmer ein und richtet es ganz offensichtlich so ein, dass er neben mir sitzt – das ist ziemlich schwierig; er muss F. vertreiben, denn F. will auch neben mir sitzen; er ist hinter mir her. Und da weiß ich es, fühle es, bin sicher. Alles reiht sich perfekt aneinander, das Einverständnis, die Kraft des Verlangens, das keine großen Worte braucht, das Zusammenspiel alles Schönen. Und dann diese »ausgesetzten« Sekunden, da sich die Vereinigung neben der Tür vollzieht. Sich aneinander klammern, sich küssen, dass man daran sterben möchte, er reißt mir den Mund, die Zunge aus, drückt mich an sich.

Sieben Jahre nach meiner ersten Reise in die UdSSR – eine Offenbarung in meinem Verhältnis zum Mann – einem einzigen Mann, er, kein anderer. Wie früher Claude G., dann Philippe. Und diese Erschöpfung. Er ist sechsunddreißig, sieht wie dreißig aus; er ist groß (ohne Absätze bin ich neben ihm klein), zierlich, grüne Augen, hellbraune Haare. Das letzte Mal dachte ich im Bett nach der Liebe mit ein wenig Traurigkeit an P. Nun denke ich nur daran, S. wieder zu sehen und diese Geschichte bis zu ihrem Ende zu leben. Und wie 1963 Philippe, kam auch er an einem 30. September nach Paris.

Donnerstag, 29. September

Manchmal sehe ich sein Gesicht vor mir, aber sehr flüchtig. Nun verliert es sich. Ich sehe seine Augen, den Schwung seiner Lippen, seine Zähne. Nichts bildet ein Ganzes. Nur seinen Körper kann ich nachvollziehen, seine Hände noch nicht. Die Lust frisst mich auf, dass ich heulen könnte. Ich will die vollkommene Liebe, wie ich beim Schreiben von *Das Leben einer Frau* das vollkommene Schreiben zu erreichen glaubte. Und die Vollkommenheit gibt es nur in der Hingabe, in der Aufgabe jeder Vernunft. Es hat schon gut angefangen.

Freitag, 30. September

Er hat noch nicht angerufen. Ich weiß nicht, wann genau sein Flug ankommt. Er ist einer dieser leicht schüchternen, großen blonden Männer, die sich durch meine Jugend zogen und die ich schließlich zum Teufel geschickt habe. Aber jetzt weiß ich, dass nur sie mich halten und glücklich machen können. Warum diese stille Übereinstimmung an jenem Sonntag in Leningrad, wenn alles zu Ende sein soll? Im Grunde glaube ich nicht, dass wir uns nicht sehen.

Aber wann?

Samstag, 1. Oktober

Es war Viertel vor eins. Der Flug hatte drei Stunden Verspätung. Schmerzvolles Glück: Wenn er nicht angerufen hätte, wäre es im Grunde das Gleiche gewesen. Es ist die gleiche quälende Spannung. Das kenne ich, seit ich sechzehn bin: G. de V., Claude G., Philippe, die drei Wichtigsten; später P.

Ist es »die schöne Liebesgeschichte«, die nun beginnt? Ich habe Angst, mit dem Auto zu verunglücken (heute Abend auf der Strecke Lille – Paris), Angst vor allem, was mich daran hindern könnte, ihn wieder zu sehen.

Sonntag, 2. Oktober

Müdigkeit, Starre. Nach der Rückkehr aus Lille vier Stunden geschlafen. Haben uns zwei Stunden in Davids kleiner Wohnung geliebt. [David und Eric sind meine Söhne.] Blaue Flecke, Lust und immer der Gedanke, diese Augenblicke auszunützen, vor dem Aufbruch, vor der Ermattung. Vor der schrecklichen Angst: »Ich bin zu alt.« Aber mit fünfunddreißig Jahren hätte ich auch auf eine schöne Fünfzigjährige eifersüchtig sein können.

Parc de Sceaux, die Teiche, die Luft kühl und feucht, der

Duft der Erde. 1971 war ich hier und bereitete mich aufs Examen vor; damals hätte ich nie gedacht, dass ich einmal mit einem sowjetischen Diplomaten in diesen Park gehen würde. Schon sehe ich mich in ein paar Jahren den heutigen Spaziergang noch einmal machen, wie vor einem Monat in Venedig in Erinnerung an 63.

Er mag dicke Autos, Luxus, Beziehungen, er ist nicht sehr intellektuell. Selbst das ist ein Rückschritt, das verhasste Bild meines Mannes, das hier sehr sanft und positiv ist, weil es auf eine Zeitspanne meines vergangenes Lebens verweist. Auch im Auto mit ihm habe ich keine Angst.

Wie soll ich es anstellen, dass sich meine Zuneigung nicht zu schnell offenbart? Dass er sich hin und wieder meiner nicht so sicher ist?

Montag, 3. Oktober

Gestern Abend hat er angerufen. Ich schlief schon. Er wollte kommen. Es ging nicht, Eric war hier. Unruhige Nacht. Was soll ich mit diesem Verlangen machen? Vor allem heute, wo ich ihn nicht sehen werde? Ich weine vor Begierde, vor diesem absoluten Hunger, den ich nach ihm habe. Er repräsentiert den Teil meiner Selbst, der »am weitesten gekommen ist«, auch meinen erwachsensten Teil. Er ist kaum intellektuell, er mag dicke Wagen, Musik beim Autofahren, will »etwas hermachen«. Er ist »der Mann meiner Jugend«, blond, ein wenig derb (seine Hände, seine viereckigen Nägel), der mich glücklich macht vor Lust und dem ich die fehlende Intellektualität nicht mehr vorwerfen will. Außerdem muss ich wirklich mal schlafen, ich bin am Rande der

Erschöpfung und bin nicht mehr in der Lage, etwas zu tun, egal, was. Trauer und Liebe sind für mich, in meinem Kopf, in meinem Körper, ein und dasselbe.

Chanson von Édith Piaf, *Mon Dieu:* »Mein Gott, lass ihn mir noch ein bisschen, einen Tag, zwei Tage, einen Monat... Zeit, um sich zu lieben und zu leiden...« Je älter ich werde, desto mehr gebe ich mich der Liebe hin. Krankheit und Tod meiner Mutter haben mir gezeigt, wie sehr man den anderen braucht. Es amüsiert mich, dass er »danke!« sagt, wenn ich zu ihm sage: »Ich liebe dich.« Fast wie: »Danke, keine Ursache!« Tatsächlich. Und er sagt: »Du wirst meine Frau kennen lernen«, er sagt es stolz und glücklich. Ich, ich bin die Schriftstellerin, die Schlampe, die Fremde, die freie Frau. Ich bin nicht das »Gut«, das man besitzt und herzeigt und das tröstet. Ich kann nicht trösten.

Dienstag, 4. Oktober

Ich weiß nicht, ob er Lust hat weiterzumachen. »Diplomatenkrankheit« (Gelächter!). Ich bin den Tränen nah, denn das Fest findet nicht statt. Wie oft habe ich schon gewartet, habe mich hergerichtet, mich »schön« gemacht, um ihn zu empfangen – und dann nichts. Es hat nicht stattgefunden. Und er, er ist so undurchdringlich für mich, so geheimnisvoll, aus Notwendigkeit ist er sicherlich von natürlicher Doppelgesichtigkeit. Seit 79 ist er in der Partei, er ist einer der besten Kader der UdSSR, darauf ist er stolz wie auf ein Diplom, wie auf eine Beförderung.

Der einzige Lichtblick heute: In der Schnellbahn hat mich so ein Halbstarker angemacht, und ich fand die Sprache wieder, die mir in solchen Situationen spontan über die Lippen kommt: »Ich knall dir eine, wenn du nicht aufhörst« usw. Ich war die Hauptdarstellerin einer billigen, schäbigen Anmache in einem verlassenen Schnellbahnwaggon; zwei Statisten verfolgten die Szene.

Ist das Glück mit S. schon vorbei?

Mittwoch, 5. Oktober

Um neun Uhr gestern Abend ein Anruf. »Ich bin hier, ganz in deiner Nähe, in Cergy…« Er kam, und wir verbrachten zwei Stunden in meinem Arbeitszimmer; David war hier. Dieses Mal keinerlei Zurückhaltung seinerseits. Ich konnte nicht schlafen, konnte mich nicht von seinem Körper lösen, der, nachdem er gegangen war, immer noch da war, in mir. Das ist mein ganzes Drama: meine Unfähigkeit, den anderen zu vergessen, selbständig zu sein; ich bin durchlässig für die Sätze, die Gesten der anderen, auch mein Körper absorbiert den anderen Körper. Es ist ziemlich schwierig, nach einer solchen Nacht zu arbeiten.

Donnerstag, 6. Oktober

Gestern Abend hat er mich in Cergy abgeholt; wir sind in Davids Zimmer in der Rue Lebrun gegangen. Im Halbdunkel ist sein Körper sichtbar und wie verschleiert, der gleiche Wahnsinn, fast drei Stunden lang. Auf dem Rückweg fährt er schnell, gibt Lichthupe, das Radio läuft, *En rouge et noir,* ein Lied vom letzten Jahr. Er zeigt mir den dicken Wagen, den er kaufen will. Der perfekte Emporkömmling, ein bisschen derb. »Es sind noch Ferien, wir können uns treffen«, sagt er... Und ein Frauenhasser: Frauen in der Politik – er windet sich vor Lachen; sie können nicht Auto fahren usw. Und ich finde das lustig... finde daran bizarres Vergnügen. Er wird immer mehr »der Mann meiner Jugend«, das Ideal, das ich in *Les armoires vides* beschrieben habe. Eine letzte wunderbare Szene vor dem Haus – ich spüre es, es ist die Verwirklichung dieser Sache, die man aus Mangel an anderen Wörtern »Liebe« nennt: Er lässt das Radio laufen (Yves Duteil, *Le petit pont de bois)*, und ich liebe ihn im geparkten Auto in der Rue des Lozères mit dem Mund, bis er kommt. Dann verlieren wir uns in den Augen des anderen. Beim Aufwachen heute Morgen habe ich mir diese Szene immer wieder vergegenwärtigt. Kaum eine Woche ist es her, dass er wieder in Frankreich ist – und schon so eine Zuneigung, so eine Freizügigkeit im Vergleich zu Leningrad. Wir haben nun fast alles gemacht, was man machen kann.

Ich habe immer geliebt, und ich habe immer geschrieben, als müsse ich danach sterben. Übrigens hatte ich Lust auf einen Unfall, wollte gestern Abend auf der Rückfahrt über die Autobahn sterben.

Freitag, 7. Oktober

Die Lust hat sich nicht erschöpft, im Gegenteil – sie kommt wieder, mit mehr Schmerz, mit mehr Kraft. Wenn er nicht da ist, weiß ich nicht mehr, wie sein Gesicht aussieht. Selbst wenn wir zusammen sind, sehe ich ihn nicht mehr wie zuvor; er hat ein anderes Gesicht. So nah, so deutlich. Wie ein Doppelgänger. Fast immer ergreife ich die Initiative, allerdings nach seinen Wünschen. Gestern Abend schlief ich, als er anrief; wie so oft. Spannung, Glück, Lust. Mein Vorname, den er mit diesem kehligen Akzent flüstert: Er palatalisiert und betont die erste Silbe, die zweite spricht er ganz kurz ['ânji]. Niemand wird meinen Namen je wieder so aussprechen.

Ich erinnere mich an meine Ankunft in Moskau, es war um den 9. Oktober 1981. Der russische Soldat, ganz groß, ganz jung. Meine Freudentränen, dort zu sein, in diesem fast imaginären Land. Nun ist mir, als hätte ich mit diesem russischen Soldaten geschlafen, als hätte diese Rührung von vor sieben Jahren zu S. geführt. Vor einer Woche konnte ich die Glut noch nicht vorhersehen. Der Satz von André Breton: »Wir liebten uns wie die Sonne, die brennt, wie die Särge, die zuknallen.« Etwa so.

Samstag, 8. Oktober

Das Zimmer in der Rue Lebrun. Am Anfang ein wenig Mattigkeit, dann Zärtlichkeit, Erschöpfung. Er sagt: »Ich rufe dich nächste Woche an.« Heißt: Am Wochenende will ich dich nicht sehen. Ich lächle. Heißt: Ich akzeptiere es. Leiden, Eifersucht, und ich weiß, dass zwischen unseren Treffen ein wenig mehr Zeit liegen sollte. Nach dem Fest bin ich immer ganz durcheinander. Ich habe Angst, anhänglich und alt zu erscheinen – anhänglich, weil alt –, und ich frage mich, ob wir nicht Trennung spielen sollten. Aus dem Spiel aussteigen oder verdoppeln!

Dienstag, 11. Oktober

Um elf Uhr abends ist er gegangen. Zum ersten Mal erlebe ich stundenlanges, pausenloses Lieben. Um halb elf steht er auf. Ich: »Willst du etwas?« Er: »Ja, dich.« Wieder ins Zimmer. Das Monatsende wird hart; wenn seine Frau kommt, ist unser Verhältnis zu Ende. Aber kann er so einfach darauf verzichten? Er scheint mir sehr an der Lust zu hängen, die wir zusammen erleben. Aber gleichzeitig verdammt er die sexuelle Freiheit. Die Pornografie! Die Leichtlebigkeit der Georgier! Inzwischen traut er sich, mich zu fragen: »Bist du gekommen?« Am Anfang war das nicht so. Heute Abend haben wir es zum ersten Mal von hinten gemacht. Gut, dass er es war beim ersten Mal. Es stimmt, dass ein junger Mann im Bett eine Frau ihr Alter und die Zeit vergessen macht. Dieses Verlangen nach einem Mann ist so schrecklich, es ist verwandt mit der Sehnsucht nach dem Tod, es löscht mich aus. Bis wann …?

Mittwoch, 12. Oktober

Mund, Gesicht, Schoß – alles wund und blutunterlaufen. Ich liebe nicht wie eine Schriftstellerin, ich sage mir nicht: »Das kann ich benutzen.« Ich halte auch keine Distanz. Ich liebe immer, als sei es das letzte Mal im Leben. Und es könnte ja immer das letzte Mal im Leben sein.

Ich überlege: In Leningrad war er sehr gehemmt (aus Schüchternheit oder aus relativer Unerfahrenheit?), das lässt immer mehr nach. Bin ich also so etwas wie eine Initiatorin? Diese Rolle gefällt mir, aber sie ist brüchig und zweifelhaft. Sie verspricht keine Dauer; er kann mich zurückweisen wie eine Hure. Seine Unbewusstheit und seine Widersprüche amüsieren mich: Er erzählt mir von seiner Frau, wie er sie kennen gelernt hat, von den notwendigen moralischen Zwängen in der UdSSR, und fünf Minuten später fleht er mich an, mit ihm ins Zimmer zu gehen und ihn zu lieben. Welch ein Glück! Natürlich hat er sich sichtlich gefreut, als ich ihm sagte: »Du bist ein wundervoller Liebhaber!« Doch auch ich habe mich gefreut, als er mir in Leningrad etwas Ähnliches sagte.

Donnerstag, 13. Oktober

Es gibt einen inneren Zusammenhang zwischen dem Verliebtsein und dem unstillbaren Wunsch nach neuen Kleidern – die hinsichtlich der Lust natürlich völlig unnötig sind. Auch 84 kaufte ich ständig Kleider, Röcke, Pullover usw., ohne auf den Preis zu achten. Sich verausgaben in allem.

Dieses Warten auf den Anruf! Schlimmer noch: diese vollständige Undurchdringlichkeit. Was mag er an mir?

Und ich fange an, Russisch zu lernen.

Samstag, 15. Oktober

Sein Schritt auf der Treppe in der Rue Lebrun. Er klopft nicht, er versucht, gleich einzutreten. Ich schließe auf. Ein weicher Körper, glatt, wenig männlich, außer… Und groß, sehr viel größer als ich. Seine Bewegung, wenn er das Licht löscht, bevor wir uns lieben, endlos. Auf dem Rückweg fährt er sehr schnell, meine Hand liegt auf seinem Schenkel, wie immer. Liebe – Tod. Doch wie intensiv!

Am letzten Dienstag dachte ich in der Nähe von La Défense, wie sehr ich die Welt der Stadt doch liebe, diese Landschaft aus Hochhäusern, Licht, ja sogar Autos, diese anonymen Orte voller Menschen, wo ich Treffen und Leidenschaften erlebt habe, immer noch erlebe. (Yvetot, die Mail, leere Sonntage, kein Mensch in Sicht, »komme ich da jemals raus?«)

Auf jeden Fall ist S. bereits eine schöne Geschichte. Gerade mal drei Wochen.

Montag, 17. Oktober

Ich glaube immer noch, dass ich ihm gleichgültig bin: Heute bin ich sicher, dass es nach dem Ende des Monats, oder vielleicht schon davor, keine Fortsetzung geben wird. Mir fällt ein, dass ich ihn nie nach dem Vornamen seiner Frau gefragt habe; eine subtile Art der Eifersucht oder der Lust, die andere Frau zu negieren.

Dienstag, 18. Oktober; Mittwoch, 19. Oktober

Halb zwei Uhr nachts. Er ist um Viertel vor eins gegangen, nachdem er mit mir um halb neun aus Paris gekommen war. Er liebt mich (besser: wir lieben uns) mit einer Lust, die immer heftiger wird, immer tiefer. Er redet, trinkt Wodka, und wir lieben uns wieder und wieder. Drei Mal in vier Stunden. Meine Dienstage sind wie die berühmten »mardis«, die

Dienstagstreffen in der Rue de Rome. (Ich spreche von Mallarmé – und von mir; vor vier Jahren mit P.) Natürlich wenig Gedanken oder, genauer gesagt, Gedanken ohne Anfang und ohne Ende: die Gegenwart, die Haut, der andere. In jeder Minute *bin* ich die Gegenwart, die vergeht, im Auto, im Bett, im Wohnzimmer, wenn wir uns unterhalten. Die Vergänglichkeit schenkt unseren Treffen eine absolute, brutale Intensität.

Am Tag danach werde ich seine Präsenz nicht los. Immer wieder sehe ich Augenblicke unseres Zusammenseins wie Momentaufnahmen: Er will, dass ich mich umdrehe – er liegt auf dem Rücken und stöhnt bei der Fellatio – er sagt: »Du bist eine unglaubliche Liebhaberin!« – er zieht mich zärtlich an seinen Bauch, ergreift endlich die Initiative. Dann verschwinden Betäubung und Erinnerung, und ich brauche ihn wieder, aber ich bin allein. Ich fange wieder an zu warten. Ich weiß nicht, wann ich unter diesen Bedingungen wieder arbeiten kann (Seminare geben, Bücher schreiben). Es sei denn, alles ist zu Ende.

Freitag, 21. Oktober

Seit Dienstagabend nichts. Niemals wissen, warum. Warten. Ich arbeite wie eine Wilde im Garten. Noch ein paar Stunden, und es ist heute zu spät für ein Treffen in Paris. Seit diese Geschichte begonnen hat, habe ich nicht ein einziges Mal geweint. Vielleicht weine ich heute Abend, wenn wir uns nicht sehen.

Samstag, 22. Oktober

Ich fahre nach Marseille, ohne ein Lebenszeichen von ihm bekommen zu haben. Natürlich habe ich gestern Abend geweint. Bin um zwei Uhr nachts aufgewacht. Schmerz und Gleichgültigkeit gegenüber dem Tod, ja Sehnsucht danach. Dann schreiben. Die Idee, ich könnte über »diesen Menschen« schreiben, über diese Treffen, ersetzt den Gedanken an den Tod. Und ich begreife, dass Lust, Schreiben und Tod für mich schon immer austauschbar waren. So dachte ich gestern an einen Satz aus dem Buch über meine Mutter: »Draußen, in der Stadt, ging es mir am schlechtesten.« Das hätte ich auch über diesen Tag sagen könne, wo alle Liebe mir verloren schien. Ich weiß, dass ich *Les armoires vides* vor dem Hintergrund eines Schmerzes und einer zerstörten Beziehung geschrieben habe. Ich weiß, dass es zwischen Philippe und mir den Tod gab: meine Abtreibung. Um diesen leeren Platz zu füllen, schrieb ich vor dem Hintergrund des Todes und an Stelle der Liebe. Ich liebe mit dem gleichen Bedürfnis nach Vollkommenheit, wie ich auch schreibe.

Habe geträumt, ich hätte den Renault *Alpine,* den wir vor neun Jahren hatten, gestohlen, um zu fahren. Ein eindeutiges Symbol: Der Wagen ist das Objekt, um S. zu verführen; er ist verrückt nach schnellen »Luxus«-Karossen. Welch ein Missverständnis! Ich gefalle ihm nur wegen meines Status als Schriftstellerin, wegen meiner »Berühmtheit«; und all das ist auf mein Leiden gebaut, auf meine Unfähigkeit zu leben, und all das kommt in unserer Geschichte zum Ausdruck.

Sonntag, 23. Oktober

Heute Morgen fast allein im Café *Les deux garçons* in Aix-en-Provence. Denke an Bordeaux 1963. Meine Liebe für Cafés, die Anonymität, die Begegnung. Der Schmerz, das Unwohlsein sind ähnlich wie 63. Seit der Nacht von Dienstag auf Mittwoch kein Zeichen von ihm. Nicht wissen, was, wie. Diese Gleichgültigkeit seinerseits ist ganz grauenvoll für die Fantasie. Er rief mich nachts an. Das hatte er seit zwei Wochen nicht mehr getan. Und das liegt schon so weit zurück. Im Hochgeschwindigkeitszug hatte ich so ein Verlangen nach ihm, dass ich hätte schreien können. Unermüdlich lasse ich das letzte Treffen Revue passieren, die Gesten, die Worte, die so selten sind. Verrückt war ich mit achtzehn, da wollte ich sterben. Inzwischen bin ich nicht mehr so verzweifelt.

Montag, 24. Oktober

23.10 Uhr, Telefon. Treffen am Mittwoch. Vielleicht. Offenbar haben diese nächtlichen Anrufe für ihn nicht dieselbe Bedeutung wie für mich. Ich habe zu viel Zeit, um an die Leidenschaft zu denken; das ist meine Tragödie. Von außen kommt kein Auftrag, der unbedingt erledigt werden müsste. Die Freiheit geleitet mich zu dieser obsessiven Leidenschaft.

Mittwochmittag. Essen mit Riabow, dem Botschafter der UdSSR, und dem Vorsitzenden der VAAP. S. wird natürlich auch dabei sein. Das ist aufregend und peinlich zugleich. Perfekt wäre, wenn er am Abend nach diesem öffentlichen Auftritt kommen würde, wo wir uns scheinbar völlig gleichgültig waren. Die Heimlichkeit hat einen nie versiegenden Zauber.

Dienstag, 25. Oktober

Am Morgen träume, träume, träume ich, stelle mir das vor, was ich in zwei Tagen hinter mir hätte. Danach kann ich mich nur schlecht auf das konzentrieren, was ich gerade mache, denn meine Träume sind nicht unmotiviert, sondern sie werden sich verwirklichen. Sie sind schon wirklich, sind ein Teil der Wirklichkeit. Obwohl die vergangene Wirklichkeit, wie Leningrad, vielleicht schöner war, und das erstaunt mich. Ich wünsche mir eine Art Vollkommenheit für den morgigen Tag, dabei wird es vielleicht eine Katastrophe: ein langweiliges Essen, und vielleicht können wir uns am Abend gar nicht sehen. Dennoch: schwarzes Kostüm, grüne Bluse mit Perlenkette – ich hatte sie bei der Liebe anbehalten. Vielleicht sieht er es ja, bei Tisch …

Alle sagen es, dauernd werde ich angemacht (erst gestern wieder im Supermarkt), und ich weiß, dass ich niemals schöner war. Schöner als mit zwanzig, dreißig. Schwanengesang. *Schwanensee* war übrigens die Ballettaufführung in Leningrad. Ich erinnere mich an das, was in dem Hotelzimmer in Leningrad passiert ist: Ich wollte hinausgehen, wollte die Tür zumachen und bin wieder hineingegangen. Er muss ganz in der Nähe gestanden haben, denn wir sind uns sofort in die Arme gefallen.

Mittwoch, 26. Oktober

Das Glück bei diesem Essen – dass er da ist, mir gegenüber sitzt. Wissen, dass ich ihn am Abend sehe. Wissen, dass wir Liebende sind. Und sich nichts anmerken lassen. (Ich vielleicht weniger …) Nun ist es acht Uhr. In ein, zwei Stunden kommt er. Diese Stunden des Wartens sind das Ende der Welt, ein enormes Glück, das jedoch nicht erfüllt ist. Das Glück *davor.* Außerdem weiß ich, dass alles passieren kann, dass er vielleicht doch nicht kommen kann oder einen Unfall hat. Das Lied von Piaf: »Mein Gott, lass ihn mir noch ein bisschen … auch wenn ich Unrecht habe, lass ihn mir noch.« So viel Schönes, so viel Lust. Den Oktober 63 auslöschen. Unbeholfene Jugend, so fürchterlich unbeholfen.

Donnerstag, 27. Oktober

Zwanzig vor zehn. Vielleicht. Er geht um Viertel vor drei am Morgen. »Ich bin gerast wie ein Verrückter.« Aus dem Teil der Nacht, den wir zusammen verbracht haben, kann ich nichts mehr herauslösen. Liebe, unermüdlich. So wenig Zeit. Körper, die nicht voneinander ablassen. (Aber ist es denn der Körper? Was ist dieser Hunger, der sogar noch über die Lust hinausgeht?) Es ist wie ein letztes Mal, auch wenn er mich trotz seiner Frau wieder sehen will.

In einem Monat sind wir vom eher ungeschickten Liebesspiel zu einer Art Vollkommenheit gelangt, jedenfalls fast. Er widersteht dem Gefühl, das muss er – was soll ich mit einem Mann, der mein Leben ändern will? –, nicht jedoch der sinnlichen Hingabe. Nun will er »geben«, wie auch ich Lust habe zu geben, auch wenn er immer noch ein wenig grob ist – Zeichen seiner mangelnden Erfahrung. Ich habe den Eindruck, er entdeckt wirklich, was Liebe sein kann, er will *alles* machen; daher seine Bitte, Liebe zwischen den Brüsten zu machen, meinen Brüsten.

Er ist gegangen, und ich habe geschlafen wie in seinem Körper.

Mittwoch, der 26. Oktober, war ein vollkommener Tag.

Er zählt auf: Hemd von YSL, Weste von YSL, Krawatte von Cerruti, Hose von Ted Lapidus. Lust auf Luxus, Lust auf das, was es in der UdSSR nicht gibt. Wie ich damals: eine schlecht gekleidete Jugendliche mit einem glühenden Verlangen nach den Kleidern der reichen Mädchen. Kann ich es ihm verübeln? Und mir schien, als wären all diese Kleider neu, als wollte er immer besser gekleidet sein. Zierde, Liebesschau. Auch das ist schön.

Mein Name in der Nacht, Gesang der Lust. Bewunderung seines Geschlechts. Ich denke an Gemälde des toten Christus, abgenommen vom Kreuz, wenn er halb aufgerichtet ist und mir dabei zusehen will, wie ich sein Glied liebkose (am Anfang unserer Beziehung war das nicht so), wie er sich an diesem Bild freut, wenn ich ihn bewundere. Die Wölbung seines Oberkörpers, seines Bauchs, seine weiße Haut im Halbdunkel. Ich bin so müde ... kann nichts mehr anderes machen, als nur über ihn schreiben, über »das« schreiben, was so geheimnisvoll, so schrecklich ist.

Nun suche ich nicht mehr nach der Wahrheit in der Liebe, ich suche nach der Vollkommenheit einer Beziehung, nach der Schönheit, der Lust. Ich vermeide, was wehtut, sage nur, was ihm angenehm ist. Ich vermeide es auch, ein Bild von mir zu vermitteln, das wenig günstig ist, auch wenn es wahr ist. Die Kategorie »Wahrheit« gibt es nur beim Schreiben, nicht im Leben.

Sonntag, 30. Oktober

Ich fuhr nach La Rochelle. Blauer Himmel am Sonntag. Die Hafeneinfahrt. Im Zug zwang ich mich zum Lesen und dachte doch immer nur an eins: Seine Frau kommt. Gestern Nacht gegen halb eins rief er an, er will mich unter der Woche sehen, Montag oder Dienstag. Und nun sage ich mehrmals laut: »So ein Glück!« Mit ihm gesprochen zu haben, zu wissen, dass es weitergeht! Am Nachmittag dachte ich an jenen Tag im Dezember, als ich sechzehn war und mit 39 Grad Fieber den ganzen Tag in der Schule war und am Tag danach mit 40 Grad sogar ins Kino ging, nur um G. de. V. zu treffen. Er konnte nicht. Ich bin nach Hause gegangen, habe mich hingelegt, hatte eine beginnende Lungenentzündung, zwei Wochen im Bett. Ich bin immer noch die Gleiche, vielleicht nicht mehr so dauerhaft – ich meine, ich kann solch einen Wahnsinn nicht mehr so lange durchhalten. Was ich S. geschrieben habe, stimmt: »Es ist, als hätte es vor dir niemanden gegeben.«

Dienstag, 1. November

Gestern Mittag im Zimmer in der Rue Lebrun, wenn auch weniger intim (der Fernseher des Nachbarn). Er kommt, friert in der ersten Kälte (0 Grad), trägt ein sehr sowjetisches Unterhemd. Seine Nägel sind ungepflegt; immer diese derbe Seite bei den Sowjets, auch bei den Botschaftsangestellten. Diese Dinge sind für mich anziehender als alles andere. Danach gehe ich zu Héloïsa und Carlos Freire. Auch José Artur ist da, was ich nicht wusste. Ich kam an, müde, umgeben von einem starken Geruch nach Mann, das Gesicht gezeichnet von Küssen. Tatsache – man sieht es, ich habe rote Flecken am Kinn. Kaum habe ich ihn getroffen und kaum hat sich die Liebe verflüchtigt, die wir fast ohne Pause machten, warte ich nur darauf, ihn wieder zu sehen – das ist mein ganzer Schmerz. Doch der November kann nicht sein wie der schillernde Oktober, nachdem seine Frau gekommen ist und nachdem sich die Leidenschaft unerbittlich abschwächt.

Gestern Abend erinnerte ich mich daran, dass ich in meinem Zimmer in Yvetot monatelang die Unterhose mit dem Blut der Nacht von Sées im September 1958 aufbewahrt hatte. Im Grunde »sühne« ich 1958, das Grauen der letzten drei Monate des Jahres 58, auf das ich mein Leben gebaut habe und das ich in *Ce qu' ils disent ou rien* – schlecht – wiedergebe.

Freitag, Freitag … Vorstellung seiner Frau. Eine grauenvolle Aussicht. Ich, ich muss unbedingt die Schönste sein, die Strahlendste.

Mittwoch, 2. November

Ich träume immer noch von etwas mehr: von besonderen Begegnungen im Département Nièvre oder anderswo. Ich kann mich nicht auf die Wiederholung der aktuellen Beziehungen beschränken.

Bestimmt wollte ich Philippe deshalb heiraten, damals ahnte ich noch nicht, dass der Traum damit zu Ende wäre.

Abend. Eine Woche. Das Gefühl, dass niemals wieder etwas so stark wäre. Ich fürchte es mehr und mehr. Er wird am Abend nicht nach Cergy kommen können. Das Zimmer stößt mich ab, dieses Licht, die Geräusche der Nachbarn. Ich habe den Eindruck, alles geht langsam zu Ende. Ich spreche seine Sprache nicht. Er ruft mich immer nur an, um mit mir zu schlafen – ich sage nun »vögeln«, das ist deutlicher. Aber am Freitag auf der Botschaft wird mich zumindest die Heimlichkeit mit Befriedigung erfüllen. Das, was wir voneinander wissen, von unseren Körpern, unserem Atem, dem wilden Tier in uns, von dem, was für mich das Wesentliche ist und das die anderen nicht einmal ahnen. Die Oktoberrevolution! Meine Tränen, als ich 81 in Moskau ankam – waren sie eine Vorahnung?

Freitag, 4. November

Oktoberrevolution ... Das traurige Häufchen der Botschaft der UdSSR, dem »Bunker«. S. fragt mich: »Kann ich heute Nachmittag kommen?« Ich habe es nicht vorausgesehen. Kein Traum, kein Warten? Hat er solche Lust? Ich weiß nicht, ich glaube. Eine wunderbarer Tag, die Fensterläden schließen und seinen Körper wieder finden. Feinste, vollkommenste Lust vor der Liebe.

Angst vor dem Essen im Élysée-Palast am Montag mit Charles und Diana. Ist es denn niemals vorbei, gibt es immer etwas Beklemmenderes als das zurückliegende gesellschaftliche Ereignis? Wäre das Grauen vor dem letzten Essen bei *Gallimard* mit François Mitterrand kalter Kaffee?

Anfang des Hefts. Wünsche: dass meine Beziehung zu S. immer stärker wird; ab Anfang 89 ein umfangreiches Buch schreiben, wie ich es mir vorstelle; keine Geldsorgen haben.

Montag, 7. November

Es ist klar, dass ich nur wegen S. für das Abendessen im Élysée-Palast zugesagt habe. Ich will mich vor ihm nach seinen Maßstäben messen lassen können, will meine Berühmtheit zeigen. Ich betrachte dieses »vorübergehende Ereignis« als eine Prüfung, die ich bestehen muss, als notwendige Herausforderung. Ich will diesen gesellschaftlichen Verpflichtungen nachkommen bis zum Ende, will all das tun, was kein Traum ist, sondern eine Wirklichkeit, von der ich mich mit sechzehn Jahren ausgeschlossen fühlte. (1956 lese ich – aus welch einem Zufall? – im Bett den *Figaro,* ich bin krank und ich leide, weil ich weiß, dass G. de V. in diesen Kreisen verkehrt, für die ich so »unwürdig« bin.)

Dienstag, 8. November

Dieses Mal hatte ich wahrhaftig Lust, den Prunk kennen zu lernen, den Gipfel der Ehren. Schreckliche Angst, zu spät zu kommen, Angst, erst im letzten Moment »da« zu sein. Slalom mit dem R 5 auf den Champs-Élysées, durch die Avenue de Marigny. War Prinz Charles für mich »wirklich«? Königliches Diner, Musik. Ich dachte, diese »entente cordiale« der alten Welt wurde vielleicht eines Tages von anderen Kräften weggefegt werden. Ich denke an die UdSSR, an China. Vielleicht ähnelten wir gestern den Leuten von 1913 oder 1938, die in denselben goldenen Salons saßen. Flüchtig dachte ich auch an die Einladung der Madame Bovary auf Schloss Vaubyessard. All das ist für mich nichts im Vergleich zu dem Verlangen nach einem Mann, zu dem Abend in Leningrad. Und wenn ich davon träume, zur selben Zeit wie Mitterrand, nämlich Ende November, wieder nach Moskau zu fahren – was natürlich Irrsinn ist –, dann nur, um S. diese Ehre zu »schenken«, mich lieben zu lassen. (Mitterrand hat sich übrigens sehr gut daran erinnert, dass wir bei *Gallimard* einmal über Venedig gesprochen haben. »Diesen Sommer war ich in Venedig, da habe ich an Sie gedacht«, hat er gesagt.) Dennoch weiß ich, dass die Liebe mit all dem oft wenig anfangen kann; mich würden die Ehren, mit denen S. überhäuft werden könnte, eher langweilen.

S. wurde am 6. April 1953 geboren. Meine Mutter starb am 7. April. Eric habe ich am 2. April empfangen.

Wieder das Verlangen, ihn zu sehen. Auch wenn sich das darauf reduziert, dass wir vögeln, er Wodka trinkt und über Stalin redet.

Ich habe ein ganz anderes Verhältnis zur Zeit als früher mit P. Jedes Mal, wenn wir zusammen sind, weiß ich, dass etwas ganz Intensives dazukam, das uns zwangsläufig voneinander entfernen wird. Die momentane Klarsicht, die Abwesenheit des Leidens (es ist eher gebändigt), macht mich gegenüber der Zeit abgeklärter.

Ich sehe ihn als einen reifen Mann mit Schmerbauch und grauen Schläfen. Was werde ich in seiner Erinnerung sein?

Donnerstag, 10. November

Gestern Yvetot. Kaum komme ich an, weine ich. In *Das Leben einer Frau* schrieb ich: »Ich war mir ihrer Liebe sicher und wusste auch genau um diese Ungerechtigkeit, dass sie von morgens bis abends Kartoffeln verkaufte, damit ich in meinem Hörsaal sitzen und eine Vorlesung über Platon hören konnte.« Und gestern dachte ich: »Sie haben gelebt, und sie sind gestorben, damit ich zu einem Empfang im Élysée gehe …« Eine Geschichte ist nie zu Ende. Gestern erfuhr ich von meinen Tanten, dass meine Mutter einen »guten« Mann in Annecy getroffen, jedoch gezögert hatte, sich wieder zu verheiraten. Nun weiß ich, warum sie zu einer Hellseherin gegangen ist, mit fünfundsechzig Jahren oder mehr hatte sie noch eine Zukunft. Das stört mich, und es gefällt mir auch. Ich bin die Tochter dieser lustvollen Frau, die sich aber nicht getraut hat, bis zum Ende zu gehen. Ich hingegen schon. Ich erwarte S. Dass Eric da ist, ist mir unerträglich; er bleibt bis zur letzten Minute, hindert mich am Träumen, am Warten. Immer die Angst, dass die Liebe weniger wird.

Abend. Nein, sie ist immer noch sehr stark. Ich bereue, dass ich ihm den Anfang des Tagebuchs gezeigt habe. Man sollte niemals etwas sagen, niemals zu viel Liebe zeigen – das Proustsche Gesetz. Er, er kennt es instinktiv. Aber ich merkte, und dabei half mir die Flasche Wodka, die er getrunken hatte, dass die Leidenschaft gegenseitig ist. In einem Jahr geht er bestimmt. Er sagt: »Das wird hart.« Am Anfang habe ich es nicht richtig verstanden, aber er fügt hinzu: »Ich hoffe, es ist auch für dich hart.« Das ist also seine Art, mir zu sagen, dass er an mir hängt. Wir haben uns Stunden lang geliebt. Wieder hat sich etwas verändert: Er redet mehr, er traut sich, erotische Wörter zu sagen. All seine Gesten sind Liebe. Wie bei mir auch.

Freitag, 11. November

Wie immer, wenn er da war, schlafe ich nicht, ich bin immer noch in seiner Haut, in seinen männlichen Bewegungen. Heute werde ich noch zwischen zwei Extremen sein: der Vereinigung und der Rückkehr in mich. Und immer das Hervortreten bestimmter Momente aus dem Ganzen, das so einen Abend ausmacht. Seine Worte in der Küche: »Das wird hart.« Dann sein Blick, im Sessel, vor seiner Abfahrt. Das letzte Mal im Zimmer seine Zärtlichkeit, seine erotischen Worte mit dem russischen Akzent, seine geflüsterten: »Du bist wunderbar.«

Schreiben: »Ich merkte, dass ich eine Kontaktlinse verloren hatte. Auf seinem Glied fand ich sie wieder.« Und ich denke: Zola hat sein Lorgnon zwischen den Brüsten der Frauen verloren. Ich verliere meine Linse auf dem Glied meines Geliebten!

Ich vergleiche die Nacht von Leningrad mit jetzt. Wie er sich verändert hat. Seine Gehemmtheit damals. Ich glaube, das heißt jetzt »Leidenschaft«.

Samstag, 12. November

Vor vier Jahren bekam ich den *Prix Renaudot*. Ich lebe lieber heute, in diesem Warten und diesem ständigen Verlangen. Ich habe Lust, meine UdSSR-Reise zu rekapitulieren, was ich sicherlich nicht getan hätte, wenn sie mich am Ende nicht zu S. geführt hätte.

Sonntag, 18. September, abends. Der Wagen mit den Scheibenwischern, die nicht funktionieren. Brüllend laute Rockmusik in dem Auto, das uns vom Flughafen ins Hotel *Rossia* bringt. Eisige Nacht. Von meinem Fenster aus sehe ich die Moskwa.

Montag, 19. September. Verlag *Narodna Kultura*. Treffen im Schriftstellerhaus, Mittagessen. Spaziergang über den Roten Platz mit R. V. P., Marie R., Alain N. Rückkehr durch die Parks. Ich sehe uns noch an all diesen menschenleeren Orten. Flug nach Tiflis, S. sitzt im Flugzeug neben mir, es stört mich, ich will schlafen. Am Abend in Tiflis: In der 16. Etage gründen wir aus Hohn die Zelle *Cohiba 16!*

Dienstag, 20. September: Besichtigung von Tiflis; Metechi-

Kirche, Mittagessen im Hotel, Museum, Übersetzerschule, *Don Quichotte* im Kino; S. sitzt neben mir.

Mittwoch, 21. September: verschiedene Treffen; Kloster; die ehemalige Hauptstadt; Rückflug nach Moskau, Hotel des Zentralkomitees.

Donnerstag, 22. November: Besichtigung des Kreml; Staatszirkus; Abendessen beim Korrespondenten der *Humanité.*

Freitag, 23. September: Fernsehen am Morgen, Mittagessen in der französischen Botschaft; verschiedene Treffen; Arbatskaja.

Samstag, 24. September: Zagorsk; Mittagessen im Museum; Essen im Haus der VAAP; Abfahrt nach Leningrad mit dem Zug.

Sonntag, 25. September: Dostojewskij-Haus; Mittagessen im Hotel; S. sitzt neben mir. Eremitage, Ballett; im Hotel Abendessen mit Musik.

Dienstag, 15. November

Das Warten beginnt mit dem Aufwachen. Es gibt kein Danach: Das Leben setzt im Moment seines Klingelns und Eintretens aus. Die quälende Angst, er könnte nicht kommen. Diese ständige Unsicherheit macht den Reiz dieser Geschichte aus. Aber ich weiß nicht, was ihn bei mir hält. Die »Sinne«? Das hätte nichts zu sagen. Dennoch wäre es auf jeden Fall die schönste, die wahrste, die klarste Art.

16 Uhr. Ich werde mich an diese wunderschönen, sonnigen Novembernachmittage erinnern. An das Warten auf S. Das

Motorgeräusch, das den Eintritt in eine andere Zeit ankündigt, in jene Zeit, da sich die Zeit selbst auflöst und durch die Lust ersetzt wird.

Mitternacht. Ein verrückter Abend. Er hat zu viel getrunken. Halb elf: Der Wagen springt nicht an. Blöde, gefährliche Manöver, der Motor säuft ab. Ich flehe ihn an zu warten, bis der Motor wieder läuft. Er kann sich kaum oder nur mit Mühe aufrecht halten. Er will mit mir schlafen, im Flur, dann in der Küche. Kopf nach unten, sehr interessant: die turnerische Karikatur eines Mannes und einer Frau, die Bewegungen der Liebe machen, die die Liebe leben wollen, wieder und wieder. Immer mehr Lust. Ein Mal sagte er: »Meine Liebe«, aber er wird niemals sagen: »Ich liebe dich.« Als würde nicht existieren, was er nicht sagt. Ich habe Angst, dass er nicht gut nach Hause kommt, dass er einen Unfall hat. Das nächste Mal werde ich ihn daran hindern, so viel zu trinken – wenn es ein nächstes Mal gibt; der übliche Aberglaube. Wir befinden uns in der Welt der Leidenschaft.

Mittwoch, 16. November

Ein Hauch von Verruchtheit gestern; wie immer. Als wir zum letzten Mal hinaufgingen, roch er scharf nach Bier, er sagte: »Hilf mir« (zu kommen). Dann, nach den Problemen mit dem Wagen, im Flur, halb angezogen, gegen die Heizung gedrückt. In der Küche. Er ist sichtlich betrunken. Sein Französisch hat sich verflüchtigt, er spricht fast nicht mehr, er begehrt mich nur.

Davor hat er mir von seiner Kindheit in Sibirien erzählt, er war Holzflößer. Bären in freier Wildbahn. Er ist so antisemitisch eingestellt, dass er tatsächlich sagt: »Ist Mitterand nicht Jude?« (!) Als würde ich es nicht glauben, als wäre er nur die Frucht der Indoktrination und nicht selbst dafür verantwortlich.

Ich habe Angst, dass er aus der »Hölle der Sinne« erwachen könnte, in die wir eingetaucht sind und die er bislang nicht kannte. Seit gestern haben wir das Kamasutra fast durch. Er weiß im Voraus, was ich mir vorgestellt habe. Erstaunlich! Informiert er sich irgendwo? In Büchern, Pornos?

Dogma der Natur, bei ihm wie bei den Schriftstellern Walentin Rasputin, Viktor Astafjiew: »Liebe, Alkohol, das ist natürlich.«

Gestern hatte er dieses gequälte Kindergesicht aus verzweifeltem, unstillbarem Verlangen. Ich weiß, dass ich es in diesen Momenten immer habe.

Ich habe gerade die Fahnen von *Ce qu'ils disent ou rien* für den Verlag *Folio* durchgesehen. Das Buch habe ich seit elf Jahren nicht mehr gelesen. Ich habe mich nicht verändert, bin immer noch das Mädchen, das ans Glück glaubt, das wartet und leidet. Dieses Buch, im Erzählstil, ist in Bezug auf die Worte wie auch auf die Wirklichkeit sehr viel tiefer, als die Kritiker schrieben.

Donnerstag, 17. November

Der Zyklus beginnt wieder von vorn: ein Tag mit Katzenjammer, Starre; ich kann überhaupt nichts Kreatives vollbringen. Dann wieder das Warten, die Lust, das Leiden, denn bei der Art unserer Beziehung bin ich der Gnade seiner Anrufe ausgeliefert. Und ich muss über die Revolution schreiben. Es ist das Grauen! Und ich weiß immer noch nicht, wie er am Dienstagabend heimgekommen ist, ob seine Frau etwas gemerkt hat, ob er sich »verplappert« hat, was das Schlimmste wäre. Mein Leben hat im Augenblick keine andere Zukunft als das nächste Klingeln des Telefons am Abend. Sein Tod wäre für mich ein Desaster, von dem ich nicht weiß, ob ich mich jemals davon erholen könnte. Seit gestern und vor allem seit heute Morgen lebe ich in tiefer Angst wegen seiner Rückfahrt in der Nacht von Dienstag auf Mittwoch. Er war wirklich betrunken. Ich hätte große Lust, auf der Botschaft anzurufen, mache es aber nicht. Natürlich nicht. Ich bin wirklich verliebt.

Freitag, 18. November

Um halb fünf morgens aufgewacht, gedacht: »Er hat nicht angerufen.« Manchmal ruft er in der Nacht an.

Die Zeit schreitet fort: nur noch zwei Wochen bis zum Empfang in der Botschaft anlässlich des Jahrestages der Oktoberrevolution! Meine Angst, seiner Frau zu begegnen, die nun doch nicht gekommen ist. Die Gegenwart ist so stark, so rasant, dass Zukunft und Vergangenheit Lichtjahre entfernt scheinen.

Heute Abend »sollte« er anrufen; normalerweise ruft er drei Tage nach dem letzten Treffen an. Aber das »Sollen«, die »Regelmäßigkeit«, haben in unserer Beziehung nicht wirklich Platz.

Samstag, 19. November

Ich frage mich: Soll ich so weiterleben, mit dem Warten und in dieser Zerrissenheit zwischen Betäubung und Lust? Ein absolut ähnliches Verhalten jetzt wie damals, als meine Mutter im Sterben lag – etwas für sie/ihn tun. Hier: Wodka kaufen, vielleicht auch einen »modischen« kurzen, engen Rock kaufen – umso mehr, als ich weiß, dass seine Frau so etwas nicht trägt. Es ist eine süße Hölle, aber dennoch eine Hölle. Ich frage mich, ob er denn keine Angst hat vor dem, was sich seit Dienstag zwischen uns abspielt.

Sonntag, 20. November

Gestern Abend ein Anruf, um halb acht. Und sofort kehrt sich alles um; wie immer; eine Art Ruhe, höchstes Glück, dann das Warten auf das nächste Treffen, die Lust, die erwarteten Gesten. Und natürlich wenig Lust zu arbeiten (ein Text über die Revolution).

Dienstag, 22. November

Heute Abend eine Einladung bei Irène. Er kommt mit seiner Frau. Eine Prüfung. Vor allem weil wir uns danach nicht allein sehen können. Solche Hindernisse vergrößern das Verlangen; das ist der einzige Reiz, den ich daran finden kann. Gestern Abend rief er an, er war offenbar schon betrunken, suchte nach Worten. Passiert das tatsächlich so häufig? In Moskau hatte ich das gar nicht bemerkt. Zwanzig Minuten später ruft er wieder an und fängt an mit: »Ich auch«, als würde er sich auf etwas beziehen, das ich beim vorherigen Telefonat gesagt hatte, vielleicht: »Ich liebe dich.« Er ist verwirrt, lacht zu viel. Doch am Ende sagt er mir dennoch als Antwort auf meine Aussage: »Ich liebe dich.« Ich bin sehr verliebt, das ist die schöne Geschichte.

Der Abend war wirklich hart. Ich suche nach einem Grund für diesen Schmerz, für diese unendliche Traurigkeit nach dem Abend bei Irène. Es ist keine Eifersucht. Maria, seine Frau, ist nicht sehr hübsch, sie ist eher so etwas wie ein »solider« Mensch. Mehr nicht. Aber ich weiß durch die unbewusste Erinnerung, wie sie leiden könnte: Ich war auch schon »sie« – früher, als sich mein Mann für andere Frauen interessierte und bei Einladungen seine Geliebte dabei war. S. sah mir mehrmals tief in die Augen. Dann wandte ich mich jäh seiner Frau zu. Wir »unterhielten« uns lange, S., sie, Marie R., Alain N. und andere. So tun, als würde man sich gegenseitig sympathisch finden – und in Wahrheit die Schlampe sein. Daher kommt meine Trauer. Und: ihn sehen und nichts mit ihm machen können. Auf Donnerstag warten.

Sie trug einen langen, unförmigen Rock und fleischfarbene Strümpfe, ich trug einen sehr kurzen Rock und schwarze Strümpfe. Man kann sich keine zwei Frauen vorstellen, die unterschiedlicher wären in Statur (sie ist ein wenig drall), Größe, Haarfarbe, Augenfarbe und Kleidung. Die Mama und die Hure.

Mittwoch, 23. November

Schwer, diesen Menschen an der Seite von S. nun zu vergessen (»das Paar« – das verhasste Wort), gleichzeitig wächst die Lust schmerzhaft an: Solange die Geschichte dauert, bin ich die Bevorzugte, das Objekt der wahren Begierde. Ich verstehe nun Tristan und Isolde, die brennende Leidenschaft, die trotz und wegen aller Hindernisse nicht gelöscht werden kann.

Donnerstag, 24. November

Nebel, graue Öde. Heute habe ich Angst, dass er meiner überdrüssig ist und dass das Ganze nicht über Weihnachten hinaus dauert. Außerdem, dieses Leben, das durch seine Anrufe strukturiert wird, die seltenen Tage, an denen wir uns sehen – alles in allem ein Mal pro Woche; im Oktober immerhin noch zwei Treffen. Alles ist stumpf und leer. Ich sage »leer« und meine die Welt (im Grunde interessiert mich nichts mehr), »voll« sind nur meine Gefühle.

Die Enttäuschungen heute:

1) Er hat mir immer noch nicht die zärtlichen Worte gesagt, auf die ich so warte.

2) Nach der russisch-französischen Begegnung ist er mit den Mädchen von der Botschaft weggegangen, er hat mich nicht nach Cergy begleitet.

Und ich werde mir bewusst, dass mein Artikel über die Revolution von schreiender Nichtigkeit ist. Ich will nur noch schlafen.

Und schon frage ich mich mit Widerwillen: »Wann ruft er an?«

Freitag, 25. November

Zwei amüsante Begebenheiten: Ich zünde für meine Liebe Kerzen in den Kirchen an, und ich bin heute Nachmittag im Kaufhaus *Printemps* zum Regal mit den Büchern über Sexualität gegangen. Ich blättere, Leute gehen vorbei, auch ein Mann blättert und eine Frau, bei der ich mich frage, ob sie wohl lesbisch ist, weil sie mich streift. Dann an der Kasse mit *Le traité des caresses* (»Handbuch der Liebe«) von Dr. Leleu und *Le couple et l'amour. Techniques de l'amour physique* (»Das Paar und die Liebe. Techniken der körperlichen Liebe« von Valunieff/Gondonneau) mit 75 Fotos, 800 000 verkaufte Exemplare. Frauen hinter mir. Ich bin undurchdringlich. Der Verkäufer packt die Bücher ein. Doch ich bezahle nicht mit Kreditkarte, damit man meinen Namen nicht erfährt, und ich lese die Bücher auch nicht in der Schnellbahn. Ich kaufe diese Bücher für die Vollkommenheit der Lust, die Verfeinerung der fleischlichen Lust.

Sonntag, 27. November

Ist das ein Leben? Ja, es ist zweifellos besser als die Leere. Warten auf das Klingeln, den ungewissen Anruf. Ich schlage die Bücher über die »Liebestechniken« nicht auf aus Angst, ich könnte Qualen der Lust ausstehen, ohne zu wissen, wie es weitergeht: Wann können wir so zusammen sein wie in diesen Büchern …? Ich gestehe: Ich habe mir immer nur Liebe gewünscht. Und die Literatur? Das Schreiben war nur ein Füllen der Leere, eine Möglichkeit, über die Erinnerung an 58 zu sprechen und sie zu ertragen, die Abtreibung, die Liebe der Eltern, all das, was eine Geschichte des Fleisches und der Liebe war. Wenn er bis morgen Abend nicht anruft, also vier Tage nach unserem letzten Treffen, muss ich wohl dem Ende ins Gesicht sehen und diesem, wenn möglich, zuvorkommen.

Ich sage mir, dass ihn diese Woche wohl eher sein neuer, dicker Wagen beschäftigt als der Gedanke an mich.

Montag, 28. November

19.30 Uhr. Vielleicht zieht mich bei S. am meisten das Unverständnis für sein Verhalten an, meine Schwierigkeit, seine kulturellen Kodizes zu entschlüsseln und ihn sozial und intellektuell einzuordnen, was mir bei einem Franzosen ganz leicht fällt.

Grausames Warten, ich korrigiere fieberhaft Fahnen, beschäftige mich mit irgendetwas. Warten auf den Anruf, die Stimme, die mir gleich sagt, dass ich existiere, dass ich begehrt werde. Warum bin ich jedes Mal sicher, dass es das letzte Mal ist. Dass er nie wieder anruft? Welche alte Angst ist das?

20.45 Uhr. Der Anruf. Jedes Mal das »Schicksal«, der Telefonanruf, das Zeichen aus dem Jenseits, dieser Schauder und gleich darauf das Glück. Jedes Mal, wenn ich den Hörer abnehme: diese entsetzliche Angst, dass jemand falsch verbunden ist, dass das Schicksal selbst sich verwählt hat. Er ist es. Morgen, 16 Uhr. Und das ist das verheerende Glück; es fegt sofort die Angst hinweg, die heute Abend ihren Höhepunkt erreicht hatte… Ich habe keine Lust mehr auf die Korrekturen, in die ich mich verbissen hatte, um zu vergessen. Ich habe Lust zu weinen, zu lachen. Ich schrubbe den Boden, putze den Abort, mache ein wenig sauber, um ihn zu empfangen, diesen Mann, den ich vor der Desillusionierung, vor dem Vergessen manchmal wie einen Gott betrachte.

Dienstag, 29. November

Elf Uhr abends. Gegen vier Uhr, während ich auf ihn wartete, beschlich mich eine große Angst, ihn wieder zu sehen und unserer Beziehung einen Nachmittag hinzuzufügen, der durch die Häufigkeit zu einer Sättigung und zum Verschwinden der Lust führen muss. Ich denke niemals, dass unsere Zuneigung wachsen könnte, je besser wir uns kennen, ich denke immer in Begriffen der Verminderung und Ernüchterung.

Wir haben uns geliebt wie an jenem Abend in Leningrad. Schön. Dann im Eingang wie vor zwei Wochen. Auch schön. Aber es ist bereits ein »wie«. Er trug eine russische Unterhose, das sprang ins Auge: weiß, das Gummi leicht ausgeleiert, zu groß. (Mein Vater hatte solche Slips!)

Ich bin müde, und traurig. Sicherlich erwarte ich zu viel von dieser Geschichte, nachdem ich in Leningrad zuerst gar nichts erwartet hatte.

»Ich will nicht, dass wir uns trennen!«, sagt er. Ja, natürlich, aber er sagt auch: »Manchmal, oft, schlafe ich mit meiner Frau.« Und gleich denke ich: »Diese Worte prägen sich ein, kommen verstärkt zurück.« Am Ende nicht so stark, wie ich fürchtete. Lügt er, wenn er sagt, dass er noch nie eine Französin als Geliebte hatte? Ich habe den Eindruck, dass er seine Frau nicht oft betrügt, vielleicht bin ich sogar die Erste seit langer Zeit. Jedenfalls kommt er ein wenig öfter als ein Mal die Woche von Paris nach Cergy und verbringt den Abend mit mir. Vielleicht unterschätze ich seine Zuneigung. Aber jetzt ruft er mich erst vier Tage nach unserem letzten Treffen an.

Samstag, 1. Dezember

Schon über zwei Monate. Gestern Abend ging ich bei *Brummell* vorbei, Ecke Rue du Havre und Rue de Provence. Ein schrecklicher Bettler mit offenem Mund und einer blauen Wollmütze. Ich gehe weiter, gebe ihm zehn Francs und wünsche mir, dass S. heute Abend anruft. Vier Tage …

Zehn Uhr. Warum sind die Zeichen immer da, ironisch und fürchterlich: Er hat gerade angerufen. Ich denke an den Bettler – groß, schrecklich und schmerzerfüllt wie Christus –, denke an mein Almosen, an diesen Anruf, diesen Abend. Am Freitag sehen wir uns. Und ich denke an all das, was ich vorher machen muss: Essen mit Antoine Gallimard, vor allem muss ich nach Luxemburg fahren. Ich bin schlapp.

Was bedeutet aber dieses Zeichen, dieser Anruf nach der Situation im Quartier Latin wirklich? Dass er an mich denkt? Aber wie? Es ist nichts unmöglicher, als sich das Verlangen, das Gefühl des anderen vorzustellen. Und dennoch gibt es nichts Schöneres. Ich träume nur von dieser Vollkommenheit, ohne bislang sicher zu sein, dass ich sie auch erlange: für ihn, für das Bewusstsein seines Körpers die »letzte Frau« zu sein, diejenige, die die anderen Frauen auslöscht, die »erhabene« Geschichte.

Dienstag, 6. Dezember

Wegen des Essens mit Antoine Gallimard und Pascal Quignard konnte ich S. heute nicht sehen; außerdem habe ich meine Tage. Ich bin sterbenstraurig, weil ich mit Grauen für zwei Tage nach Luxemburg fahre. Und die Zeichen sind nicht immer zuverlässig: Heute habe ich einem Bettler am Bahnhof Saint-Lazare ein Almosen gegeben und mir gewünscht, dass S. anriefe. Ein wenig später stieg ein Punk mit Ohrringen zu. Und dann noch der Sänger! Wir leben in einer Welt der Bettelei, an die wir uns auf fast ästhetische Weise gewöhnt haben. Sie ist Teil der Stadt, gehört zum Bild des Bahnhofs und der sonnenbeschienenen Hochhäuser auf der anderen Seite der Geleise.

Es ist über eine Woche her, dass S. hier war. Zu lange. Ich bin die Summe dessen, was ich seitdem erlebt habe. Bin erstaunt, dass ich so viele unangenehme und dumme Sachen erlebt habe; das Essen mit H., der Jugendbuchpreis in Montreuil, das Ende meines Seminars über Robbe-Grillet und dann dieses Essen heute. Es ist mir ein Gräuel, dass das Leben eine solche Anhäufung von Erledigungen, faden und schwerfälligen Handlungen ist, die nur von ein paar intensiven Momenten außerhalb der Zeit durchbrochen wird. Ich kann auf der Welt nur zwei Dinge ertragen: Liebe und Schreiben, der Rest ist schwarz. Heute Abend habe ich weder das eine noch das andere.

Donnerstag, 8. Dezember

Ich habe Angst, dass er wegen des Erdbebens in Armenien und wegen des Dienstes in der überlaufenen Botschaft morgen nicht kommen kann. Zehn Tage sind so lang, und danach – vielleicht nichts. Heute Morgen im Zug hatte ich so ein Verlangen nach ihm, und wenn dann der Moment naht, bin ich fast erstarrt vor Angst, Angst vor dem »weniger«: weniger Glück als zuvor, weniger Verlangen, zusammen zu sein.

Freitag, 9. Dezember

10.25 Uhr. Ist das sein Wagen?

Die Angst, dass er nicht kommt, ohne mich zu benachrichtigen. Aber auch die Angst, dass er da ist, in dem Moment, wenn ich die Bremsen höre. Dieses Geräusch. Angst, nicht schön genug zu sein, vor allem Angst, ihm nicht genügend Lust zu schenken. Aber wenn ich all diese Ängste nicht hätte, wäre er mir ja gleichgültig.

18.10 Uhr. Um fünf vor eins ist er gegangen. Wir waren kaum anderthalb Stunden zusammen. Ich neige zu dem Gedanken, dass die Zeichen des Niedergangs dieses Mal sichtbar sind. Aber er ist nicht zu dem Vortrag von Sacharow in die Botschaft gegangen, sondern nach Cergy gefahren. Beim ersten Mal haben wir uns sehr schön geliebt, doch beim zweiten Mal hatte ich nicht diesen Eindruck. Tut er nur so? Undurchdringlich selbst in seinem sexuellen Verhalten. Ich weiß nichts von ihm, diese russische Welt wird mir immer fremd bleiben, diese Welt der Diplomatie, des Parteiapparates. Offenbar lege ich immer zu viel Vorstellungen in einen Mann, dabei schwinde ich selbst. Ich weiß nicht, was ihn an mich bindet. Wenn es nur der Name ist, die Tatsache, dass ich Schriftstellerin bin, würde ich am liebsten davonlaufen. Die größte Angst ist, dass er eine andere Frau hat. Ein spanischer Titel gefiel ihm: »In den Armen einer reifen Frau« *(madura).* Das bin offensichtlich ich. Und woher soll ich wissen, ob gewisse Dinge ihm nicht missfallen, zum Beispiel dass ich den russischen Autor Wladimir Makanin zum Essen eingeladen habe oder dass S. A. anrief, während er bei mir war.

Wie ist sein Interesse für den Titel »In den Armen einer reifen Frau« zu übersetzen? Ist die Feststellung seines Verlangen nach Frauen auch die Feststellung einer Angst?

»Verreist du über Weihnachten?« – heißt das: Besser, du verreist, dann muss ich dich nicht besuchen? Oder heißt es: Es wäre schön, wenn du da wärst?

Vielleicht haben diese Sätze für ihn auch gar keine Bedeutung, vielleicht sagt er das alles nur so dahin…

Dass er nicht bei dem Vortrag von Sacharow war, war vielleicht politische Absicht. Sacharow, der Dissident – er, der »Orthodoxe«.

Ich lese, was ich am Samstag geschrieben habe. Vor sechs Tagen. Normalerweise ist das keine lange Zeit – hier ist es eine Ewigkeit. Die Leidenschaft stopft die Existenz voll, bis sie birst.

Sonntag, 11. Dezember

Alles grau. Erinnerung an Dezember 63, als ich schwanger war und abtreiben wollte. Der Campus, vollständige Verlassenheit. Das Bedürfnis, nachmittags zu schlafen. (Wie 84 bei P.) Dieser Schlummer – oder diese Lebensstarre – ist mit dem der Penner auf den Métro-Bänken vergleichbar. Wäre S. da, würde ich sicherlich nicht schlafen. Ich hätte es ein Mal machen können, in Leningrad, aber ich hatte kein Lust. Auch 1985 war so ein graues Wetter, so eine Leere, so eine Unzufriedenheit. In diesem Moment leide ich darunter, nichts zu schreiben. Korrekturfahnen, Kurse, sentimentale Geschichte, Ausgehen, Empfänge – das ist die Leere. Ich suche nicht mehr nach der Wahrheit, weil ich nicht mehr schreibe; beides verschmilzt. Ich bin auch sehr sexuell – das ist das richtige Wort. Für mich zählt also nicht, bewundert zu werden, für mich zählt, Lust zu geben und zu bekommen. Das ist das Verlangen, das ist die wirkliche Erotik, nicht die gespielte Erotik im Fernsehen oder im Pornofilm.

Abend. Ich habe den Schluss des letzten Heftes gelesen und die ganze Geschichte mit S. Revue passieren lassen. Schon messe ich die Zeit, und ich weine. Das wirklich Schöne ist immer nur der Anfang. Dennoch, im Parc de Sceaux war es nicht toll, auch nicht in Davids Zimmer im Oktober. Warum also weinen?

Ich will nicht, dass er am Dienstag zu meinem sowjetischen Abend kommt; das wäre zu schwierig. Ich liebe ihn (heißt: Ich brauche ihn), und ich bin mir nicht sicher, ob er mich liebt. Die alte Geschichte.

Dienstag, 12. Dezember

Er ist nicht zu meinem Essen gekommen, und das war bestimmt besser so. Ich bin nicht sicher, ob diese Einladung eine gute Idee war. Es ist vorbei. Ich habe einen Horror vor solchen Einladungen, ich lebe in ständiger Angst, dass alles misslingt. (Heute nur noch zur Hälfte.) Mein Rock ist fleckig, Berge von Geschirr müssen aufgeräumt werden. Ich habe wahnsinnige Lust, S. zu sehen, so bald wie möglich. Als würde die Anwesenheit der anderen Leute das Loch noch vergrößern, das seine Abwesenheit in mich reißt.

Mittwoch, 14. Dezember

Heute hätte er anrufen müssen. Zum ersten Mal hat er es nicht getan; allerdings war ich zwischen vier und acht Uhr weg. Vielleicht hat der Countdown begonnen. Alles ist so schwarz, dass ich nur noch zu Hause bleiben will, die Welt draußen macht mir Angst. Allein in diesem Haus ist das Leben weniger schwierig. Und es gibt das Telefon, also gibt es auch Hoffnung. Draußen ist alles hoffnungslos, ich bin eine Frau am Rande der Tränen. Tatiana Tolstoia und ihre »ewigen Fragen«, ihre Art, wie Nathalie Sarraute zu sagen: Ich bin Schriftstellerin, und ich bin Bürgerin, beides greift nicht ineinander… Aber bei Tolstoia erinnere ich wirklich nur diese »russischen« Gesten, dass sie negierend oder spöttisch mit der Hand vor dem Gesicht wedelt, und diese undefinierbare Miene, die auch S. manchmal aufsetzt. Ich mag es nicht, dass sie mit Hohn über ihr Land spricht. »Die UdSSR ist ein wahrhaftiges Geschenk für einen Schriftsteller« (so schrecklich ist das).

Donnerstag, 15. Dezember

Stille. Immer noch. Mir wird unwohl, wenn ich versuche, mich an ähnliche Momente 1958, 1963 zu erinnern, die unauslöschlich wiederkommen. Zu wissen, dass ein Anruf genügen würde, damit ich wieder das Gefühl habe zu leben. Wer eines Tages dieses Tagebuch lesen wird, wird sehen, was genau die »Verfremdung im Werk der Annie Ernaux ist, und nicht nur im Werk, sondern mehr noch im Leben. Meine Beziehungen zu Männern folgen einem unerschütterlichen Kurs:

a) anfängliche Gleichgültigkeit beziehungsweise Abneigung,

b) mehr oder weniger körperliche »Erleuchtung«,

c) glückliche, ziemlich beherrschte Beziehung, stellenweise sogar Langeweile,

d) Schmerz, bodenloses Gefühl des Mangels.

Und dann kommt der Moment – und da bin ich nun –, wo der Schmerz so stechend wird, dass die glücklichen Momente nur künftige Schmerzen sind und den Grundschmerz vergrößern.

e) Das letzte Stadium ist die Trennung, bevor ich wieder das vollkommenste Stadium erreiche: die Gleichgültigkeit.

20.45 Uhr. Es ist sehr hart, ich glaube, sehr viel härter als bei P. im Sommer vor vier Jahren. Es ist klar: Wenn er heute Abend nicht anruft – dabei hätte er gestern anrufen sollen –, ist es zu Ende. Aus Gründen natürlich, die ich nicht kenne. Man erfährt es nie oder erst später. Muss diesen Abend ohne viele Tränen hinter mich bringen, mehr verlange ich nicht. Die Literatur bringt nicht das gleiche Leiden, obwohl es ebenfalls hart ist. Hier ist es ein Herausreißen, ein Ausschließen, Lust zu sterben. Als ich achtzehn war, aß ich, um zu kompensieren. Mit achtundvierzig weiß ich, dass es keine Kompensation gibt. Ein Buch, das mit »ich liebte einen Mann« beginnen würde oder mit »ich liebe noch immer einen Mann«. Wenn ich an ihn denke, sehe ich ihn nackt in meinem Zimmer, ich ziehe ihn aus, denke nur an sein erigiertes Glied, seine Lust. So müsste ich es sagen.

21.45 Uhr. Er hat doch angerufen, aber ich bin nicht glücklicher. Der Zyklus des Schmerzes hat begonnen. Wir treffen uns am Dienstag, also in fünf Tagen. Das heißt, er hat kein Bedürfnis, mich öfter zu sehen. Das heißt, vielleicht hat er eine andere, trotz seiner unsäglichen Unterhosen. Das heißt, ich bin eine Ehrenfrau, die man mit wachsender Distanz ehrt, die man aber nicht loslässt – ganz bestimmt nicht. Ich kenne das. Dennoch warte ich. Ist das besser als nichts?

Freitag, 16. Dezember

Schwarze Morgen: Einen Tag nur leben müssen. Es ist noch Nacht. Hunderte und Aberhunderte solcher Morgen hinter mir und vor mir. Ich onaniere und denke an S. Das ist schlimmer. Nein, nicht ganz.

Dienstag, 20. Dezember

Er teilt mir nie, meinetwegen durch einen Anruf, die genaue Zeit mit, wann er kommt. Seit Donnerstagabend, als wir das Rendezvous ausmachten, könnte ich tot sein oder krank. Ich könnte ihn nicht benachrichtigen. Der heimliche Geliebte. Und immer diese Angst, dieses Grauen gar, ihn wieder zu sehen (jedes Mal habe ich Durchfall), obwohl ich die ganze Nacht lang nur Lust hatte, eine verzehrende Lust. Das Auto, das kommen wird… Jedes Mal ist es, als würde ich von Neuem entjungfert werden.

10.40 Uhr. Und wenn er nicht kommt?

Oder wenn der Anfang vom Ende weitergeht? Das Wetter ist toll, wie im November. Es ist nicht mehr November indessen.

15.30 Uhr. Er kam, als ich gerade »indessen« schrieb. Ist es das schöne Wetter? Ein schönes Treffen. Er bringt Geschenke, er verspricht mir ein Foto. Und ich denke: Er liebt mich ein bisschen, auf seine »abgeklärte« Art in diesem außerehelichen Fall, aber nicht so sehr, wie ich glaube. Auch sinnliche Hingabe, ein bisschen verrückt. Dass ich nicht weiß, dass ich noch weniger als bei P. weiß, was ich ihm bedeute, ist auch sehr anregend. Er bekam sein »schönes Auto«, ja, das hat er in sozialer Hinsicht mit meinem Ex-Mann gemeinsam. Wie müde ich bin. Wie sehr ich mich freue, ihm einen Orgasmus zu schenken, ihn glücklich zu machen. »Was machst du da?«, fragt er mit seinem russischen Akzent, wenn er in meinem Mund Lust empfindet. Unvergesslich. Doch anders gesagt: Ich steuere mein Schiff schlecht, komme in Seenot, verschwende mich, ohne meine Kraft, mein Leben zu berücksichtigen.

Mittwoch, 21. Dezember

Woher soll ich wissen, wie er mein Geschenk aufnimmt? Angesichts des Preises wahrlich das Geschenk einer alternden Geliebten für ihren Gigolo. Heute habe ich dieser grauenvollen Gestalt, dieser Frau mit den verkrüppelten, verkümmerten Fingern und Zehen zehn Francs gegeben; sie kauert seit mindestens einem Monat an einer Mauer in der Métro-Station Opéra.

Die Zeichen auswerten. Doch warum sollte er mich anrufen? Er war ja gestern bei mir – das ist seine »Datscha«.

Also, ich projiziere meine Wünsche auf die Bettler; sie sollen die Fürsprecher meines Schicksals sein... Die Wirklichkeit ist der Vorstellung überlegen.

Donnerstag, 22. Dezember

Heute Nacht wurde ich mir der Ungeheuerlichkeit des Geschenks bewusst, das ich einem Mann mache, der mich vielleicht nur als einen Arsch sieht, als einen befriedigenderen Arsch als den einer anderen. Doch ich male immer alles so schwarz. Dennoch bleibt das Problem: Was bin ich für... (ihn, sie)? »What's Hecuba to him, or he to Hecuba?« Shakespeare, *Hamlet.*

Abend. Und wenn er nun brechen will? Dass er mir am 29. November das Gegenteil gesagt hat, hat nichts zu bedeuten. (Vor einem Monat, das ist lange her...) Heute Abend spiele ich mit der Möglichkeit, dass er die ganze nächste Woche nicht kommt. In diesem Moment muss ich den Mut haben, den Dingen ins Gesicht zu sehen und mit ihm zu brechen. Aber mit Stil. Indem ich ihm das Geschenk gebe.

Jeder Abend ist schwarz, ich bin zu abhängig, bin der Gnade des Telefons ausgeliefert. Im Verhältnis zu den Regeln, die er in der Vergangenheit befolgt hat, müsste er spätestens am Samstag- oder Sonntagabend anrufen. Wenn nicht, muss ich eine Entscheidung treffen.

Samstag, 24. Dezember

Der Vormittag ist genauso schwarz wie der Tag vor Ostern oder der Sonntag nach Ostern 86. Ich erlebe die befremdlichste Geschichte, die es seit Philippe gibt, das war vor fünfundzwanzig Jahren. Ich schreibe unablässig in dieses Heft, wie ich über meine Mutter schrieb, als sie in der Geriatrie war. Und als würde es zumindest etwas »nützen«. Gestern Abend war ich sicher, dass er genug von mir hat, dass er mich bis Januar nicht mehr anruft. Auch heute Morgen glaube ich das noch weitgehend.

Um ein Uhr, die glänzende Weihnachtskarte. Ich sehe darin ein Zeichen: »Herzlichst« und seine Unterschrift. Im Grunde genommen hat das nichts zu sagen, die Karte ist förmlich, obligatorisch. Doch nach anderen Maßstäben, nach den Zeichen, die eine Trennung bedeuten und in denen ich seit zwei Wochen versinke, ist es die Ankündigung, dass die frühere Beziehung nun durch eine herzliche Beziehung ersetzt wird.

Sonntag, 25. Dezember

Von acht Uhr bis zehn Uhr: schwarz. Ich warte, und er ruft nicht an. Voilà. Und in diesem Moment denke ich nicht einmal wie Proust, dass ein Nichts, ein bisschen guter Wille genügen würde, um nicht mehr zu leiden und diesen Reifen aus Papier zum Reißen zu bringen, hinter dem ich frei wäre.

Montag, 26. Dezember

Kaum eine Veränderung. Warten. Mit sechzehn Jahren (im Januar, Februar) ein Zeichen von G. de. V., mit achtzehn (das Schlimmste) C. G., mit dreiundzwanzig Ph. in Rom. Vor einigen Jahren P. Dieses Mal ist die gesetzte Frist schon um einen Tag verstrichen. Aber ich räume ein, dass wegen der Auszeit durch die Weihnachtstage ein Anruf heute Abend noch akzeptabel wäre. Danach …

Kaum eine Veränderung. Der Wunsch, schwanger zu sein, jedoch noch ohne konkrete Möglichkeit, ihn zu verwirklichen. Ich glaube jedoch kaum, dass ich diesen Monat die Pille nehmen werde.

Es braucht wahrlich wenig »Vertrauen in mich«, damit ich zu so einer Verrücktheit imstande bin.

10.45 Uhr. Er hat angerufen, aber er weiß nicht, wann er kommen kann. »Ich werde versuche, dich diese Woche zu treffen.« »Ich werde versuchen«, diese entsetzlichen Worte; wenn man keine Lust hat. Gerade mal ein bisschen Beruhigung, ein bisschen Balsam auf meine Wunde.

Dienstag, 27. Dezember

Natürlich hat er »morgen oder übermorgen« nicht angerufen wie versprochen, dennoch habe ich gewartet. Ich könnte heulen, mir ist ganz schlecht. Darüber hinaus bin ich nie allein, Eric ist immer da. Er lauert auf S. und ist sicherlich froh, wenn er nicht kommt. Ich weiß nicht mehr, was ich denken soll oder, besser gesagt, doch: Ich bin S. völlig gleichgültig. Aber heute Abend hebe ich Tonnen des Nicht-Seins, des Überdrusses von mir. Schlafen, schlafen.

Mittwoch, 28. Dezember

Ich habe nicht wirklich geschlafen, bin ins Grauen gefallen: Tränen, die Gewissheit, langsam losgelassen zu werden. Träume von meinem Ex-Mann, der mich vögeln will; das ist grauenvoll für mich. S. verfolgt mich. »Die Intelligenz kennt im Leben kein Eingeschlossensein ohne Ausweg«, sagt Proust. In der Nacht gibt es keine Intelligenz, es gibt nur das Leben in seinem Magma aus Widersprüchen, Schmerzen. Ohne Ausweg. Der »Reifen aus Papier« war eine Betonplatte. Ich glaube nicht, dass ich eine ähnliche Nacht erlebt habe, seit ich mich vor sechs Jahren von Philippe trennte. Dennoch wünsche ich mir wahrlich einen sauberen Bruch. Drei Monate.

Wie könnte ich überrascht sein über meine Verrücktheiten von 1958? Nach C. G. zwei Jahre Bulimie, Verzweiflung. Wegen der Männer. Ich weiß nur zu gut, dass genau das mich zum Schreiben treibt: die mangelnde Verwirklichung von Liebe. Bodenlos.

Es gibt einen Moment, da läuft man in eine Geschichte hinein, alles liegt vor einem, man hat Erwartungen. In einem anderen Moment gleitet alles in die Vergangenheit ab, und vor einem liegt nichts als Wiederholung, Verschlechterung. Ich datiere diesen Moment vage auf November, eher Dezember, als ich Makanin einlud. Oktober und November waren zwei sehr schöne und auch sonnige Monate. Der Dezember ist sehr schwarz. Warum schreibe ich das, wenn ich nicht die Zukunft zwingen will, wieder sonnig zu werden? Das passiert aber selten mit demselben Mann.

Ich habe eine Stunde geschlafen. Nachmittag in meinem Zimmer – im Allgemeinen ein Zeichen größter Verlassenheit. Fast hätte ich beim Aufwachen die Nachttischlampe kaputtgemacht.

Ich bin eine gierige Frau. Das ist fast die einzig richtige Aussage über mich.

Donnerstag, 29. Dezember

Halb elf. Ich hatte mich schon hingelegt. Klingeln und dann nichts in der Leitung. Ich lege auf. Zehn Minuten später: »Freitag, zehn Uhr.« Zum ersten Mal in meinem Leben weine ich vor Glück und weiß, dass nun für mich das Schlimmste gekommen ist: dass ich in dieses grauenvolle Räderwerk geraten bin wie damals mit Philippe in Rom, ohne offiziellen Ausweg. Zum Glück übrigens, denn naturgemäß gehe ich in die Falle. Heirat usw.

Freitag, 30. Dezember

Ich bin in einem Loch – selbst wenn er noch nicht ganz gegangen ist und ich immer noch sicher bin, dass er gern mit mir zusammen ist. Meine Sorge wegen des üppigen Geschenks. Eine zärtliche Erinnerung: »Was haben diese Blumen zu bedeuten?«, fragt er. Primeln neben meinem Bett. Offensichtlich ist er eifersüchtig, nachdem ich ihm einmal gesagt habe, dass Blumen in Frankreich eine Bedeutung haben. Eifersucht ist immer ein Beweis. Ich kläre ihn auf und schenke ihm Primeln aus dem Garten.

Heute kniet er vor meinem Schoß, wie ich es bei ihm mache. Schönes gegenseitiges Ausziehen. Ja, er ist schön, ist »mein Flüstern im Herzen«, wie D. L. es sagt und nicht weiß, um wen es sich handelt. Pariser Esprit. Alles, wovor mir graut, kommt zurück.

Höre im Fernsehen dieses Chanson von Aznavour, das ich vergessen hatte: »Leben, ich will mit dir leben.« Ich bin sechzehn Jahre alt, ich bin immer sechzehn. Werde hinweggeschwemmt von der Erinnerung an diese Zeit, an diese verrückte Liebe. Mit S. ist es so, als würden sich alle unvollendeten oder unvollkommenen Liebesbeziehungen meiner Jugend verwirklichen: G. de. V., Pierre D., all die, die mich enttäuscht haben und von denen ich nun weiß, dass ihnen nichts anderes übrig blieb. Nun weiß ich, dass ich nicht »mit dir leben« kann, dass es ein Traum bleiben muss, ein Schmerz.

Am Nachmittag überwältigt mich das alles, »ich bin wie Anna Karenina«, Anna, die verrückt ist nach Wronksij. Angst.

Samstag, 31. Dezember

Am Abend Ansprache von Mitterrand. Er ist wirklich links. Zum Schluss wird zum ersten Mal die *Marseillaise* gesungen. Ich bekomme Gänsehaut, für mich ein Zeichen größter innerer Bewegung. Die *Marseillaise!* Mein Vater sang sie mir. Das ist das Ende des Krieges, das ist das Lied der Freiheit. 1989! Das »heißt« für mich: Ich bin auf der Seite der Revolution, das war ich immer. »Hört ihr auf den Feldern / diese wilden Soldaten schreien? / Sie kommen direkt in unsere Arme, / um unsere Söhne, unsere Gefährtinnen zu töten. / An die Waffen, Bürger!« Bombastisch, pompös. Aber der Text ist nicht wichtig, nur die Musik und der Schlachtruf: »An die Waffen, Bürger!«

1988, global gesehen, ein befriedigendes Jahr, aber zu bewegt in Bezug auf die Medien, das öffentliche Leben. Streng betrachtet: nichts gemacht. Die besten Momenten: Venedig, UdSSR und natürlich »die Geschichte«, in der ich nun seit Ende September, genau gesagt seit dem 25. September lebe, seit die Uhr auf die Winterzeit umgestellt wurde. Es gab einen Herbst. Welche andere(n) Jahreszeit(en) wird es noch geben?

Erkenntnis: Objektiv gesehen sind Sex und die Bewegungen, die man dabei macht, das Gleiche, ob man liebt oder nicht.

1989

Sonntag, 1. Januar

Allein, ganz allein an diesem 1. Januar. Das ist mir seit langem nicht passiert. 1964 kehrte ich von Vernon nach Paris zurück und verbrachte den Tag allein in meinen acht Metern im Quadrat.

Aber am Nachmittag kommen Eric und seine Freundin. Jedenfalls bin ich nicht traurig. Ein Traum heute Nacht: Ich gehe mit einer Sense am Rain eines Feldes entlang, wo junge Männer arbeiten. Sie wollen von mir diese Sense, ich will sie ihnen nicht geben. Es ist das Feld bei Yvetot, wo ich mich mit dreizehn zum ersten Mal verliebt habe. Ein alter Arbeiter, sagt, dass er 20 000 Francs im Monat verdient, und ich denke: Körperliche Arbeit wird gut bezahlt, verglichen mit der Lehrtätigkeit. Dann ist da Eric (wegen der Angst, die ich um seine Zukunft habe?); wir warten auf einen Bischof, er kommt, und ich mische mich ungeniert in die Menge. Unergründlich. Bis auf die Sense vielleicht: Angst vor dem Alter. Aber dieses Jahr komme ich noch nicht in die Fünfzig.

Vielleicht schreibe ich an S., wie ich es oft tue, und gebe ihm den Brief, wenn er kommt. Schicken darf ich ihm nichts, genauso wenig darf ich ihn anrufen! Ein schöner Roman in Aussicht! Dennoch weiß ich, dass ich gegen eine Wand schreibe. Niemals auch nur eine sichtbare Reaktion auf das, was ich ihm schreibe, er reagiert nur auf meine Anweisungen, beispielsweise: »Das nächste Mal kommst du gleich rein, ohne anzuklopfen.« Und er tut es. Heißt das, er wollte von Anfang an, seit Leningrad, im Dunkeln lieben? Er schließt auch immer die Augen. Nur wenn ich sein Glied mit dem Mund liebkose, setzt er sich halb auf und schaut zu. Kaum hebe ich den Blick, wendet er gleich die Augen ab. Ist es Scham? Verdrängen?

Dienstag, 3. Januar

Heute Morgen der Film: Er ruft heute Abend oder morgen an und sagt, dass es zu Ende ist. Ich bin mir im Moment ganz sicher, dass es passieren wird, und das Herz schlägt mir bis zum Hals. Führe alle nur möglichen Gründe an: Abnutzungserscheinungen; die Schwierigkeit, sich zu treffen; Angst, dass ich klammere; das teure Geschenk war ihm peinlich. Ich denke an all das, denn in meinem letzten Brief habe ich ihn aufgefordert, ehrlich zu sagen, was er will. Er kann »die Gelegenheit ergreifen«, wie in der Geschichte der Madame de la Pommeraye in *Jacques, der Fatalist, und sein Herr.*

Mein ganzes Leben wird eine Bemühung gewesen sein, mich der Lust des Mannes zu entziehen – meiner Lust. 1963 sagte ich mir immer den Bibelvers: »Wie einen Strom leite ich den Frieden zu ihr«, dabei wusste ich gar nicht, dass diese Worte meine Lust ausdrückten, das Sperma, das auf mir floss wie ein Strom.

Mittwoch, 4. Januar

Heute Abend ist es vorbei, er ruft nicht an. Ich versuche, durchzuhalten und nicht wie letzten Dienstag in Verzweiflung zu versinken. Aber es ist schrecklich, ich sehe nämlich immer meine Vorahnungen bestätigt. Die Lustlosigkeit, die ich seit Ende November bei ihm spüre, ist nun so deutlich, dass ich verrückt sein muss zu glauben, er hänge noch an mir. Der Hohn: Ich ähnle dem Mädchen, das mir seit sechs Monaten Liebesbriefe schreibt, die ich nicht einmal lese. Auch ich schreibe Liebesbriefe an jemanden, der mich nicht liebt. Aber warum Liebe? Er hat mir nichts versprochen, und ich will nur die schöne Seite der Sache. Nun gibt es keine Schönheit mehr, denn es gibt gar nichts mehr.

Donnerstag, 5. Januar

16.10 Uhr. Am Morgen hat er angerufen. In wenigen Minuten kommt er. Immer diese kopflose Panik, das Warten, frei von Gedanken. Wenn ich von den schnell erledigten Einkäufen zurückkam, sagte ich mir immer: Hätte ich einen Wagen gestreift, hätte ich nicht angehalten und mich schuldig gefühlt. Was ist Schuld? Ein leeres Leben ohne Lust? Was ist das Wahre: die Lust oder die Schuld?

17 Uhr. Er ist nicht da. Ich sage mir, er wird nicht mehr kommen. Gegen 16 Uhr habe ich das Telefon abgehängt, damit wir ungestört wären. Vielleicht wollte er mich benachrichtigen.

Halb elf. Ich habe ihn nicht kommen hören, er ist leise eingetreten. War also alles, was ich mir vorgestellt habe, falsch?

Er begehrt mich, er freut sich, mich zu sehen, wir lieben uns göttlich. Doch auch dieses Mal hat er gegen Ende des Abends zu viel getrunken, Whisky. Zum ersten Mal stöhnt er laut vor Lust. Wenn wir zusammen sind oder uns lieben, bin ich sicher, dass er keine andere hat und dass er mich mag. Sehr mag. Dann vergehen die Tage, und es ist vorbei. Ich folge demselben Weg wie nach dem Examen, als die Gewissheit, durchgefallen zu sein, in dem Maß wuchs, je weiter ich die Prüfungen hinter mir ließ. So wuchs nun mit jedem Tag, der verstrich, die Gewissheit, von ihm verlassen worden zu sein.

Ich werde aus dieser Erschöpfung auftauchen, in die ich niemals eintauchen wollte: Keine Gedanken, nur die Erinnerung an die Bewegungen, den Körper von S. Im Bad (er wollte es ausdrücklich von hinten), im Zimmer und wieder im Bad. Er zieht sich wieder an – es dauert lange, er ist wirklich betrunken – und zählt die Namen seiner Markenschuhe und Markenkleider auf – Rodier, Pierre Cardin. (Der Gürtel, den ich so leicht aufschnalle!) Er hat es wunderbar weit gebracht, wie ich, aber am anderen Ende von Europa. Er ist sehr stolz auf sein *Dupont*-Feuerzeug, dabei hatte ich mit dem Gegenteil gerechnet; aber ich hätte es ihm vorher sagen sollen. Außerdem »wusste« ich es, sonst hätte ich ihm dieses Geschenk nicht gemacht. Glaubt seine Frau die Lüge, die er ihr aufgetischt hat?

Er weiß nicht, wie man Strumpfhalter aufmacht.

Freitag, 6. Januar

Ich verstehe das Bedürfnis, den geliebten Menschen mit Geschenken zu überschütten, um seine Zugehörigkeit zu zeigen (Proust, *Die Gefangene*). Auch wenn ich weiß, dass man den anderen dadurch nicht binden kann. Der andere ist lediglich stolz darauf, so viel Liebe hervorzurufen, und das verstärkt seinen Narzissmus, den er gegen den Schenkenden ausspielt. Und der Schenkende ist in diesem Fall nicht narzisstisch genug. Jedenfalls liebe ich ihn aus all meiner Leere heraus.

Sonntag, 8. Januar

Wie kann die Lust immer von neuem entstehen und zu dieser Obsession werden? Eine ganze Nacht mit ihm zu verbringen, ist momentan mein einziges Lebensziel, und ich frage mich, was ich niemals dafür opfern würde. Dieser Vortrag in London hängt mir zum Hals raus.

Ich schaffe es noch nicht, zwischen zwei Bildern von S. zu unterscheiden: der schöne junge Schürzenjäger, mit einer geistig überlegenen, ein wenig eifersüchtigen Frau (= ich und mein Mann), und der schüchterne Junge, der Angst hat, seine Frau zu verletzen, und daher nur wenige Abenteuer hatte. Sein Verhalten im Bett, eine gewisse Unerfahrenheit, lässt mich vermuten, dass die zweite Option die richtige ist. Aber ich werde es nie wissen, es sei denn, es gibt Zeugen von außen, und die sind hier schwerer zu finden als anderswo (die russischen Kreise).

Montag, 9. Januar

Langes Warten, dann die Vorahnung, dass er diese Woche keine Zeit für mich hat; der Vorsitzende der VAAP ist in Paris. Ich schreibe alles auf, um mich zu erinnern, um die Dinge aufzuzeichnen, aber vielleicht auch, weil ich »mich« von Anfang an »erzähle«, irgendjemandem erzähle. Bestenfalls kann ich hoffen, dass er am Mittwoch anruft. Dann sind es sechs Tage.

Mein erster Roman hieß zu Anfang *L'arbre* [»Der Baum«], offenkundig ein Phallussymbol. Es kommt auch in dem Lied von Dario Moreno vor – *Histoire d'un amour* –, das mir 1958 so gefiel: »Ein großer Baum wächst / voller Kraft und Zärtlichkeit / hin zum Tag, der kommen wird.« Kein Kritiker, nur ich selbst kann Licht in mein Leben bringen. Der Baum, die Obsession.

Wieder kommen die Zweifel, das Gefühl, dass er mehrere Geliebte hat. Aber mit ihm ist mir Aids egal. Jedenfalls existieren für mich in diesem Moment weder andere Frauen noch ein anderer Mann. Keine Pille obendrein. Werde ich wieder die Katastrophe erleben? Den Tod in meinem Bauch wie 1964? Mit achtundvierzig Jahren laufe ich keine große Gefahr, schwanger zu werden.

Auf ihn warten mit so vielen Szenarien im Kopf (wo werden wir uns lieben, wie werden wir uns lieben usw.) und dabei nicht wissen, ob er kommt. Diese Kluft zwischen Vorstellung, Verlangen und Wirklichkeit ist unerträglich.

Dienstag, 10. Januar

Zehn Uhr. Kaum Hoffnung, dass er heute Abend anruft. Ich hörte *Cécile, ma fille* von Claude Nougaro, das ich immer hörte, als ich mit Eric schwanger war. Ich war vierundzwanzig. Ich leide an der Zeit, leide an diesem Bild von mir, das verschwunden ist und das mir aber auch egal ist, denn ich bin mir heute lieber. Doch im jetzigen Zustand ist dieses Ich zusammen mit all meinen anderen Ichs enthalten wie Millionen russischer Matrioschka-Puppen. Ein Penner hat mich in der Drogerie beleidigt, wo er Brennspiritus kaufen wollte. »Schlampe! Sau!« Er hörte nicht auf, war außer Rand und Band. Wünschte mir den Tod, man soll mich »verbrühen«, mir die »Kehle durchschneiden«. Eine unangenehme Situation. Sau …

Natürlich gehe ich morgen nicht zum Cocktail-Empfang des *Évènement du jeudi,* denn er könnte ja während dieser Zeit anrufen …

Elf Uhr abends. Er hat angerufen, vielleicht kann er kommen, er weiß nicht, wann … Diese Stimme, tief, heute Abend noch tiefer, mit der russischen Intonation, mit seinem breiten, langsamen *oui.* Er hat angerufen, also gehe ich zum Cocktail-Empfang. (Schreibt man es so? Ich habe dieses Wort in der Wirklichkeit nur selten gebraucht.)

Donnerstag, 12. Januar

Ich hätte mich lieber auf den Vortrag am Barbican College vorbereiten sollen, anstatt zum Cocktail-Empfang zu gehen. Nichts. Pariserisch. Mehr Journalisten als Schriftsteller, und immer die Gleichen: Sollers, Bianciotti usw. Heute Nacht habe ich von einer Kirche geträumt, in die ich hineingehen wollte. Die Krypta ist nur über eine Strickleiter zu erreichen; das schaffe ich nicht. Schiff und Chor werden restauriert. Nach kurzem Zögern gehe ich hinein. Auf dem Altar sitzt ein Schimpanse, der sich schließlich als Bär herausstellt. Ich gehe wieder hinaus, er folgt mir, wird immer zutraulicher, doch ich finde ihn bedrohlich. Trotz meiner flehentlichen Bitten hilft mir niemand, das Tier abzuschütteln. Schließlich schaffe ich es. Offenbar ist der Bär ein Symbol für Russland, aber ich bin nicht sicher. Er hat jedenfalls mit S. zu tun, der in Sibirien als Holzflößer gearbeitet und dort Bären angetroffen hat. S. hat den Mund von Luis F. und er hat etwas von Guy D. in Blond: genauso groß; dunkle, allerdings blaugrüne Augen. Ich muss arbeiten, und das Warten quält mich. Die mögliche Enttäuschung, dass ich ihn in diesen beiden Tagen nicht sehen kann, macht mich fertig

18 Uhr. Dieses Skript für den Vortrag ist mir verhasst, denn es gibt immer weniger Hoffnung, dass S. morgen kommt. Ich arbeite für nichts, ohne eine Belohnung erwarten zu können. Die Mechanismen des Kulturkampfes zu erläutern, ermüdet mich aufs Äußerste, der »Ruhm«, den ich daraus ziehen kann, ist weniger wert als eine Stunde mit S. Es ist über eine Woche her, dass wir uns gesehen haben. Meine einzige Zukunft ist das nächste Treffen. Und wenn dieses Treffen nicht fest ausgemacht wird, gibt es überhaupt keine Zukunft.

Freitag, 13. Januar

Laut Horoskop steht Venus in meinem Sternzeichen, doch das macht sich nicht bemerkbar. Ich träumte, ich hätte ein Kind, hielt es in meinen Armen, zeigte es in der Reha-Klinik La Châtaigneraie allen Krankengymnasten. Dann ließ ich es für ein paar Sekunden auf einem Tisch liegen. Geschrei. Ich sehe, dass sein Genick gebrochen ist, nun ist es kleiner als eine Hand. Ich weiß, dass es sterben muss. Während ich das schreibe, weine ich. Ich weiß, dass ich meine Abtreibung »wiedererlebe«, und es ist aufs Neue unerträglich.

Neun Uhr. Um wie viel Uhr muss ich die Reifen des Schmerzes zum Platzen bringen, um den Text für diesen albtraumhaften Vortrag zu beenden? Um zehn Uhr, ganz sicher – wenn er heute bestimmt nicht mehr anruft und auch nicht mehr kommt.

15.30 Uhr. Ich hätte nie gedacht, dass es so hart sein würde, diese ausweglose Geschichte zu leben. Ich schreibe den Text dieses (schlechten) Vortrags noch einmal ab. Ich weiß nicht, wann ich S. wieder sehen werde, aber ich würde ihn gerne heute, jetzt, sehen. Meine Lust ist beängstigend. Zum Heulen. Warum hat er mir am Dienstag Hoffnungen gemacht? Die erste Lüge.

Ich begreife, dass man manchmal einfach nicht mehr leben will. »Schwarzer Freitag«, wie es in ich weiß nicht mehr welchem Film heißt. Und dann zwei Tage London, ohne Telefon. Die Härte ist im Grunde nicht, dass er nach Moskau zurückkehren könnte, sondern dass er in Paris bleibt.

Montag, 16. Januar

London. Gestern war ich wieder in der Kenver Avenue 21. Bin erst mit der U-Bahn zur Tottenham Court Road gefahren, die Sitzbänke sind immer noch mit Stoff überzogen, aber alles ist schmutzig und heruntergekommen. In East

Finchley bin ich ausgestiegen; die Brücke über der High Road hatte ich vergessen. Ich habe den Bus genommen und wie damals um einen Halt an der Granville Road gebeten, aber der Fahrer wusste nicht, wo das ist. Dennoch hielt er. Links sehe ich den Swimmingpool, den ich auch vergessen hatte. Das Haus der Portners war umgebaut und praktischer eingerichtet worden: In der Eingangshalle war nun die Küche. Es erschien mir wie ein »Abstieg«, auch die Straße erschien mir weniger vornehm und weniger schick. (Nicht vergessen: Ich kam aus Yvetot.) Dennoch, das Helle, die Gleichförmigkeit, die Langeweile – welch namenloses Grauen musste ein Leben hier sein. Dann die Kirche, Christchurch; sie war immer noch wie früher, auch die Bank stand noch davor. Außer *Woolworth* erkannte ich kein Geschäft mehr wieder. Das Kino gab es nicht mehr, nicht den *Tobacconist* (er hieß Rabbit), auch nicht das kleine Café, wo sich 1960 die Jugendlichen vor der Musikbox trafen, und die Frau mit der Brille, die in Lärm und Geschrei die Tassen spülte. Sie wohnt nur noch in meinem Buch, das ich 62/63 geschrieben und nie veröffentlicht habe. Abgesehen vom Verlauf der Straße hat sich in der High Road alles verändert; das Pub ist nun ein Grillrestaurant, vor allem gibt es andere Läden. Sie sind der labilste Teil der Wirtschaft und reagieren immer besonders empfindlich auf Veränderungen. (Steht die Wirtschaft also doch an erster Stelle?) Für die Weiterfahrt nahm ich die U-Bahn zum Woodside Park und fragte mich hier, in dieser Straße, wo sich so wenig verändert hat, ob ich damals im August 1960 in dem benachbarten Park geschrieben habe: »Die Pferde tanzten am Meeressaum.« Es ging um ein Mädchen, das aus einem Bett aufstand, wo sie mit einem Burschen zusammen war. (Immer die gleiche Geschichte, die einzige Geschichte.) Die Pferde in Zeitlupe, die in ihrem Tanz verharren, drücken das Gefühl der Schwere nach der Liebe aus. Ich erinnere mich gut…

Dieser Spaziergang gestern war unwirklich. Die einzig währende Wirklichkeit sind die Bilder, die ich von 60/61 habe und die teilweise in *Du soleil à cinq heures* [»Fünfuhrsonne«] enthalten sind. (»Schlag-fünf-Gelee«, sagte mein Ex-Mann immer.) Alle Teilnehmer des Kolloquiums sind in die Museen ausgeschwirrt, ich bin nach North Finchley in mein vergangenes Leben gefahren. Ich bin nicht kulturbeflissen; für mich zählt nur: das Leben und die Zeit ergreifen, verstehen und genießen.

Es werden nun sechs Tage, dass S. nicht angerufen hat, und zwölf, dass wir uns nicht gesehen haben. Während der zwei Tage, die ich weg war, hat er offenbar nicht angerufen. Ich komme hierher zurück, an den Ort, wo er mich besucht, und die Marter beginnt von vorn.

Dienstag, 17. Januar

10.20 Uhr. Er wird kommen. Heute Nacht dachte ich, dass es nur ein einziges glückliches Moment in dieser Geschichte gibt, und das ist die Nacht vor unserem Rendezvous. (Von wem ist: »Die letzte Nacht vor seinem Tod / War seines Lebens kürzeste Nacht«? Apollinaire? [Nein, Eluard].) Ich verstehe das Verlangen nach S. nicht, diese Panik, kurz bevor ich sein Auto höre, dieses Gefühl des Verlorenseins, des wunderbaren Verlorenseins.

14.30 Uhr. Er war irgendwie besorgt, müde, aber immer noch voller Verlangen. Unverständlich: Warum geht er so brüsk und schlägt die Tür zu? Hat er es eilig? Macht es ihm etwas aus zu gehen? Kein zärtliches Wort, dennoch diese leidenschaftliche Zärtlichkeit in seinen Bewegungen. (Nun kriegt er die Strumpfhalter auf. Ich schreibe das, weil dieses Detail später noch wichtig sein wird.) Wir lieben uns zwei Mal in zwei Stunden, wie immer. Und dann fährt er für eine Woche weg. Wenn ich in der BRD sein werde, kommt er zurück.

Ich lese diese beiden Abschnitte durch, die gleiche Schrift, kein Bruch, immer der gleiche schwarze Fluss aus Krakeln. Zwischen beiden Paragraphen lag die Zeit, da nichts zählte außer dem anderen, außer ihm, der Haut, dem Strudel der Lust. Egal, wie die Worte es wiedergeben, sie werden immer unterlegen sein. Doch wenn er nicht da ist, habe ich nur die Worte.

Donnerstag, 19. Januar

In der Buchhandlung *Globe* sprechen Leute Russisch, und auf einmal weiß ich, dass ich mir alles nur einbilde, dass S. und ich Lichtjahre voneinander entfernt sind, es gab lediglich ein Zusammentreffen in Leningrad, eine flüchtige Bettgeschichte. Doch nein, das Verlangen ist wirklich. Vor Ende Januar werde ich ihn nicht wiedersehen. Vielleicht am 31.?

Vielleicht sollte ich diese Zeit nutzen und versuchen, ihn zu vergessen. Habe eine Art Blasenentzündung wie im Oktober/November, sehr schmerzhaft. Hat natürlich mit ihm zu tun.

Sonntag, 22. Januar

Abend. Der Nachmittag war wieder mal geschenkt. In der Schnellbahn starrt mich ein Junge an. Wirklich – was ist denn so attraktiv an mir? Aber von S. kein Zeichen. Er hat keine Lust zu telefonieren, denn er kann ja nicht kommen und mich vögeln. So etwas wie ein »Lebenszeichen« kennt er nicht. Wronskij. Darüber hinaus ein Wronskij, der unter dem Marxismus-Leninimus groß geworden ist, der im Komsomol war und nun Parteimitglied ist. Ganz pragmatisch. Aber ich kann nicht an seinen glatten Körper, an seine helle Haut, sein Gesicht denken, ohne vor Verlangen zu weinen.

Heute Morgen an der Métro-Station Auber in Richtung Balard saß ein Mann auf der Treppe, den Kopf in den Händen vergraben. Man sah nur seine grauen Haare. Ein Pappdeckel mit Zehn- und Zwanzig-Centimes-Stücken. Ich gebe ihm zehn Francs und wünsche mir ganz fest, dass S. mich aus Südfrankreich anruft. Nun müsste er bei André S. sein. Aber was kann der Wunsch in einer Situation ausrichten, auf die ich keinen Einfluss habe? Alle Almosen dieser Welt…

Montag, 23. Januar

Traum vom Sarg meiner Mutter, ich will ihn mit Blumen schmücken. Diese Zusammenfassung gibt den Traum schlecht wieder – es ist enorm schwierig, Träume zu *erzählen,* sie entziehen sich immer einer Schilderung; nur das wahrhaftige Schreiben könnte sie wiedergeben. Sie ist gerade gestorben, und ich weiß, dass eines Tages ich an dieser Stelle sein werde.

In diesem Tagebuch bräuchte ich zwei Spalten. Eine für die spontane Niederschrift, die andere für die Interpretation einige Wochen danach. Es wäre eine breite Spalte, denn ich könnte meine Sätze mehrmals deuten.

Dienstag, 24. Januar

Ich kann dieses Tagebuch (die letzten Seiten) nicht ohne Schmerz lesen.

Und wenn S. sich nun zu Nutze macht, was ich ihm über meine Trennung von P. während dessen New-York-Reise erzählt habe? Wenn er auf mich bezogen die gleiche Methode anwendet? Sein jäher Abschied könnte bedeuten, dass er ein wenig gerührt war, weil er jemanden verlässt, den er nicht mehr wiedersehen wird – auch wenn er es so beschlossen hat. Ich habe Angst, dass meine Rückkehr aus Deutschland und der russisch-amerikanische Schriftstellerinnen-Kongress nicht leicht sein werden. Wenn er am Samstagabend nicht anruft, ist das ein sehr schlechtes Zeichen. Wieder habe ich diese blöde, schmerzhafte Blasenentzündung, die mir auch nicht weiterhilft.

Donnerstag, 26. Januar

Dieses blaue Zimmer im Hannoveraner Rathaus erinnert mich an das Zimmer in Lille, 1985. Im Hintergrund Autolärm. Wie auch in Rom. Ein seltsames Gefühl! Einsamkeit. Nirgendwo sein. All diese Zimmer greifen ineinander.

Samstag, 28. Januar

Zurück aus der BRD. Leben ohne Schmerzen dort. Je näher ich Paris komme: wieder das Warten, das Verlangen. Dennoch ist es, als hätte ich schon akzeptiert, dass er mich z. B. heute Abend nicht anruft. Zu meinem großen Grauen wird er morgen vielleicht bei Irène sein; offenbar bin ich auf all die Schriftstellerinnen eifersüchtig. Régine Deforges, Rihoit, Annie Cohen-Solal. Ziemlich hübsche Frauen auf französischer Seite. Die Russinnen aufgedunsen oder alt, wie immer. Bei den Amerikanerinnen kann man es nicht wissen.

Plötzlich der Geruch von Boisgibault in einer Kirche von Hannover, der Marktkirche. In der Pinakothek in München ein Millet mit einer ländlichen Szene: Eine Mutter tritt auf die Schwelle und hilft einem halb nackten Jungen beim Pinkeln, ein Mädchen schaut neugierig zu. Die Szene meiner Kindheit – nicht ganz, aber die gleiche Neugier. Auch eine Szene meiner Jugend: Als ich dreizehn war, sah ich durch das Dachfenster, wie meine Tante einen kleinen Jungen hält, ein kleines Mädchen, vielleicht meine Kusine Francette, steht dabei; die Handbewegung der Frauen, wenn sie das Glied der kleinen Jungen anheben. (Die enorme Neugier der kleinen Mädchen.) Millet schreit vor Realismus, aber er ist platt.

Schrecklich manierierte Bilder: Ein riesiges Gemälde des Jüngsten Gerichts, ein Mann, der in die Hölle kommt, kratzt sich den Oberkörper auf, und man sieht die blutige Spur seine Nägel auf der Haut.

Hat er mich vergessen? (Natürlich nicht, streng genommen hat er mich nicht *vergessen* – er braucht mich nicht mehr.)

Sonntag, 29. Januar

14.30 Uhr. Ich muss zu Irène, ohne zu wissen, ob er dort ist. (Wenn er nicht anruft, ist es umso wahrscheinlicher.) Ihn treffen, ohne seine möglichen neuen Gefühle für mich zu kennen. Und das vor allen Frauen, die sich natürlich gegenseitig nicht ausstehen können. Irène in ihrem Salon wie Madame Verdurin. Außerdem gibt es ein Orchester, russische Musik, ein Quartett oder ein Septett… Eine Sonate? Proust wieder erleben, das wäre sehr bizarr. Und S. in *Albertine…*

23.10 Uhr. Nichts von allem, nur die Langeweile eines Treffens, bei dem fast nur Frauen zugegen waren. Er war nicht eingeladen. Ich bin entmutigt. Er weiß, dass ich gestern Abend zurückgekommen bin. Kein Anruf; nicht einmal heute Abend, während ich weg war.

Dienstag, 31. Januar

Gerade als ich mich daran machte, alle Zeichen zusammenzutragen, die beweisen, dass er Schluss machen will, rief er an. Er kommt um fünf. (Ich habe ein bisschen Angst, dass er nicht reinkommen will, wenn die Maler noch da sind, was durchaus sein kann.) Heftiges Verlangen, das mich am Arbeiten hindert; ich schaffe es kaum, Fahnen zu korrigieren.

21 Uhr. Er ist gerade gegangen. Bin bedrückter als sonst – wenn das überhaupt noch geht. Sein Lachen war fast kindlich, als ich ihn fragte, ob er eine andere Geliebte hätte. Die schönste Szene, im Sessel, wie immer. Ich weiß, dass er das

mag: halb nackt ausgestreckt, und ich streichle und küsse ihn langsam vom Kopf bis zum Glied, weiter zu den Knien. Ich weiß auch, dass ich ihn liebe, weil er Sowjet ist. Das große Geheimnis, man könnte sagen: die Exotik. Warum nicht? Mich fasziniert »die russische Seele« oder »die sowjetische Seele«, die UdSSR allgemein, die körperlich, kulturell (in der Vergangenheit), so nah und gleichzeitig doch so anders ist. (Für China, Indien – Länder die so ganz fremd sind – habe ich nicht die gleiche Empfindung. Bin ich rassistisch?) Aber wann ist denn nun das nächste Treffen? *Kogda*? Er kann zwar seine Frau nicht mit nach Brüssel nehmen, aber ich glaube, er macht es trotzdem, er fürchtet, dass ich zu sehr an ihm hänge. Das sieht man.

Hektik vor seiner Ankunft. Es ist mir gleichgültig, was in materieller Hinsicht passieren kann (dass ich beispielsweise eine kostbare Vase umwerfe), was ich für Verpflichtungen habe (Briefe schrieben usw.), denn außer der Lust zählt nichts mehr. Früher staunte ich über diese Hast, die zu nichts führte – wenn ich wieder in der Wirklichkeit angelangt war, wenn ich ernüchtert und traurig war –, denn die befriedigte Lust stellte sich als nichtig heraus. Nun akzeptiere ich, ja genieße sogar diese zwei unterschiedlichen Zeiten. Ich sehe die Zeit der Lust, linear, und die Zeit des Verschwindens der Lust (ich bin allein, räume auf) diffus, ohne Ende. (Der beste Beweis: Ich schreibe hier darüber.) Wissen ist eine große Macht und auch ein großer Genuss.

Mittwoch, 1. Februar

Er gießt er sich Whisky ein (offenbar hat er den Wodka auf der Rangliste seiner Vorlieben nun definitiv ersetzt), während ich in der Küche bin. Meine Mutter war so. Sklavenmentalität (habe ich auch). Warum will er, warum muss er trinken, wenn er mit mir zusammen ist? Doch ich habe nichts dagegen, er wird kühner, lässt die »Maske« fallen. Warum habe ich den Augenblick vergessen, da er im Sessel ganz für sich allein dieses Lächeln aufsetzte? Er zeigte alle Zähne, klein und ein wenig grausam. Ein Zeichen großen Glücks, als ich den Morgenmantel aufbinde und ihn liebkose: sein nacktes Gesicht. Wenn ich komme, ist er glücklich, es erregt ihn unendlich. Mein Gott, es braucht Zeit, um lieben zu lernen, den Körper des anderen kennen zu lernen. Die Lesben wählen den leichten Weg.

Sonntag, 5. Februar

Er ruft an, wir sprechen lange! Ich bin überrascht, dass er nicht schon nach zwei Minuten auflegt. Ich sage ihm beiläufig, dass wir nicht den gleichen Begriff von Schönheit haben, dass es Unterschiede zwischen uns gibt. (Was treibt mich dazu, den Graben zu vergrößern?) Er gibt zurück, dass wir auch Gemeinsamkeiten hätten, viele Gemeinsamkeiten. Aber worauf spielt er an? Wahrscheinlich nur auf den Sex. Auf dasselbe stürmische Verlangen, uns zu lieben, oder eher auf unsere politischen Vorstellungen? Oder allgemein die Gemeinsamkeiten zwischen Russland und Frankreich?

Morgen fährt er nach Brüssel, er kommt erst am Freitag zurück. (Ich wäre so gerne mit ihm gefahren…) Vor genau drei Jahren war ich in Brüssel, es war schneidend kalt; gerne hätte ich die Stadt nun mit S. wiedergesehen. Diese Frau, seine Frau, ist zum Verzweifeln. Sie mag keinen Sex. Warum will sie dann immer und überall dabei sein? (So war ich mit Philippe, wie ein Hund.) Ich sage ihm am Telefon: »Ich habe Lust auf dich.« Er sagt verlegen: »Ah!« Ein seltsames Gespräch, ich sage ihm Dinge, die ich nicht sagen sollte. »Besser, ich sage es dir, oder?« Er: »Ja.« Ja – was? Es zu sagen oder nicht zu sagen? Es zu sagen. Aber er hörte es zum ersten Mal am Telefon, das merkt man. Vielleicht wartet er unbewusst darauf, dass ich ein erotisches Gespräch beginne. (Mal sehen.)

Mit ihm gesprochen zu haben ist schlimmer als das Schweigen, ich zähle die Tage, bis ich wieder mit ihm zusammen bin. Verlangen und Schmerz höhlen mein Leben aus. Ist das Leidenschaft? Ich bin mir da gar nicht so sicher. Denn ich sehe ihn oft (nein, nicht oft – manchmal), wie ich ihn zu Anfang in der UdSSR gesehen habe: einen sehr schönen jungen Mann, der zu unbeständig und problematisch ist, um den Parteibossen zu gefallen.

Montag, 6. Februar

Erstaunlich ist der ständige zeitliche Irrtum, den ich in dieser Geschichte, in der Chronologie meiner Gefühle, in der Wirklichkeit unserer Beziehungen und der äußeren Ereignisse begehe. So erinnere ich mich an die Vernissage von Heloïsa Freire, und mir scheint, der Niedergang hätte schon begonnen, denn ich war an jenem Tag sehr unglücklich. Nun war es aber der 17. November, zwei Tage nach der verrückten Nacht, als der Wagen nicht ansprang, und einige Tage vor dem Abend bei Irène. Also zählt nicht die Wirklichkeit unserer Beziehung, sondern wie ich sie wahrnehme: Ich war ein wenig unglücklich und erinnere mich nicht an das Unglück. In Marseille … in Cognac … in La Rochelle … Nur am 1. Oktober in Lille war ich wirklich unglücklich, war vollständig meinem Verlangen ausgeliefert.

Freitag, 10. Februar

Von ihm geträumt. Zum dritten Mal. Vorher nie. Die Deutung? Ist es eine Art Abnabelung oder Angst? Er wird zu etwas, das ich bereits verloren habe, und darunter leide ich weniger; leide weniger an allem, auch an seinem Schweigen. »Ich rufe dich an, sobald ich zurück bin.« Kennt er die Bedeutung von »sobald«? Er müsste gestern zurückgekommen sein. Egal. Dominique L. erzählt mir von Havanna; dort gibt es kleine Nachtclubs, wo es kuhdunkel ist. Man isst und weiß nicht, was man isst. Man liebt sich in der Nacht, ohne das Gesicht des anderen zu sehen. Und dann frage ich mich den ganzen Nachmittag und Abend lang, ob S. diese Clubs besucht hat, als er 1975 auf Kuba war. Und was ich für freudianischen Ursprungs hielt – seine Vorliebe für pechschwarze Dunkelheit – rührt vielleicht viel eher von Kuba her. Mein Verlangen, es genau zu wissen. Und von den Leuten außerhalb dieser Geschichte erfahre ich Dinge, ohne dass sie es wissen. (Dominique L. musste denken, dass seine Ausführungen mich brennend interessierten. Stimmt. Aber nicht so, wie er denkt.) Ich bin hin- und hergerissen zwischen dem Wunsch, Kuba für S. wieder aufleben zu lassen (sich im Dunkeln zu lieben, alle Lampen löschen), und dem Wunsch, ihn ans Licht zu gewöhnen, das Licht auf seinem Körper, auf seinen Bewegungen.

Das zu schreiben, erfüllt mich wieder mit Warten, mit Lust auf ihn, schürt das Verlangen. François Mitterrand: »Die Jugend, das ist die Zeit, die man vor sich hat.«

21 Uhr. Um 20.10 Uhr hat er angerufen (das Leitmotiv dieser Seiten). Ich weiß nicht mehr, ob ich »daran glaubte« – diese Formulierung hat sowieso keinen Sinn. Ich lebe in einer Welt, in der das Mögliche und das Wirkliche so unbeständig geworden sind wie das Vorgestellte. Die Sicherheit, dass er am Dienstag kommt, löscht für Stunden mein Verlangen.

Sonntag, 12. Februar

Was ich oben geschrieben habe, ist nicht ganz richtig: Das Verlangen kommt schnell zurück, ist absolut, hindert mich am Arbeiten. Oder will ich das Verlangen hüten und arbeite deshalb nicht? Angst, dass er nicht kommen kann, dass etwas passieren kann; zwischen Freitagabend und Dienstag liegt zu viel Zeit. Seine Stimme, seine träumerische, gedehnte Aussprache von *oui* mit dem russischen Akzent, aber für mich ist es ein Traum, es ist Zärtlichkeit; und umgekehrt spricht er andere Wörter zu schnell aus: »Qu'est-ce que tu fais – Was machst du?«, zu kurz. Im Grunde ist das das unwiderruflich Schöne: dass er ein Sowjet ist.

Montag, 13. Februar

Seit 16.30 Uhr grauenvolle Beklemmungen: dass er am Abend oder morgen früh anruft und sagt: »Ich kann nicht kommen.« Dann gehe ich auf die Vernissage von Carlos Freire, dann habe ich Zeit, meinen Artikel zu Ende zu schreiben, dann würde ich überschnappen vor Verzweiflung. Morgen ist Valentinstag. Vielleicht hat er Lust, mit seiner Frau essen zu gehen. Immer noch die Leidenschaft. Und dennoch viele klare Momente. Aber die Träume … Wie der, als ich in einer Zeitung las: »Wenn sie, was sehr außergewöhnlich ist, nach 40 Jahren noch ein Kind bekommen …« Ich bin den Tränen nah, als hätte er mich wirklich angerufen, um mir abzusagen. Immer denke ich an das Schlimmste. Seit wann ist das so in meinem Leben?

Dienstag, 14. Februar

In der Nacht wache ich auf und denke an jenen Tag im Februar, einen Montag, als ich mit William R. verabredet war. Er kam nicht. Meine Freundin (!): »Er hat dich versetzt! Er war in einem Café und hat dich vorbeigehen sehen!« Ich erinnere mich nicht mehr, was ich an jenem Morgen gedacht habe, an dem ich voller Hoffnung aufgebrochen war. Die Straße hinter der Bibliothek, alles grau. Damals war ich zwanzig. Heute bin ich achtundvierzig, und man versetzt mich nicht, man gibt mir Bescheid, ich bin jemand geworden, den man »benachrichtigt«. Dennoch habe ich immer noch dieselbe Angst. Dass er nicht kommt. Übrigens auch, dass er kommt. Antizipiere den Augenblick, da er hier sein wird, sichtbar, die ersten Gesten, dieser flüchtige Augenblick, in dem man von einer Welt in eine andere tritt. Ich träume von einem Verlangen ohne Ende, ohne diesen unvermeidlichen und dennoch notwendigen Schluss, den Orgasmus.

Dass er heute kommt! An diesem sonnendurchfluteten Dienstag, der Himmel ist so blau, es ist so schön, dass ich es erst *danach* glauben kann.

Viertel vor sechs. Und wenn er nicht kommt? Wie damals im Februar 1961? Natürlich habe ich Schluss gemacht. Würde ich das jetzt auch tun? Die Sonne ist untergegangen. Ich habe nichts aus dem Tag gemacht.

Zehn vor elf. Vor vierzig Minuten ist er gegangen. Aufräumen. Verzweiflung über das alles, will sagen, über das Glück und den Verlust. Blödes Leben, klar. Vier Stunden mit ihm sind schneller vergangen als die vorangegangenen, vielleicht wegen der Veränderungen in den Gewohnheiten: Unten das Wohnzimmer mit dem Fernseher. Das Sofa ist intimer. Er lässt sich bewundern. Ist ein bisschen betrunken, wie immer. Armut in der Ideation. Voilà, ich bin verrückt danach. Sehe mit ihm noch einmal *César und Rosalie,* den ich 1972 zusammen mit Philippe in Genf gesehen habe. Sechzehneinhalb Jahre später mit S., hier, während wir uns liebten. Der Film kommt mir sehr alt vor, stark verbunden mit meiner Vergangenheit, ohne anderen Wert als eben diesen. S. denkt wirklich: »Verhältnis«, »Geliebte«. Diese Müdigkeit, dieser Schmerz der Trennung, den nichts, aber auch gar nichts lindern kann außer einer beständigeren Anwesenheit, die unmöglich ist, weil ich in Cergy lebe und nicht in Paris. Er wusste nicht, dass Valentinstag war; die Vorzeichen hatten also gar keinen Wert. Dennoch war es schön. Dachte nur immer: Diese Zeit geht ihrem Ende zu. Schrecklich.

Mittwoch, 15. Februar

Träume, Albträume. Vor allem: Ich soll in eine »Klitsche« gehen, man gibt mir eine Spritze, und alles wäre vorbei… Am Morgen: Abscheu vor meinen Armen, deren Inneres welkt. Oder dick werden, die weiche Haut füllen, von oben bis unten Zellulitis haben. Er sagte immer wieder: »Ich bin glücklich, dass ich in deinem Herzen wohne«, und meinte wohl »eher als in deinem Buch«, denn nur das ist für ihn von Belang. Zum ersten Mal stehe ich vor meiner Nichtigkeit: leben, ohne zu schreiben. Warten auf die Treffen, die ein schrecklicher Abstieg in den Tod sind. In vier Stunden sehe ich die Zeit vorbeiziehen wie in größerem Maßstab das Leben. Das Schreiben ist das Umgekehrte, es ist die Abwesenheit der Zeit. Und dennoch hoffe ich auf eine ganze Nacht mit ihm. Ich weiß nicht mehr, warum ich Russisch lerne (Wahnsinn, es ist zu schwer), warum ich in der Zeitschrift *Europe* über die Perestroika schreibe, ja sogar warum ich über diese Sache schreibe: meine Beziehung zu ihm, die es nicht gibt.

Donnerstag, 16. Februar

Temperatur heute Morgen: 37,2 Grad. Betäubung, kein Gedanke. Das heißt ganz klar, dass ich gestern oder eher vorgestern beim Eisprung mit ihm geschlafen habe. (Ich habe es am Schmerz in der Brust gespürt, wenn er mich anfasste, habe es aber nicht eingeordnet.) Meine schreckliche Müdigkeit gestern Abend – was hatte sie für einen Sinn? Ich lese den Artikel im Lexikon: extreme »Durchlässigkeit des Muttermunds«, unaufhaltsames Vordringen des Spermas. Neun, zehn Tage in Angst leben, die gleiche Angst wie damals vor zwanzig Jahren. Inwieweit hatte ich es gewollt? Aber nach der nächsten Periode werde ich die Pille nehmen – wenn ich wieder meine Periode bekomme.

Sonntag, 19. Februar

Am Freitag in Paris: Ziehen im Bauch und die absolute Gewissheit, dass ich schwanger war. Dann sagte mir mein Verstand, dass das Unbewusste nicht ausreicht, um die Natur zu beeinflussen, die nach Vierzig nur wenig darauf ausgerichtet ist. Die Chancen, schwanger zu sein, stehen offenbar 1 zu 45. Dennoch denke ich deshalb sehr viel weniger an S. und ich frage mich, ob ich nicht ganz unbewusst von einem Mann erwarte, dass er mich »deckt« wie eine Hündin, und ich ihm nachher die Zähne zeigen kann.

Montag, 20. Februar

Dennoch hat er seit sechs Tagen kein Lebenszeichen gegeben. Wenn es sieben oder gar acht Tage werden, ohne dass er eine Reise als Grund angeben kann, ist eine neue Phase der Gleichgültigkeit eingetreten. Gestern Abend war es wieder schlimm. Immer stelle ich mir seinen Körper vor, sein Grübchen. Erst beim letzten Mal habe ich das Grübchen am Kinn entdeckt. Dass ich es nicht gesehen habe! Dass ich mit einem Mann schlafe und das nicht sehe! Aber im Grunde ist es gut, denn ich verlasse mich auf die Vorstellung. Was macht da ein Grübchen oder eine Narbe aus? Nicht zu sehen heißt Leidenschaft. Denke die ganze Zeit nur an die Spur, die ich unermüdlich hinter mir herziehe, seit ich sechzehn bin: mein Tagebuch.

Dienstag, 21. Februar

Die Frist ist überschritten: sieben Tage heute! Schwere Nacht in diffuser Verzweiflung. Lust, Schluss zu machen mit dieser Geschichte, die zerfasert. Zum Beispiel indem ich am Freitag nicht zu dieser Kinovorstellung gehe. (Ich habe noch nicht zugesagt.) Bin mir auch meiner Verrücktheit bewusst. Niemals eine Geschichte weiterverfolgen. Kann ich das?

Zehn Uhr. Er ruft von einem Münzfernsprecher aus an, der nicht funktioniert. Wegen der Uhrzeit weiß ich, dass *er* es ist. Nicht vor nächster Woche. Immer die gleichen Worte: »Geht es dir gut?« – »Ja, und dir?« – »Mir geht es gut«, und so weiter.

Freitag, 24. Februar

Gestern Abend rief er an, aber ich konnte ihn nicht empfangen. Eric und David waren da. Am Abend die Kinovorstellung. Seine Frau ist nicht dabei, »sie ist ein bisschen krank«. Wie immer hat das nichts zu sagen, es sei denn, sie wäre schwanger … Ich sitze neben ihm und sehe einen russischen Film. Streichle nur seine Finger. Ich fahre schnell nach Hause, lasse die Kassette *Lieder für Äthiopien* laufen, und ich begreife, erinnere mich an meine »Lebenswut«, an diese Grundverzweiflung, als ich achtzehn war. Heute Abend das Gleiche. Mit achtundvierzig Jahren. Wegen eines Mannes. Und wenn ich ihn dann dort im Foyer der Botschaft sehe, finde ich ihn unbedeutend, er ist lediglich ein hübscher Junge, mehr nicht. Ich lese *Anna Karenina.*

Nichts gemacht heute (einen Text über die UdSSR, beklemmend). Missgeschick beim Schwangerschaftstest, den ich ohne Gebrauchsanweisung im Einkaufszentrum gekauft hatte. Ich habe es gewagt, ihn zurückzubringen, und wurde von der Verkäuferin gedemütigt; sie hat laut gesagt: »Ist das ein Schwangerschaftstest?«, und hat mich mit einer Gutschrift, auf der das verzeichnet war, an die Hauptkasse geschickt. Ich habe sie aber nicht eingelöst. Ich warte noch. Morgen Rouen. Am Sonntag diese fette Deutsche. Am Montag kommt er endlich. Die A 15, die Autobahn Paris – Pontoise, war in den letzten Jahren der Ort einer Freude und eines unendlichen, nie mehr erreichten Schmerzes. Sommer 1984, Winter 88/89. Ganz eisige Jahre der Ehe.

Wir tauschen Träume und Wünsche aus, S. und ich. Es sind nicht die gleichen.

Montag, 27. Februar

17.35 Uhr. Warten. Erinnerung an vor fünf Jahren, meine Mutter in der Klinik von Pontoise, und sie ist niemals dorthin zurückgekommen, wo ich nun bin. Bald der Wagen von S. und der Beginn der Zeit, die zum Tod führt. Ich bin nicht schwanger.

22.35 Uhr. Wie soll ich sagen? Es ist, als hätte man mir verziehen, denn der Abend mit S. war so leidenschaftlich. Nach fünf Monaten neue Freuden entdecken. (Aber die Initiatorin bin immer ich...) Ich denke an nichts, ertrinke in Haut, in Zärtlichkeit. Wir haben vor dem Fernseher zusammen gedöst. Er mag alles, was seiner Männlichkeit und seinem Narzissmus schmeichelt (ihn von hinten wichsen, er sieht meine Hand an, ich bin unsichtbar), er entdeckt die Erotik, die Möglichkeit zur Erotik.

Dienstag, 28. Februar

Der Tag nach dem Fest. Die ganze Nacht träume ich. Ich lebe immer in genauen (was ich soeben beschrieben habe) und zugleich verschwommenen Erinnerungen (ich glaube, ich war fast vier Stunden lang in seinen Armen mit kleinen Unterbrechungen, um etwas zu essen oder Kaffee zu holen). Eine russische Unterhose, wie sie die Männer im Zug Leningrad – Moskau trugen.

10.30 Uhr. Schreiben über die UdSSR ist schlimmer als alles andere. Was hätte ich wirklich zu sagen, außer zu erzählen, dass ich mich eines Abends in Leningrad in S. verliebt habe, in einem tristen Hotelzimmer, wo das Waschbecken nicht einmal einen Stöpsel hatte.

Abend. Lasse den ganzen Nachmittag über die beiden Szenen Revue passieren, wo er mit gebeugtem Kopf steht und meine Hand ansieht, die ihn wichst (ich stehe hinten). Ich habe das Gefühl, er entdeckt etwas aus seiner Jugend oder eine noch ältere Fantasie wieder. Bin glücklich, dass ich ihn das wieder erleben lassen kann. Das andere Bild: Mein Vater auf dem Bett, zwei Tage bevor er starb, den Kopf gebeugt. Die Männer sehen sich an, und wir sehen sie an? Die Rolle einer Offenbarerin. Die Mutter, die Lust schenkt.

Donnerstag, 2. März

Nach der Liebe mit S. bin ich wirklich »trunken«. Am nächsten Tag werde ich von eindringlichen erotischen Bildern überschwemmt; auch gestern noch, aber da war es anders. Erst heute habe ich wieder einigermaßen den Kopf frei. Aber lässt die Trunkenheit, die Liebe Spuren, prägt sie sich der Seele ein?

Gestern Abend rief er an, das war sehr befriedigend (welch ein Wort!), sehr zärtlich für mich – nur zwei Tage nach unserem Treffen. (Ein Zeichen der Erkenntlichkeit? Vielleicht – *moschet byt* – kann er sich nur an meine Haut erinnern. Und ich?) Ich habe das Gefühl, sein größter Wunsch ist, dass ich ein Buch veröffentliche, während er noch da ist; damit er stolz auf mich sein kann – stolz auf sich.

Sonntag, 5. März

Wieder geht es mir sehr schlecht; dieser Artikel über die UdSSR neurotisiert mich. Sicherlich fürchte ich das Urteil der anderen, und vielleicht habe ich über die Perestroika nichts zu sagen, was nicht schon gesagt worden wäre. Außerdem ruft er nicht an, aber das gehört der Kategorie an: Ich bin eine erotische Parenthese in seinem Leben, mehr nicht. Kann ich sagen, dass er in meinem Leben eine andere Rolle spielt? Aber es ist manchmal so schön! Und wie kann ich das, was sich erst am Montag abgespielt und mich Dienstag und Mittwoch verfolgt hat, heute ohne Sentimentalität, ohne Erinnerung leben?

Den Artikel schreiben: ein ständiger Kampf gegen die Lust, nichts zu tun, wenn ich sehe, was alles getan werden muss. Ich habe keine Vorstellung von einem *Zeitplan*, von der langsamen Aufeinanderfolge von Worten, von Sätzen, die die Zeit füllen. Ich habe keine *Geduld*.

Montag, 6. März

Alles fällt schwer. Am Abend habe ich vergebens auf das Klingeln des Telefons gewartet. Es ist elf Uhr, und ich werde *Anna Karenina* lesen. Ich habe den Artikel über die UdSSR kaum begonnen, und schon sehe ich, an welchem Punkt das Schreiben einen anderen Sinn bekommt, wo es transferiert wird. Der erste Satz: »So bin ich also wieder in Moskau.« Ein Satz, den ich gerne »wirklich« schreiben würde, anstatt ihn der Vergangenheit zuzuordnen, wie es in meinem Text passiert. Schreiben – Lust. Hier. Nicht immer.

Natürlich war ich vor einer Woche seiner Lust sicher. Es reichen ein paar Tage, und es findet (für ihn) ein anderes Zusammentreffen statt. Dieses Tagebuch wird von Anfang bis Ende ein Schrei der Leidenschaft und des Schmerzes sein.

Mittwoch, 8. März

Schreckliche Nacht (und Abend). Konnte nicht schlafen. War in einem Loch. Wissen, dass ich überhaupt nicht geliebt werde, vielleicht verlassen werde, wissen um den Schmerz, den dies bedeuten wird, ja schon bedeutet. Und das Grauen davor, einen Artikel zu schreiben, den ich wegen eines Mannes angenommen habe, der mich nicht mal mehr anruft. Ich bin in der üblichen verrückten Situation, wie immer, wenn es sich um Männer dreht.

Um halb neun hat er angerufen. Welche eine Überraschung festzustellen, wie unbedeutend (wirklich wahr) seine Stimme ist und wie wichtig sie in meinem Leben ist und dass er keine Ahnung davon hat. Dienstag, vielleicht. Ich: »Wenn du vorher nicht kannst…« Er: »Es ist ein bisschen schwierig«, heißt: Ist unmöglich. Ich kann aus dem Sowjetischen übersetzen.

Donnerstag, 9. März

Wegen Erics Examen kann ich am Dienstag nicht. Schon um acht Uhr ist der Morgen schwarz. Natürlich kann ich S. nicht benachrichtigen. Bald ist es zwei Wochen her, dass wir uns zuletzt gesehen haben. Das alles wird für mich also vor allem ständiger Schmerz oder ständige Gleichgültigkeit sein, wie sie in meinem Tagebuch ab 1986 während zwei Jahren mit P. vorherrschte. Ich sehe mich wie gestern in den Straßen von Paris – lustlos, halb tot, schwerfällig.

Ein Tagebuch des Kummers mit einigen Lichtblicken verrückter Lust.

Freitag, 10. März

Wunderbares Wetter. Ich bin allein.

Aber Glück und Leid sind an mein Leben als allein stehende Frau gebunden. Ohne Langeweile und ohne Eifersucht ist es fast eine Ehe oder eine Beziehung.

Bei allen vorbeifahrenden Peugeots 405 oder 505 muss ich denken, dass S. ein Typ mit einem dicken Wagen ist, ein Karrierist, ein Narzisst, und dass ich für ihn nur als arrivierte Schriftstellerin zähle, darüber hinaus als schöne Frau, die ihn erregt und ihm einen schönen Orgasmus schenkt, wenn er Lust hat, sie zu besuchen. Kontinuierliches verstecktes Leiden. Wenn er vor Montag nicht anruft, können wir uns vielleicht die ganze nächste Woche nicht sehen.

Sonntag, 12. März

Wahlen. Zum letzten Mal habe ich am 20. Oktober gewählt. Welch ein Unterschied zu heute in meinem Privatleben. Ich bin extrem pessimistisch, bin also nur zu bereit, das vage Versprechen der Rückkehr zu hören (bin sicher, es zu hören), von dem Jacques Brel in einem Chanson spricht. Wegen dieses Artikels über die Sowjetunion stehe ich tausend Tode aus, aber – wäre es ohne alles nicht noch schlimmer? Die absolute Freiheit des anderen ist so erschreckend wie eine Bindung.

Wird er heute Abend anrufen?

23 Uhr. Nein. Alles ist unendlich schwierig, Fahnen korrigieren, ein paar Worte Russisch lernen. (Wozu eigentlich?) Es nützt nichts, wenn ich mir sage, dass er intellektuell un-

bedeutend ist, dass er ein Konformist ist und so weiter, denn ich hänge nicht deswegen an ihm, sondern wegen dieser undefinierbaren Bindung des Fleisches, dessen Absenz zum Verrecken ist.

Träume von meiner Mutter. Wir waren in einem Zug. Sie war nicht mehr verrückt, ich sehe ihr Gesicht von früher, Ende der 70er-Jahre. Ich weiß nicht, ob es in Bezug auf mein aktuelles Leben ein tröstlicher Traum war.

Montag, 13. März

Werde ich endlich mit dem Text für *Europe* fertig? Absurd. Denn dass das Land für mich geheimnisvoll und faszinierend ist und bleibt, ist das Einzige, was ich über die UdSSR sagen kann. Der Rest ist, was alle sagen: Redefreiheit, Kämpfe, die Ungewissheit der Perestroika. Ich erwache am Morgen mit Grauen, denke, dass ich S. erst ich weiß nicht wann wieder sehen werde. Es wäre besser, wenn er heute Abend nicht anriefe, denn ich könnte ihm nur sagen, dass es morgen nicht geht. (Erics Prüfungen.) Ich habe Magenschmerzen und Durchfall. Warum?

In seinen Augen habe ich als Schriftstellerin keine Eigenart, bin eine Schriftstellerin wie jede andere: Wenn alle Menschen gleich wären, könnte mich also jede andere Schriftstellerin ersetzen. Er kann nicht wirklich verstehen, wofür meine Werke stehen, auch nicht, welchen Stellenwert sie in der französischen Literatur einnehmen.

Dieses Heft ist bald voll, ich bin auch bald mit *Anna*

Karenina durch. Angst vor einem Tagebuch des Schmerzes, schlimmer als das, was ich seit Oktober durchmache. Ich mache mir keine Illusionen: Er lässt mich allmählich sitzen. Oder ich muss ihn zu einem Eingeständnis zwingen. In unserer ganzen Geschichte habe alles ich gemacht, außer beim ersten Mal.

22.30 Uhr. Er hat gegen sechs angerufen, als ich nicht da war. Seitdem nicht wieder. Meine Freude ist nach und nach verpufft, nun bin ich mir wirklich sicher, dass er nur angerufen hat, um mir zu sagen, dass er morgen nicht kommen kann. Ich kann in diesem Schmerz nicht mehr leben. Wenn er wieder anruft, baue ich ihm eine Brücke für eine Trennung. Seit zehn Tagen, vielleicht auch mehr, bin ich jeden Abend völlig am Ende. Wie fern, wie unwirklich dieser Abend vor einigen Tagen war!

Dienstag, 14. März

Ganz schlecht geschlafen, Halsweh. Keinerlei Lust, an meinem Text zu arbeiten, will ihn fertig haben und Schluss. Die Angst übermannt mich. Ein Anruf, der Maler … Wie kann ich so *leben,* überleben nach allem, was mir wie ein unabwendbarer Bruch oder eher wie das logische Ende dieser Geschichte erscheint, die am Anfang so schön, so vollkommen war?

10.30 Uhr. Er hat angerufen. Sein Wagen ist bei der Inspektion. Mit einem Mal kommt eine Welt zurück, von der ich weiß, dass sie falsch und illusorisch ist. (Er liebt mich nicht mehr als vor seinem Anruf, und ich muss immer noch diesen schlechten Artikel über die UdSSR tippen.) Aber vielleicht kann ich ja endlich schlafen…

Samstag, 18. März

Ich habe *Anna Karenina* ausgelesen. Die letzten Seiten, der Gang in den Tod, sind erhebend mit dieser Art innerem Diskurs.

Von ihm nichts. Gestern Abend, Schlaflosigkeit und Tränen, ich wäre am liebsten gestorben, aber ohne etwas dafür zu tun. Ein Bild hat mich terrorisiert: Ich sah ihn mit den Frauen irgendeiner Delegation tanzen (wie wir in der UdSSR), ich war ausgeschlossen, immer die gleiche Geschichte. Und als ich bei Philippe darunter gelitten habe, wenn er nachts nicht nach Hause kam. War das die Hölle? Oder war es nicht schlimmer als jetzt? War es schlicht das Gleiche? Ich erinnerte mich an das Hotelzimmer in Bordeaux, meinen Schmerz, als ich die Laken mit dem Jungernblut dieses Mädchens entdeckte. (Annie… wie? Ich habe es vergessen.) Februar 1964. Dennoch, welch eine Geschichte – diese Ehe, dieses Leben mit Philippe, das nur auf meine innere Leere gründete, darauf, dass ich einen Mann brauchte, der mich nicht liebte. S. liebt mich nämlich auch nicht, er hat mich nie geliebt. Und was ich an ihm liebe, ist seine Jugend und die UdSSR, die mich schon immer fasziniert hat und die mir momentan die größte Frage auf der Welt zu sein scheint. Nur vier Tage her, dass er angerufen hat. Eine Ewigkeit. Ich denke zurück an Dienstag, sehe mich wieder bei dem Blumenhändler von Cergy-Village, schicke die Blumen an die Darstellerin von *Das Leben einer Frau* und sage mir: Da er noch nicht angerufen hatte, kann ich das mögliche Glück des Abends noch nicht kennen. Aber es ist, als hätte dieser Anruf nie stattgefunden, als wäre es nur ein kleines unbedeutendes Vorkommnis im Kontinuum des Schmerzes. Geistig nichts zu tun zu haben ist schlimmer.

Sonntag, 19. März

Um 17.30 Uhr hat er angerufen. Irgendetwas fällt dann wie ein Vorhang vor das imaginäre Theater, das Tage lang in meinem Kopf spielte. Das Warten – in Ruhe – beginnt, und auch die Angst, Gleichgültigkeit und Müdigkeit und »geringstes« Verlangen festzustellen. Das letzte Mal war so schön. Diese Beziehung ist absurd, seine »Banalität« ist doch so offensichtlich. Was verbindet uns? Mich bindet die Leere an ihn, das weiß ich. Ihn?

Dienstag, 21. März

Gestern Frühling. Diese drei Wochen, in denen ich ihn nicht sehe, fachen meine Klarsicht oder meine Gleichgültigkeit bezüglich allem an, was mich betrifft. Sein Gesicht erscheint mir banal, seine positive Haltung zur Todesstrafe und zu den Gesetzen gegen Homosexualität in der UdSSR ist schwer zu ertragen. Dennoch habe ich immer den Wunsch, ihn für mich einzunehmen; so habe ich heute Morgen das Buch bestellt, das er sich zum Geburtstag wünscht. Zierlicher Körper, sehr wenig männlich, so rührend. Werden wir noch eine Nacht zusammen haben, bevor wir uns nicht mehr begehren? Er hat mir versprochen, mich ins Kino der Botschaft einzuladen; das hat mir sehr gefallen. Höflichkeitsfloskel...

Freitag, 24. März

Heute Nacht habe ich geträumt, ich hätte den Satz gesagt: »Die Sexualität war in meinem Leben immer beklemmend.« Seit Montag lebe ich in Ernüchterung, ohne Leidenschaft und in der Gewissheit, dass er überhaupt nicht an mir hängt. Folglich kann ich alleine und am ausgestreckten Arm diese Geschichte nicht mehr festhalten. Er beherrscht immer noch all meine Gedanken, aber ohne die frühere Heftigkeit, ohne dieses wahnsinnige Verlangen.

War heute in der russischen Kirche in der Rue Daru. Der Schock, wieder die Bauweise dieser Kirchen zu sehen, diese geschlossenen, engen Räume, die Ikonen. Dann die Ausstellung russischer Trachten oder so ähnlich im Museum Jacquemart-André.

Sonntag, 26. März

Die blühende Magnolie zeichnet sich im Nebel ab. Ostern. Nun sind es genau sechs Monate, und ich wusste es nicht. Damals um zwei Uhr nachts ließ ich mich auf eine Geschichte mit einem Sowjet ein, mit dem ich dachte, nur eben eine Nacht zu verbringen. Die Banalität hat mich niemals und vor nichts gerettet, der Zynismus auch nicht. Bin romantischer als das romantischste Ladenmädchen. Was soll ich jetzt tun? Soll ich ihn so nehmen, wie er ist, und mich kränken lassen (indem er mich immer seltener vögelt), oder soll ich auf meine übliche Art brechen? Ohne sicher zu sein, ob er mich wieder sehen will? Er ist so pragmatisch und so wenig romantisch. Er könnte sagen: »Wenn sie nicht mehr will, na gut.« Und sicherlich ist er in diesem Punkt so eitel wie in seinem gesellschaftlichen Leben. Er bewahrt Alain Delons Karte auf! Warum verliebe ich mich immer in die eitelsten Männer?

Montag, 27. März

Harter Traum, der härteste überhaupt: Der Tod eines Kindes. David. Danach ein anderer Traum, den ich für die Wirklichkeit halte: ein Traum, der den ersten Traum als Traum darstellt. Ein Brand. Der Alarm wird rechtzeitig ausgelöst, ich bin in einem Zimmer und probiere Unterwäsche an. Als ich am Fenster vorbeigehe, sehe ich die Geretteten in einem Bus; es gibt jedenfalls keine Toten. Sie sehen mich in Unterkleidern. Ich denke, dass die Leute in diesem Bus aussehen wie Dutzende russischer Puppen in einem Schaufenster. In den beiden Träumen leben meine Eltern noch. Die Generationenfolge ist seit meiner Abtreibung 1964 in meinem Denken immer präsent.

Angst vor dem April. Zum ersten Mal reicht ein Heft nur fünf Monate; sogar 1963 habe ich den Rekord nicht gebrochen. Das beweist lediglich, dass ich mehr analysiere und mehr ans Schreiben gewöhnt bin. Es sagt aber nichts über die Macht der Obsession aus.

Dienstag, 28. März

Neun Uhr abends. Es ist wie im Sommer. Ich glaube, ich habe im März noch nie eine solche Hitze erlebt. (Doch, 1961.) Acht Tage hat er nun nicht angerufen, ein Tag mehr. Und ich betrachte es mit dem gewohnten Schmerz, gleichzeitig aber ohne Hoffnung, denn ich kann mich noch nicht zum Bruch entschließen. Aber vielleicht hat ja er beschlossen, die Trennung allmählich zu vollziehen. Wenn er am Donnerstag nicht im Kino der Botschaft ist? Oder wenn er mich nicht beachtet? Ich mache nichts mehr. Der Artikel über »die Politik« ist für mich von keinerlei Interesse mehr. Heute Morgen stelle ich vor der Kirche Notre-Dame in Pontoise den Fuß auf eine knorrige Baumwurzel über der Erde und mache einen kleinen Hüpfer. Ich sehe den Sommerpalast des Zaren wieder, in der Nähe von Leningrad; das Wasser aus den Brunnen unter der Erde spritzt, wenn man unversehens darübergeht. Seit damals hatte ich nicht mehr daran gedacht. Eines Tages werde ich wieder nach Leningrad fahren, wie ich auch oftmals nach Venedig gefahren bin, aber dann werde ich eine alte Frau sein. Und ich weiß nicht, wie man *»tempo fa«* auf Russisch sagt.

Das fortschreitende Schwinden der Lust ist einem unaufhaltsamen Gang gefolgt, und ich dachte, dass es am Ende dieses Heftes passieren müsste. Es ist eingetreten. Und jetzt? Ich kann mich immer noch nicht von dieser Leidenschaft befreien. Brauche ich also noch deutlichere, noch offensichtlichere Zeichen, dass ich immer mehr klammere? Soll ich alles auf eine Karte setzen, auf den Trennungsbrief? Immer wieder scheint es mir, als gebe es das gleiche weiche Hindernis, die gleiche Gleichgültigkeit bei S. wie bei Philippe. Du willst mich verlassen? – Na gut.

Der Brief wäre der Schlussstrich. Und darum habe ich nicht den Mut, ihn zu schreiben.

21.40 Uhr. Er hat angerufen, wir sehen uns am Freitag. Bin ich verrückt? Nein.

Donnerstag, 30. März

Schon Sommer. Ich gehe zur Botschaft der UdSSR, ich werde ihn treffen. Ich liebe die Spannung, die Lust, ich will ihm gefallen, will geliebt sein, geliebt, und weiß, dass es unmöglich ist.

Abend. Eine Kaskade aus Enttäuschungen. Als »Dienst habender Diplomat« kann er nicht bei der Vorstellung dabei sein, er verspricht, trotzdem vorbeizukommen. Doch im Dunkeln sieht er mich nicht und geht wieder. Bestimmt kommt er nicht morgen, sondern am Montag. Diese Vernunft, diese Gleichgültigkeit vor allen Leuten. Am Abend habe ich ihn nicht *gesehen,* konnte ihn und den Mann, mit dem ich schlafe, in meiner Vorstellung nicht vereinen. Doch als ich nach Hause kam, habe ich ihn begehrt, umso mehr als er dieses kalte, reservierte, offizielle Gesicht aufgesetzt hatte. Nun akzeptiert er Sacharow. Bald auch Solschenizyn?

Was geschieht mir in diesem Heft? Ich wollte S. *behalten* und schreiben. Geht das? Der Traum: Ferien mit S. in Moskau. Ein »beredter« Ort.

Montag, 3. April

Vor fünfundzwanzig Jahren kam ich in Sainte-Maxime an. Eric wurde im *Hôtel de la Poste* (?) gezeugt, ich sehe das Zimmer wieder vor mir, erinnere mich an einige Äußerungen. (Ich: »Wir sind Auto-Erotiker.« Er: »Na ja, es gibt Leute, die es im Bett machen, wir machen es im Auto!«) Ich hatte nun eine Verpflichtung im Leben; ich wollte keine Mutter sein, die selbst noch ein Kind war, aber ich wollte auch nicht wieder abtreiben. Die einzige Lösung war die Heirat.

Ich weiß nicht, ob S. heute kommt – wenn ich die Abmachung richtig verstanden habe. Sicherlich das letzte Mal vor meiner Reise. Es ist grau und kalt. Wird es weniger stumm sein als die anderen Male? Aber wieso denke ich, dass er sich ändern könnte? In Leningrad hat er nichts gesagt, auch nicht im Oktober im Zimmer in der Rue Lebrun. Er war und ist pragmatisch und äußerst verschlossen. Vielleicht will er nur genießen.

17 Uhr. Und wenn ich mich getäuscht habe und das Treffen nicht sicher ist? Seit einer Minute bin ich überzeugt, dass ich es falsch verstanden habe und dass er mich Samstag oder Sonntag anrufen und sagen will, ob er kommt (und nicht, ob er *nicht* kommt). Ich bin in einem Loch.

22.45 Uhr. Das war gut heute. Er kam um 17.45 Uhr nach dem Anruf von Marie-Claude V. Ihr Bruder Jean-Yves hat einen Gehirntumor. Ich sehe ihn wieder vor mir, 1963 bei Marie-Claudes Hochzeit; unsere Gespräche waren fast intim. Obwohl ich oft am Ende des Lebens stehe, erscheint mir der bevorstehende Tod eines Siebenundvierzigjährigen ungerecht, undenkbar. Aber ich dachte nur an S., der nicht kam. Und dann sah ich, wie der blaue Wagen in die Straße einbog. Dann hat die Zeit, die andere Zeit, begonnen und wieder geendet. Wenige Worte, wie immer. Ich frage ihn: »Magst du das?« (Was ich gerade mache.) Er lächelt verzückt, sein Gesichtsausdruck ist nicht zu deuten. Der einzige Fortschritt: Das Licht, Augen offen. Freut sich über das Buch, das ich ihm schenke, blättert mit kindlicher Freude darin. Vielleicht hätte ich keine anderen Bücher dazunehmen sollen – als würde ich seine gute Wahl (das Buch, das er sich gewünscht hatte) negieren. Ich fürchte, dass ich in den beiden anderen Büchern persönliche Zeichen hinterlassen habe, das kommt vor, denn Maria oder Macha, die Gattin, *schena,* ist immer misstrauisch. (Wie ich früher; und ich bin immer noch misstrauisch.) Fellatio. Anal. Er denkt zuerst an sich – unendlicher Narzissmus. Aber ich schenke ihm gerne Lust. Diesen Monat werde ich ihn nicht sehen.

Dienstag, 4. April

Psychisch bin ich in einem komatösen Zustand. Es schneit, im April. Träume von S., zum ersten Mal nach einem Abend mit ihm. Das Zimmer, in dem der Computer steht, war für ihn eingerichtet. Er drückt sich nicht klar aus, wie immer.

Ich: »Wir haben viel Freude zusammen, aber was bin ich für dich? Nichts?« – »Nein, nein.« – »Was, nein?« – »Du bist viel.« Voilà! Ich hatte *viel* einzustecken, mehr nicht.

Dieser schreckliche, stumme Moment, wenn er sich im Zimmer anzieht. Die Kleider, die ich ihm vier Stunden zuvor abgestreift hatte, zieht er eins nach dem anderen über, richtet sie mit Bedacht. Erst den Slip, dann das Unterhemd, dann die Hose, den Gürtel, das Hemd, Krawatte, Schuhe. (Die Socken zieht er nie aus.) Diese Zeremonie macht mich fertig. Sie ist ein Abschied in Zeitlupe.

Ein Hund bellt. Ich bin mitten in der Leere. Wie in Sées, wie in London 1960 oder 1984 mit P. Ich weine leise.

Ein bisschen Gigolo: Er trinkt eine halbe Flasche *Chivas*, will die angebrochene Schachtel *Marlboro* mitnehmen. Mutter und Hure, ich bin beides. Ich habe immer beide Rollen gemocht.

Bin eifersüchtig auf die Frauen, die Russisch sprechen. Als hätten sie etwas mit ihm gemeinsam, das ich niemals haben kann, selbst wenn sie anderweitig nie eine Bindung mit ihm haben können. Es ist dieser *Mangel* in mir, an dem ich im Verhältnis zu anderen leide. Wieder dieses Gefühl, das ich in der Buchhandlung *Globe* und jüngst in der russisch-orthodoxen Kirche hatte, als ich hörte, wie Leute dieses Sprache sprachen, die ich nicht verstehe.

Samstag, 8. April

Ich war krank, hatte seit Mittwoch eine schwere Angina. Die Tage sind wieder ernüchternd (die Krankheit war Fühllosigkeit) wegen dieser bevorstehenden langen Reise. Dänemark und Ostblockstaaten. Ich glaube nicht mehr, dass ich ihn vor meiner Abreise sehe. Vielleicht ein kurzer Anruf am Montag- oder Dienstagabend … Nebel.

Mittwoch, 12. April

Malmö. Bin unermesslich müde. Habe das Leben satt, in einem Laden mit schwedischen Design-Objekten, Galerie *Silverberg*. Der ganze Schwachsinn, vor einem Publikum über Literatur zu sprechen, kommt mir hoch. Warum bin ich hier? Um von den Reisen »zu profitieren«. Aber sie kommen mich teuer zu stehen.

Zwanzig Minuten geschlummert. Gestern Abend der übliche Anruf von S. »An-nie, geht es dir gut?« – »Ich war krank.« Er fragt nicht, was ich hatte. »Fährst du nicht?« – »Doch.« – »Wann?… Wann kommst du wieder?… Ich rufe dich am Samstag an. Gute Reise.« Mir kommt es so vor, als würde ich diese Worte auf einem Computerbildschirm oder auf Minitel sehen, ganz weit weg von mir. Und dennoch denke ich unaufhörlich an ihn und beziehe alles, was ich tue, auf ihn.

Vor vier Jahren dachte ich an P. Und in weiteren vier Jahren?

Donnerstag, 13. April

Im Zimmer des *Neptune* in Kopenhagen (dasselbe Hotel wie 1985) finde ich das Neue Testament in der Nachttischschublade, auf dem Fernseher liegen Pornokassetten. Ich frage mich, *wann* ich mich traue, eine einzulegen, um endlich zu wissen, wie das aussieht. (Aber das taucht in meiner Rechnung auf, ist also sichtbar!) Ich will damit keinen Mangel ausgleichen, sondern neue Sachen lernen. Vielleicht heute Nacht oder morgen früh, wenn der Vortrag zu Ende ist. Völlige Ruhe in diesem kleinen, hellen Zimmer. Dänemark, clean und deprimierend, ist für mich wie Watte, in der ich nichts mehr spüre.

Gestern hatte ich zum ersten Mal Lust, die Leute zu beschimpfen, die ins Kulturzentrum gekommen sind, um mich zu hören. Wollte ihnen sagen: »Was erwartet ihr? Was wollt ihr hier? Das kulturelle Hochamt? Es gibt nichts zu sehen, ihr Arschlöcher, und ich schreibe nicht für euch, ihr alten kulturbeflissenen Omas aus Schweden.«

Samstag, 15. April

Gestern Horsens und Jelling, Gräber der ersten Könige von Dänemark. Schildern, um zu schildern. Unnötig.

Nervtötende Attitüde von Françoise A. gegenüber ihrer Chefin, einer Frau mit der »Einfachheit« der bürgerlichen Schichten. Unablässig nennt sie sie ganz platt »Annie«. Vielleicht wäre ich nicht so empfindlich, wenn es nicht auch mein Vorname wäre.

Doch für mich zählt nur, dass S. nicht angerufen hat wie versprochen. Alle meine Erwartungen, ihn morgen zu sehen, sind dahin – verrückte Erwartungen, um ehrlich zu sein, wenn man den Zustand unserer Beziehung bedenkt. Vielleicht macht er es absichtlich, nur damit ich für morgen nichts von ihm verlange. Es ist grauenvoll, diese Gleichgültigkeit zu erleben, die er seit Dezember an den Tag legt.

Montag, 17. April

Bahnhof Cergy. Gleich weiter nach Prag.

»Um … Uhr kam ich in Prag an«, Camus …

Das Gefühl, in ein Land zu reisen, das S. näher ist als Dänemark, und außerdem ist es das erste Mal

Gestern Abend der neutrale Anruf, um das Treffen für den Morgen des Tages meiner Rückkehr auszumachen. Immer entscheidet er, monolithisch. Ständig sehe ich unser erstes Mal in Leningrad vor mir, die Geste, die alles ausgelöst hat, so, wie ein Messerstich das Grauen auslöst. Es ist hier wirklich das Glück, sicherlich. Aber auch das Unglück. Ich spiele alle kommenden Liebesszenen durch. Wenn das zu Ende ist, brauche ich ihn nicht mehr.

Mittwoch, 19. April

Schlechter Start am Montag. Ich habe das Flugzeug verpasst. Gestern der Umweg über Wien, eiskalt. Prag wunderschön, schwarz. Die Burg und der Dom von der Karlsbrücke aus gesehen wirken wie in einer Hoffmannschen Erzählung. Lautes

Hotel, *Centrum Hotel,* neben der Straßenbahn; es hat einen kleinen Salon wie in Moskau das Hotel des Zentralkomitees der KPdSU. Gestern Abend, während ich frierend in diesem braun-gelben Zimmer mit Fenstern, die nicht richtig schließen, unter einem Federbett einschlief, das immer wegrutschte, war ich mir sicher, dass ich niemals in einem Ostblockland leben könnte. Und doch sind die Leute hier glücklich. Mit den Kulturberatern spreche ich viel über die UdSSR. Der Stolz der Russen, neben den USA das größte und mächtigste Land zu sein. Ihre Verachtung für die, die sie vernichten, und im Gegenzug akzeptieren sie es, »abgekanzelt« zu werden. Ohne es zu begreifen, *verstehe* ich die Natur meiner Beziehung zu S: Sie kann gar nicht anders sein, einseitig in Bezug auf die Worte, erobernd und brutal. Hoffentlich erzählt der Kulturberater nicht herum, was er sicherlich erraten hat: dass ich ein Verhältnis mit einem Sowjet habe. Die Heimlichkeit ist immer besser.

Flughafen. Ich habe keine Stimme mehr, bin sprachlos, wie ich es seit 1969 nicht mehr war. Zwanzig Jahre! Heute Morgen ein Interview mit der rothaarigen, stotternden Übersetzerin. Schriftstellerverband mit dem offiziellen Zensor nach dem Prager Frühling, *»Brat«*. Ost-Atmosphäre, dunkles Zimmer, Kaffee wird aufgetragen, die ideologischen Gräben sind unüberwindbar. Brats Angriff auf Hrabal.

Universität von Prag, immer die gleichen Angriffe auf den Nouveau Roman, Beschwörung der kommunistischen oder assimilierten Schriftsteller. Könnte es anders sein?

Abend. Budapest. Sofort die Verlassenheit. Sitze mit Bauchschmerzen auf dem Klo, stütze die Stirn auf ein Handtuch, das auf dem Boden ausgebreitet ist. Versuche zu spucken. Sicherlich das fette Gulasch, das ich nicht vertragen habe. Ich bin zurzeit besonders empfindlich. Und wenn ich Aids habe? Nur S. könnte mich angesteckt haben.

Samstag, 22. April

Budapest is over. Ich stehe diese Vorträge tapfer durch, weil es sein muss. Zum Ausgleich die Städte, die geträumten Städte, die Wirklichkeit werden. Budapest, das Burgviertel – der Blick von der Freiheitsstatue. Warschau, ziemlich auf den einzigen historischen Platz reduziert. Überall Hass auf die Russen, vor allem in Polen, einem tristen, rückständigen Land. Ackergäule, Gänsehüterinnen, Kirchen. Mangel an allem; Benzin; heute Morgen Käse. Die Frau des Beraters nervt mich; Jeans und Pulli, ungeschminkt, aber pingelig, was die bürgerliche Erziehung ihrer Tochter angeht; meterweise Klassik-Schallplatten usw.

Dieses Gefühl der Verlassenheit macht mich nun nicht mehr so verrückt. Auf dem Flughafen in Warschau falle ich wegen meiner Taschen, verliere auf einmal beide Schuhe. Aber mindestens drei Männer sind gleich zur Stelle und helfen mir, die polnischen Ansagen zu verstehen: Der Flug hat Verspätung (14.30 Uhr). Dann kommt das Gepäck nicht, das Laufband ist blockiert. Am Ende auch noch Schinken essen in einer Kneipe mit Leuten, die mir völlig egal sind, mit diesem Berater und seiner Frau. Habe die Nase voll von all dem Reisen.

Ich bin in dem ältesten Hotel von Krakau, wo Balzac die Gräfin Hanska getroffen hat. Fünf Meter hohe Decken, falscher Luxus, Geruch nach Farbe. Hotel *Rod Roza.* »Rote Rose«.

Je später es wird, desto stärker empfinde ich diffusen Schmerz. Das Bild von S. und mir in Leningrad wird immer mächtiger, ich kann das Warten auf ein Wiedersehen nicht ertragen, ohne zu weinen. Einsamkeit.

Montag, 24. April

Die Reise ist fast vorbei. Ich halte keine Vorträge mehr, diese Zurschaustellung ist schrecklich. Sonntagnachmittag: Ich ärgere mich richtig über das Verhalten von E. und V. C., den Kulturberatern, gegenüber ihrer Tochter. Sie wird nach bürgerlichen Grundsätzen erzogen bis zur Karikatur. Diese sanfte Gewalt immer und überall hatte etwas Grauenvolles. Oliven nicht mit den Fingern nehmen; warten, bis der Gast isst usw. Mit vier Jahren! Und dann diese widerwärtige Erpressung wegen der Schlümpfe: Wenn du mich später nicht in dein Auto steigen lässt – was die Kleine aus Spaß gesagt hatte –, darfst du die Schlümpfe nicht sehen. All das mit terrorisierender Sanftheit gesagt. Klassenhass. Nein: Kampf zwischen dem Banalen (ich) und dem Distinguierten (sie, die Frau der Beraters), der die Gräben unwiderruflich macht. Ihr Grauen, als sie sah, wie mich am Abend zwei sehr vulgäre Polen anmachten.

Mit den beiden Beratern besichtige ich das verlassene jüdische Viertel von Kazimierz; an manchen Türen stehen noch die Namen. Heute: Besichtigung der Kirchen, die ständig voller Leute sind, Montagsmessen... Die Polen sind in den Kirchen und in den Geschäften. Sie gehen überall hinein, suchen irgendetwas Interessantes. Eine bizarre Geschäftigkeit von Ameisen, unermüdlich auf der Suche nach Dingen, die sie nach Hause tragen können. Die Schlange, langsam, stumm. Gefügigkeit, Schweigen. Und die Kirche.

Wie sie die Schaufenster ansehen, wo winzige Haufen Bonbons oder ordentlich aneinander gereihte Fruchtsaftflaschen ausgestellt sind! Ein Kilo Tomaten kostet so viel wie eine Puppe und vier Mal so viel wie eine Fönwelle.

Dienstag, 25. April

Flug Warschau – Paris.

Gestern Nachmittag schlief ich im Hotel. Die Schritte der Leute in der Fußgängerzone: bizarr; wie ein einziger Schritt, der auf die Straße hämmert, ein unbeweglicher Schritt, der Schritt der Tiere nachts im Stall. Ein leiser Schritt: Die Polen sprechen nicht. Nirgends. Stille Schlangen, stumme Touristenströme auf dem Matejko-Platz. Fügsam und stumm. Eine Fromme bei meinem Vortrag! Die Kirche, erdrückend. Beim Frisör nette Mädchen mit schmutzigen Kitteln, uralte Trockenhauben, ein blinder Spiegel, der nur ein nebliges Bild zurückwirft, als die Frisöse mich bittet, hineinzusehen und zu prüfen, ob die Augenbrauen richtig gezupft sind. Der Fön ist nicht warm. Schwaches Licht, fast Halbdunkel. Ich sehe, wie die Leute vor den Schaufenstern stehen bleiben, die so groß sind wie Fenster in einem Wohnhaus und wo Bonbons und Tüten mit Fruchtsaft ausgestellt sind – Luxus. Nirgendwo anders hat mich so die Verzweiflung gepackt wie dort.

Freitag, 28. April

Gestern kam er gegen elf. Lust. Er kniet sich hin und küsst meinen Schoß; das hat er seit Weihnachten nicht gemacht. Wir lieben uns ganz zärtlich, und er begehrt mich immer noch wie früher, aber das Sprechen fehlt mir mehr und mehr. Die zurückgehaltenen Worte und Tränen, mein Gesicht, immer glatt und lächelnd, und meine konstante Zärtlichkeit sind mir auf lange Sicht unerträglich. Ich habe ihm eine Stange Zigaretten mitgebracht, *Marlboro* zollfrei. Er zieht gleich eine Schachtel heraus (hat er also keine Zigaretten dabei? Wie üblich bedient er sich bei mir), und als er geht, nimmt er natürlich die Stange mit. Ich habe ihm zwei Briefe gegeben, den einen habe ich während meiner Angina geschrieben, den anderen in Budapest. Doch was denkt er darüber? Auch das werde ich niemals erfahren. Am Abend in der Botschaft eine Filmvorführung, *Assa.* Ich versuche eher, die russische Sprache zu verstehen, als dass ich der Handlung folge. Seine Frau sitzt neben mir. Ich »empfinde« nichts, vielleicht eine Art »Neugier«, aber die Worte, die die beiden wechseln, verweisen mich auf meinen Platz als Fremde – im doppelten Sinn. Sie scheint keinerlei Verdacht zu schöpfen. Wie schläft er mit ihr? Sie ist klein und hat einen dicken Arsch, breite Hüften, aber keine Brust. Hat sie einen Orgasmus? Vielleicht hatte ich wegen dieser vagen Eifersucht einen schlimmen Traum: Er sagt mir, dass er unsere Treffen mehrmals hinausgezögert hat, damit ich mich von ihm löse, und dieses Mal sei es das letzte Mal. Außerdem verlässt er Frankreich. Ich versuche, ihn an der Sperre, hinter der ich mich befinde, vorbeigehen zu sehen, aber der Weg bleibt verlassen, ich sehe ihn nicht mehr wieder. Ist das der Ausdruck meines Wunsches, die *imaginäre Lösung,* die für mich die beste wäre?

Kaum bin ich zurück und von den repräsentativen Pflichten sowie den Pflichten der Arbeit erlöst, verfalle ich wieder der Obsession, dem Verlangen, ihn zu sehen.

Montag, 1. Mai

Habe unsere Amateurfilme von 72, 73 und 75 angeschaut. Zum ersten Mal sehe ich mich als *andere,* ganz anders, als ich jetzt bin, unleugbar sehr viel jünger und ernster. Ich sehe ganz und gar nicht glücklich aus, vor allem 1975. *»Femme gelée«,* ja. Ohne dass ich es wusste, waren meine Bücher immer die wahrhaftigere Form meiner Persönlichkeit. Wie erdrückend diese Ehe war!

21 Uhr. Ein Anruf, niemand in der Leitung. Denke fast, dass es S. war, von einem Münzfernsprecher, der, wie so oft, nicht funktionierte. Aber vielleicht hatte sich auch jemand verwählt…

Mittwoch, 3. Mai

Donnerstag ist fern, so fern. Und er ruft nie an. Ich muss Schluss machen, mein Leben ist zu stupide. Aber für wen bräune ich mich? Und dieser Brief, den ich im Geiste schreibe, soll ihn wohl eher hindern, die Trennung zu akzeptieren. Ich las das vorige Heft und bin merkwürdigerweise überzeugt, dass er bis ungefähr März an mir hing, dann kamen drei Wochen, in denen wir uns gar nicht gesehen haben.

Entschluss: Wenn er vor meiner Abreise nach Jersey nicht nach Cergy kommt, sehe ich ihn noch ein Mal, und dann mache ich Schluss. Oder ich mache am Telefon Schluss.

Freitag, 5. Mai

Wenn ich in Paris bin und Leute treffe wie heute die Freires und die schwedische Journalistin, wenn ich Autos vorbeifahren sehe mit Leuten, die ganz städtisch aussehen – Krawatte, heller Anzug, schicke Frisuren –, sage ich mir, diese ganze Geschichte ist extrem platt und banal. Von Zeit zu Zeit ein Treffen zwischen einem Mann und einer Frau, eine einfache Bettgeschichte. Es ist, als würde meine ganze Vorstellungswelt zusammenbrechen. Darüber bin ich nicht traurig, denn ich stelle die Dinge fest und empfinde sie so, für mich selbst – nicht, indem ich zum Beispiel seinen Standpunkt übernehme. Wenn ich dann hierher nach Cergy zurückkehre, kann ich das Warten auf den Anruf nicht ertragen. Heute Abend sind es acht Tage, eine neue Phase. Ich lebe, ohne zu leben. Wann werde ich diesen Reifen aus Papier zum Reißen bringen, wann den Schmerz umkehren wollen?

Samstag, 6. Mai

Geträumt, dass er mich weckt. Ich warte in einer Art überdachtem Hof. (Auf ihn?) Es ist der Ausgang des Theaters, es gibt *Das Leben einer Frau* mit Micheline Uzan. Ich sehe meine Mutter im Publikum. Wir reden, sie sagt: »Ist das meine Geschichte, die du da erzählt hast?« Ich widerspreche: »Nicht wirklich.« Es ist meine Mutter vor der Demenz, im grauen Kostüm und mit einer »Frisur«, wie sie sagte, wenn sie von ihren Hüten sprach.

Dass ich mich bräune, ist völlig idiotisch. Wie 1963 in Italien, als ich auf einen Brief von Philippe wartete. Ich wartete zwei Wochen. Oder länger? Die Erinnerungen verblassen. Nur S. zählt. All die Kraft meiner Zuneigung, die mich an ihn bindet, liegt vielleicht in seinem verschlossenen Charakter, seiner Unberechenbarkeit, seiner »Fremdheit« begründet.

Liste der möglichen Gründe für sein Schweigen:

1) Seine Frau hat eine Szene gemacht wegen der früheren Filmvorführungen auf der Botschaft, wo ich war und sie nicht. Vielleicht hatte er ihr das verschwiegen.

2) Eifersucht auf Alain N., dem ich angeboten hatte, ihn heimzufahren.

3) Überdruss (s. meinen Traum). Er will mich loswerden, indem die Rendezvous seltener werden.

4) Arbeit; Tätigkeiten, von denen ich nichts weiß. (Ist er beim KGB?)

Er hat *nicht gesagt,* dass er anruft. (Unweigerlich denke ich an meine Mutter. Als ich sie im April 1986 zum letzten Mal sah, sagte ich zu ihr: »Bis Sonntag.« Und sie hat nicht geantwortet.) Dafür hat er mich gefragt, ob ich zur Pariser Buchmesse gehe; das heißt: Wir werden uns bis dahin nicht sehen.

Dennoch, dennoch diese Zärtlichkeit beim letzten Mal. Aber gerade bei den geplanten letzten Malen soll das, was zu Ende geht, angeblich am schönsten sein.

Wenn ich ihn nie mehr wieder sehen kann? Wie damals Claude G. Es ist wie der Tod. Ich habe die schlimmsten Vorahnungen: Er verlässt Frankreich, klinkt sich aus.

Sonntag, 7. Mai

Nichts. Migräne und Augenflimmern von der Sonne. Danach bin ich wie verrückt, bin depressiv im schlimmsten Stadium und habe Angst. Für einen Anruf ist es heute schon zu spät. Ich denke an den morgigen Tag. Warum warten? Ich stürze mich in etwas einheitlich Schmerzvolles. Mit S. habe ich nichts unter Kontrolle. Vielleicht hat er die Initiative zur Trennung ergriffen. Offenbar eine sanfte Flucht.

Montag, 8. Mai

Je länger es geht, desto mehr denke ich, dass es vorbei ist, dass mir die tieferen Gründe für immer verborgen bleiben. Abscheu vor allen Arbeiten, Garten usw. Ständige Angst. Ich soll das Glück vom Oktober, November bereuen, das ich nun so teuer bezahlen muss. Ich kann es kaum erwarten, nach Jersey zu fahren, es ist wie eine Erlösung: nicht mehr da sein, nicht mehr auf den Anruf warten. Ein weiterer möglicher Grund für eine Trennung: Klatsch von E., verleumderische Gerüchte um meine Person.

Abend. Er hat angerufen, ganz »normal«. Meine imaginären Konstruktionen brechen zusammen. Ich bin müde. Ich will nicht mehr Schluss machen. Bis zum nächsten Mal… Aber wie soll ich glauben, dass man mich lieben könnte, an mir hängen könnte? Als wäre das lediglich von Seiten meiner Eltern möglich gewesen.

Mittwoch, 10. Mai

Ich fahre nach Jersey. Ich habe wieder von S. geträumt; wir hätten uns geliebt. Schlaflosigkeit. Dass er mich sehen will heißt nicht, dass er unseres Verhältnisses nicht überdrüssig ist. Er führt es vielleicht nur weiter, weil ich »Schriftstellerin« bin.

Freitag, 12. Mai

15.30 Uhr. S. hat noch nicht angerufen. Ich bin im gleichen Zustand wie damals mit zwanzig, fünfundzwanzig Jahren nach einer schlaflosen Nacht. In Jersey habe ich keine Minute geschlafen in diesem eisigen Zimmer, das aufs Meer sah. Konnte mich H. S. am letzten Abend im chinesischen Lokal, dann im Taxi nicht entziehen. Ich bin immer so schwach gegenüber der Lust, ich habe ihn geküsst, ließ ihn im Taxi seine Hand auf meinen Schenkel legen. Aber ich wollte nicht, dass er mit auf mein Zimmer in der Pension kommt. Wie immer weiß ich, dass ich nicht ihn, H. S., unter der Haut habe, sondern den anderen, S., den Russen (wie auch damals, 1985 P. und nicht G. M.). Schon jetzt weiß ich nicht mehr, was H. S. gemacht hat, und ich will am liebsten nur noch schlafen und weinen, weil S. nicht anruft.

23.45 Uhr. Er kam, er blieb fünf Stunden. Seit langem habe ich keine so perfekte Zeit mehr erlebt, wir verstanden uns so gut. Vier Mal haben wir uns in verschiedenen Stellungen geliebt. Im Zimmer, von hinten, nach langem, langsamem Streicheln; unten auf dem Sofa, Missionarsstellung, auch zärtlich; im Zimmer, rührend; »darf ich mein Sperma auf deinen Bauch spritzen?«; auf dem Sofa auf allen vieren, große Harmonie. Ein endloses Verlangen nach dem Körper des anderen, nach seiner Anwesenheit.

Samstag, 13. Mai

Ich wache um sechs Uhr auf. Zum ersten Mal weine ich ohne Schmerz über seine sichere Abreise im August. Ich realisiere, dass er eines Tages nicht mehr da sein wird, dass ich ihn vielleicht, ja ganz sicher, nie wiedersehen werde. Die ganze Kraft der Leidenschaft, die mich seit Ende September gefangen hält, all die Schönheit, diese Vollkommenheit. (Ich weine, jetzt, beim Schreiben.) Ich habe das Gefühl, dass mein nächstes Buch *etwas über ihn* sein wird, auch wenn ich nicht von ihm sprechen werde. Gestern hatten wir zum ersten Mal unseren gemeinsamen perfekten Rhythmus gefunden. Das ist mir noch mit keinem anderem passiert.

Gestern haben wir uns über die Zeit in Leningrad gestritten, was wir an den beiden Tagen gemacht hatten. Er wollte mein Tagebuch lesen. Wir sprachen auch über Stalin, über den Krieg. Sein Vater wurde von Stalin »dekoriert«...

Ich habe auf nichts Lust. Nun ist es unnötig geworden, das Haus anders einzurichten, mir zu überlegen, was ich an Winterklamotten kaufen soll. Etwas wird im August zu Ende sein. Dann bleibt mir nur noch das Schreiben.

Doch es sind noch ein paar Monate, fast zweieinhalb. »Lass ihn mir noch ein bisschen, meinen Geliebten«, singt die Piaf.

Heute Morgen im Auto liefen mir ständig die Tränen wie damals, als meine Mutter gestorben war. Und auch damals in den Straßen von Rouen, nachdem ich abgetrieben hatte. Die Linie, die große Linie des verborgenen Sinns in meinem Leben. Der gleiche Verlust, noch nicht ganz erhellt; erst das Schreiben wird ihn wirklich erhellen.

Dienstag, 16. Mai

Momentan lebe ich, um zu leben. Um nichts von diesem reinen Leben zu verlieren, von dieser Leidenschaft, die in diesem Sommer zu Ende gehen wird. Wie werde ich das verkraften? Ähnlich wie mit zwanzig, zweiundzwanzig Jahren.

Hitze am Nachmittag, ich esse Schokolade. Finde in dieser Mischung aus Hitze und Schokolade meine Zeugnisse von früher (Schulabschlusszeugnis, Vordiplom, Examen). Gleichzeitig weiß ich, dass dieses Gefühl damals eben die Essenz meines Überdrusses war, meine Übelkeit vor dem Leben; ich wusste nicht, dass dreißig Jahre später dieses Gefühl ganz im Gegenteil die Essenz der Lebenslust sein würde (oder der Lust, gelebt zu haben oder immer noch zu leben).

Nun liebe ich die Liebe, liebe es zu lieben. Es ist nun keine triste, einsame Angelegenheit mehr.

Dennoch: Dennoch kann ich nicht leugnen, dass es Anzeichen für seine Zuneigung gibt. Und auch für seine Eifersucht (dass ich braun bin, dass ich Alain N. nach Hause gefahren habe). Aber in einigen Tagen kippt wieder alles. Und ich werde mich fragen, ob es nicht das »letzte Mal« war.

Donnerstag, 18. Mai

Ich bin nicht zur Eröffnung der Pariser Buchmesse gegangen; er ist nun dort. Ich habe mich mehr oder weniger freiwillig von diesem wollüstigen trunkenen Fest aller Leute, die in Paris Rang und Namen haben, ausgeschlossen, weil ich fürchte, fehl am Platz zu sein, auch wenn er dadurch vielleicht jemand von Interesse treffen könnte. Ich denke an all die Feste, wo ich nicht hingegangen bin; der Ball der Landwirtschaftsschule 1957. Wie damals (doch im Unterschied zu damals fehlt mir heute nicht das Kleid, das berühmte Abendkleid, um tanzen zu gehen) bin ich auch jetzt allein im Morgenmantel, allerdings ein »Luxus«-Morgenmantel (der von 1957 war aus rosa Wolle, eine Art Mantel zum Knöpfen), und stelle mir das Fest vor, wo ich nicht dabei war. O Pavese ... Die Festgeräusche dringen trotzdem nicht zu mir. Und ich weiß, wie enttäuscht ich gewesen wäre, wäre ich hingegangen. Früher war es ein Traum, das vollkommene Glück, das ich mir vorstellte, heute habe ich mich selbst fern gehalten, weil ich schon zu viele misslungene, schmerzhafte Feste erlebt habe.

Dennoch hatte ich mich den ganzen Tag über gefragt, ob ich hingehen soll oder nicht. Ich muss diesen Abend hinter mich bringen, ohne sehr zu leiden. Muss daran denken, dass er mich vielleicht, ja sogar sicherlich sucht. Aber sofort gleiche ich diesen Gedanken wieder aus, indem ich mir sage, dass ihn Pressereferenten und gewisse erhitzte Schriftstellerinnen mehr interessieren, das ist ja bekannt. Letzte Woche habe ich mich nicht von H. S. lieben lassen, nun habe ich doch ein ziemlich starkes Verlangen nach ihm. Also die Wiederkehr der Dinge. Doch das hilft alles nichts.

Freitag, 19. Mai

Der Schmerz kam in der Nacht und hat mich geweckt. Er ist nicht abgereist, er wird vor dem nächsten Anruf nicht fahren, er geht erst nach einer Zeit, die ich selbst nicht festlegen kann. Eifersucht, ganz deutlich dieses Mal. Denn alles liegt hinter mir, er hat von mir keine Überraschung mehr zu erwarten. Dass ich meine Leere kenne, ist das Fundament meiner Eifersucht. Wieder die Versuchung, Schluss zu machen, ihn leiden zu machen. Wenn das möglich ist.

Samstag, 20. Mai

Nachdem Claudine D. mir gesagt hat, dass die Buchmesse gemieden wird, keine »Leute« da sind, bin ich schon gelassener wegen Donnerstagabend – als würde es eine Beziehung geben zwischen der Gesamtheit des Verhaltens der Leute, der Atmosphäre und dem, was nur von einem individuellen Willen abhängt, vom Zufall des Zusammentreffens zweier Personen, von S. und einer anderen Frau. Ich konnte nie die Wahrnehmung des Gefühls eines Mannes zu mir von der Umgebung trennen, in der er sich bewegte und die immer einen Einfluss auf dieses Gefühl haben müsste. Ich glaubte nie, dass ein Liebesgefühl aus sich heraus bestehen kann, es ist ganz besonders abhängig von sozialen Räumen im Allgemeinen.

Schmerz, wenn ich Wagen vorbeifahren sehe oder auch nur Motorengeräusche höre. Alles wirft mich auf das Bild der Freiheit zurück, des Vergnügens, von dem ich ausgeschlossen bin, auf einen unbestimmten Plan für ein Treffen mit einer anderen Frau, den ich ihm zuschreibe. Doch wenn ich weiß, dass er wirklich kommt, dass er wirklich auf der A 15 ist, denke ich an nichts, dann habe ich nur noch dieses Bild vor mir: Er kommt. Nur das.

Sonntag, 21. Mai

Buchmesse. Habe ihn nicht gesehen. Am Abend nichts. Und wenn er am Donnerstag nicht mal bei der Filmvorführung in der Botschaft ist? Oder wenn er eine andere hat? Dieses schmerzliche Warten bekommt zuletzt doch eine abenteuerliche, »volle« Seite.

Montag, 22. Mai

Um sechs Uhr wache ich auf und »kenne« meinen Schmerz. Wie Julien Sorel. Schlafe wieder ein, träume von einem Flirt mit einem sehr jungen Mann und wache durch einen Schrei auf (sicherlich in meinem Traum): »Mama!« Es geht um mich. All das hat mit H. S. und Jersey zu tun. Habe den deutlichen Eindruck, dass ich für ihn »die Mutter« bin.

Gestern in der Metro war ich in einem schmerzhaften Spannungszustand, wie an den Tagen, als ich mit derselben Linie in die Rue Lebrun fuhr, um S. zu treffen. Aber damals war es nicht Schmerz, es war nur ein Stich: die Lust, die sicher war, dass sie sich ausleben darf. Hier war es das Fehlen, eine grauenvolle Leere.

Warum ruft er nicht an? Immer diese Frage ohne zuverlässige Antwort. Und wenn ich ihn am Donnerstag auch nicht in der Botschaft sehe? Wenn er mit seiner Mamsell ins Elsass gefahren ist? Oder wenn er keinerlei heimliches Einverständnis zeigt? Wenn er mir kein Treffen vorschlägt?

22 Uhr. Nichts. Allerdings hat das Telefon geläutet, doch ich kam zu spät. Sicherlich nicht er. Oder doch? Was soll's?

Erinnerung an Tours 1952. Das luxuriöse Restaurant: auf der einen Seite die Reisegruppe, wir, die Bauerntrampel – auf der anderen Seite normale Gäste, dieses schicke gebräunte Mädchen mit ihrem Vater. Sie aß das, was ich später als Joghurt kennen lernte. Ich – bleich, ausgehangene Dauerwelle, Brille – und mein Vater sowie die anderen Leute aus dem Bus. Ich entdeckte den Unterschied, die Wirklichkeit der beiden Welten.

Dienstag, 23. Mai

22.40 Uhr. Das Warten ist zu Ende, ein Tag länger als beim letzten Mal, ein Abstieg ins Unermessliche. Zehn Minuten lang sagte ich vom Grauen gepackt laut vor mich hin: »Ich muss Schluss machen.« Ich fahre nach Reims, komme zurück, und vielleicht werde ich ihn bei der Filmvorführung am Donnerstagabend nicht sehen; das wäre das Schlimmste.

Allmählich breitet sich dieser schreckliche Gedanke in mir aus: dass er Knall auf Fall in die UdSSR zurückgekehrt ist – und er wollte es mir nicht sagen; daher die Leidenschaft beim letzten Treffen.

Donnerstag, 25. Mai

18 Uhr. Starre. Schrecklichste Vorahnungen: dass er heute Abend nicht in der Botschaft ist. Grund: Er hat Frankreich verlassen; ist auf Reisen; wollte nicht kommen. Aber warum? Anderes Szenario: Er ist da und zeigt sich gleichgültig, macht kein Treffen mit mir aus. Oder: Er will mich sehen. Aber die dreizehn Tage ohne Nachricht lassen mir wenig Hoffnung auf diese Option. Und dennoch: Hier und jetzt weiß ich es noch nicht. Vielleicht ist in zweieinhalb Stunden alles vorbei. Mein letzter Brief bleibt in der Tasche. Mehr oder weniger ist das immer wie der Tod.

23 Uhr. Es gab alles. Eifersucht, Ausgeschlossenheit, für einige Sekunden das Ende der Geschichte. Eine junge Frau – groß, blond und flach, zwischen fünfundzwanzig und dreißig; neben ihr sah S.s Frau ganz zerknautscht aus. Offenbar wollte sie ihn verführen. Sie war in Begleitung ihres Mannes, eines unbedeutenden Verlegers, sicherlich von der KP. Zwischen diesen beiden Paaren war ich die Person zu viel. Darüber hinaus wirkte meine Anwesenheit bizarr – auf die Frau von S. und auch auf die andere Frau, die sofort ein heim-

liches Einverständnis zwischen S. und mir witterte. Ich gehe. Allein. Ich sehe wieder diesen Teppich in der Botschaft, diese Treppen, die ich hinabsteige und denke: »Das war's.« Ich war schon in der Zukunft, ohne ihn. Verachtete ihn, aber vor allem verachtete ich mich. Und dann bin ich unten an der Treppe umgekehrt. Ja, zweifellos. Ich sah ihn herunterkommen, allein. Ich betrachtete Prospekte auf einem Tisch, tat so, als sei nichts. Er wusste, dass ich auf ihn gewartet hatte; natürlich. »Sehen wir uns nächste Woche?« – »Ja.« – »Ich rufe dich an?« – »Du rufst mich an.« Dann: »Darf ich dir einen Brief geben?« – »Nein.« Ich machte meine Tasche wieder zu. Voilà. Sie hat 1500 Francs gekostet. Um ihm zu gefallen. Wann werde ich aufhören, so verrückt zu sein? Dass ich heute Abend in diesen albernen sowjetischen Film gegangen bin, ist schrecklich für mich. Vielleicht wollte er nicht, dass ich komme. Und vielleicht ruft er mich nicht an. Das einzig Positive: Das Risiko, das er eingegangen ist, als er mir folgte, nachdem alle gesehen hatten, dass ich gerade gegangen war. Wirklich das einzig Positive. Gut. Und ich? Wie soll ich mich verhalten? Schluss machen? Damit drohen? Nichts sagen? Ich habe die Wahl.

23.30 Uhr. Ein Anruf. Schweigen. Bestimmt ist es er. Wieder ein Anruf: »Wie geht's?« – »Gut.« – »Kann ich morgen kommen? Um zehn?« – »Ja.« So. Erwischt wie ein kleines Mädchen.

Freitag, 26. Mai

Er kam für eine Weile, zweieinhalb Stunden. Aber das ist mitten am Tag nicht ungewöhnlich. Ich habe den Eindruck, getrieben von meinem alten Hang zur Destruktion, heute all das gemacht zu haben, was ich nicht tun sollte: sagte ihm, dass ich gestern Abend gute Lust gehabt hätte, mit ihm Schluss zu machen; sagte das, was ich schon über jenem Sonntag 1952 und 1958 und die Abtreibung zu Ph. und P. gesagt hatte. Ihn schockieren? Außerdem ist er gleich danach gegangen.

Ich bin sehr müde. Heute Morgen wachte ich halb auf in einem sonnigen Traum, in dem ich das Gefühl hatte, die Organisation der Welt entgleite mir. Ich spüre das ganze schmerzhafte Geheimnis des Lebens, der Welt. Dann das Bild von S., der heute kommt, aber es ist keine große Verheißung von Glück.

Ich: »Sag mir, wenn du lieber Schluss machen willst. Sag es, denn ich begreife nichts mehr.« – »Ja, ich werde es dir sagen.« Diese Worte lassen mich erstarren. Vielleicht sagt er es in den kommenden Wochen.

(Von A bis Z hat über diesen Verleger nichts gestimmt. Er ist nicht von der KP, er ist ein Bourgeois-Sohn und wird die Frau, die er dabei hatte, bald heiraten. S. konnte sie also nicht verführen wollen. Dass er sich so bemüht hat, erklärt sich durch seine servile, seine dostojewskijsche Seite.)

Samstag, 27. Mai

Geistige Arbeit ist die einzige Lösung, wenn ich mich nicht verlieren will. Es geht mir wirklich sehr schlecht. Alles deprimiert mich. Die Vision eines Jahres der Illusion seit Anfang Oktober, die Abhängigkeit, in der ich lebte, und obendrein die Wahrscheinlichkeit einer Trennung. Ich muss mich nicht nur daran gewöhnen, ich muss sie sogar für mein Gleichgewicht wünschen, das mir zurzeit wie ein Zustand der Gleichgültigkeit, ein Zustand des Todes vorkommt. Muss also wünschen, dass ich ihn nicht mehr begehre. Gestern habe ich den Mittelweg gewählt, habe damit gedroht, Schluss zu machen. Ich weiß nicht, welche Folgen das hat. Möglicherweise treibt ihn der Stolz, sein Stolz, und er wird meinem zur Schau gestellten Trennungswunsch zuvorkommen. Oder er will nicht auf die Lust und den heimlichen Stolz verzichten, die ich ihm verschaffe. So, wie er sich Leuten gegenüber verhält – immer sehr bemüht, fast servil, immer sehr bedacht, extrem zu gefallen –, sollte ich vielleicht härter, brutaler sein. Würde sich das auszahlen?

Ein anderer Stachel im Fleisch: Ich kann nicht darauf verzichten, »es den Leuten zu sagen«, und seit zwei Jahren mache ich nichts. Ich kann so nicht leben. Männer, Schreiben – ein Teufelskreis.

Ich muss zwei Dinge tun: Muss an den Ort der Abtreibung in der Rue Cardinet zurückkehren, und ich muss die Krankenschwester treffen, die sich um meine Mutter gekümmert hat. Immer noch diese Verbindung. Ich muss wenigstens den Schatten vertreiben, der seit acht Monaten auf mir liegt, diesen süßen Sowjet mit den grünen Augen, dem ich die Liebe anders als auf Kosakisch beigebracht habe. Nach Proust muss »die Intelligenz« den Ausweg finden. (»Die Intelligenz kennt im Leben kein Eingeschlossensein ohne Ausweg.«) Muss vielleicht an den Punkt kommen, da ich, im umgekehrten Fall, wie Swann über Odette sagen werde, dass ich meine Zeit und Geld verloren habe (stimmt fast) für einen Mann, der nach meinem Geschmack war, es aber nicht verdient hatte.

Dienstag, 30. Mai

Ein schrecklicher Mai. Bis wann muss ich zurückgehen – wann hatte ich zum letzten Mal dieses Gefühl der Ohnmacht? 1985? 1982? Damals war es schlimmer. Ich glaube, alles, was mit meiner Ehe zu tun hatte, löst in mir ein Grauen aus, einen Schmerz ohne Hoffnung auf Linderung.

Momente der Klarsicht. Offensichtlich hat S. mich satt. Doch andererseits hat er am 12. Mai ein deutliches Verlangen nach mir gezeigt.

Marie Claude rief an. Jean-Yves ist am letzten Freitag gestorben. Manchmal denke ich, dass wir mit den anderen Menschen auf geheimnisvolle Weise verbunden sind und dass ihr Tod »Wellen« aussendet. Am Freitag ging es mir so schlecht, alles schien mir zu fehlen; es war Jean-Yves' Todestag. Seit Juli 1963 hatte ich ihn nicht mehr gesehen. Er hatte mir anvertraut: »Ich habe keinen Freund.«

Donnerstag, 1. Juni

Zu schön für dich gesehen. Nichts ist wie meine Geschichte, und dennoch ist alles genauso. Als ich das Kino verließ, wusste ich, dass ich gemeint war, das normale Leben, die widersprüchlichen Beziehungen zwischen Mann und Frau. Und ich wäre am liebsten im Saal geblieben, wollte, dass diese Geschichte nie zu Ende geht. Künstlerische Raffung. Sätze aus dem Film für mich: »Es ist schön, einen Mann zu erwarten.« Und in Bezug auf die Treffen mittags im Motel: »Manche Leute müssen nicht zu Mittag essen.« Und dann: »Ich bin eine Frau, die lebt. Ich bin eine Frau, die weiterlebt«, sagt Josiane Balasko weinend.

Nichts; natürlich.

Samstag, 3. Juni

Ich lebe in einem betäubten Schmerz. Das heißt, ich erwarte nicht mehr, dass es besser wird, erwarte nicht, dass der Schmerz vielleicht noch eine Spannung hin zum Glück bringt, das immer noch möglich ist, nachdem Hoffnung nicht möglich war.

Ich weiß, wo er am Wochenende ist: im Loiret, in der Nähe von Châtillon-sur-Loire. Ich sehe wieder die Hauptstraße vor mir, die zur Kirche hinaufführt, die Metzgerei, wo ich mit den Kindern immer hingegangen bin. (Wann war es das letzte Mal? 1984, 1985?) Ich weiß auch, mit wem er dort ist: mit der Familie E. Ich stelle mir das alles wieder und wieder vor.

Der Geruch mancher Dinge erinnert mich an den früher verabscheuten, nun aufwühlenden Geruch von Sperma. Am 12. Mai: »Darf ich mein Sperma auf deinen Bauch spritzen?« Eine Ewigkeit. Diese Erinnerungen sind jedes Mal schrecklich, wenn ich denke: Er kommt nicht mehr, er sagt das nie mehr auf seine knappe, russische Art. Ich messe die Kraft meiner Zuneigung an meinem Widerwillen oder meinem Wohlwollen gegenüber seinem Sperma. Ab 1987 hatte ich heftige Abscheu gegen P.s Sperma. Und das erste Mal bei S.; in Leningrad wollte ich es ins Waschbecken spucken.

Der Höhepunkt des Glücks: S. rief in der Nacht aus dem Loiret an. Ein bisschen wie: »Ah, wenn doch heute Nacht die Sonne schiene!«, Breton.

Montag, 5. Juni

Träumte von einer Art Hotel oder von der Châtaigneraie, ich weiß meine Zimmernummer nicht mehr – 62, 42 oder 63; ich werde erwartet, bin daher ganz panisch.

Ich wache auf. Jede Nacht wache ich nun zwischen 3 und 4.30 Uhr auf. Ein schlimmer Moment. Um wieder einzuschlafen, ließ ich die ganze Küche der Wohnung in der

Avenue de Loverchy Revue passieren. Warum, weiß ich nicht. Diese Bestandsaufnahme versetzte mich in einen Zustand wachsender Gereiztheit. Bei dem großen Geschirrschrank mit seinen schweren Schiebetüren hörte ich auf.

Weder Annie M. noch Frédérique L. haben mich auf meine »russische« Liebe angesprochen. Dieses Schweigen ist für mich ein Zeichen. Sie wissen, dass diese Geschichte vorbei ist – auch wenn ich objektiv nicht begreife, wie sie das wissen können.

Wenn ich darauf verzichte zu begreifen (was er empfindet; was diese oder jene Geste, dieses oder jenes Wort bedeutet), verzichte ich gleichzeitig auf die Leidenschaft. Auch auf das Warten.

Ich sehe wieder die Rückkehr von Jersey. Ich warte in Roissy auf Eric – ein Flugzeug aus Moskau landet; ich warte auf dem Ikea-Parkplatz, während Eric einkauft. Ich wusste nicht, welches Glück mich am Abend erwartete; vielleicht das letzte Mal mit S.

Mittwoch, 6. Juni

Schwarzes Erwachen. Wann träumte ich, er würde seine Socken vor dem Sex ausziehen? Die Deutung des Traums ist klar: Ich bin sicher, dass er eine andere Frau hat. Und der macht es nichts aus, dass er seine Socken anbehält!

Ich schwanke zwischen zwei Hypothesen:

1) Er hat keinerlei Lust mehr, unser Verhältnis fortzusetzen.

2) Er ruft mich eben an, wenn er Zeit und Lust hat, mich zu sehen.

Um Viertel vor vier ruft er an. »Kann ich gleich kommen?« Es war also die zweite Option. Nicht mehr als bei meiner Rückkehr aus Jersey, ja eher weniger, wusste ich heute Morgen in der Buchhandlung, beim Trödler oder am Nachmittag in meinem Zustand der Leere welches Glück (?) mich erwartet. Nicht so sehr Glück – eher Überraschung, Besänftigung. Diese unermüdliche Trunkenheit der Haut. (Lust erreichten wir nicht mehr.) Aber warum lässt er mir nicht Zeit, ihn wirklich zu begehren, mehrere Stunden, ja Tage auf ihn zu warten?

Mittwoch, 7. Juni

Die normale große Müdigkeit. Bin nicht in der Lage, irgendetwas zu machen. Satzfetzen schweben durch die Erinnerung. Am Tag nach dem Fest habe ich einen Kater, ohne getrunken zu haben; dafür habe ich ihn geliebt. Fühllosigkeit. Keinerlei Gewissheit, was das sein soll: Zuneigung. Bin fast sicher, dass E. alles weiß.

Jäh der Gedanke an die Hochzeit, zu der er eingeladen ist – wen er am Samstag auf dem »Ball« treffen könnte …

Obwohl seine Frau hier ist, bin ich mir seiner nicht sicher. Nun kommt die Eifersucht sehr viel schneller hoch, vielleicht soll sie mir die langsame Ernüchterung an jenen Tagen ersparen, wenn ich auf einen Anruf warte. Ich scheide selbst ein Gegengift gegen die Liebe aus, vielleicht um diese Liebe durch Leiden zu verlängern.

Samstag, 10. Juni

Ich mache nichts – das ist mittlerweile fast normal. Das große Buch ist noch im Werden, ich drehe mich um das Thema. Mein Optimismus in Bezug auf S. ist völlig unbegründet, es ist nur eine Beklemmung weniger in meinem Seelenleben. Vielleicht ruft er ja trotz seiner Versprechungen nächste Woche gar nicht an. Ich mache Gartenarbeiten, ich jäte den Hang und erinnere mich an letzten Oktober: In meinem Schmerz darüber, dass er nicht angerufen hat, habe ich damals das Gleiche gemacht. Diese Erinnerung an den Schmerz ist nun süß, weil ich weiß, dass ich mich damals getäuscht habe; er hat mir gleich darauf gezeigt, dass er mich heftig begehrt. Und diese Erinnerung ist auch tiefer, denn ich erlebe nun die gleiche Sache, aber ohne den gleichen Schmerz. Das ist wie Schreiben.

Sonntag, 11. Juni

Kann in der Nacht nicht schlafen. Wieder denke ich an Leningrad, finde die Freude von damals wieder, das Gefühl von damals. Doch damals war er mir noch nicht wichtig, er war in erster Linie ein Mann, mit dem ich lediglich eine Nacht verbringen wollte. Der Wert, den ich dieser Nacht nun beimesse, kommt von anderen Abenden und anderen Nachmittagen, von den vielen Dutzend Malen, die wir uns, und auch noch besser als in jener Nacht, geliebt haben. Ich bin gerade halb betäubt, habe keine Lust zu arbeiten, zu lesen, bin aber noch nicht einmal beunruhigt wegen der ausbleibenden Nachricht von ihm; das bin ich jetzt gewöhnt.

Donnerstag, 15. Juni

Die Wahrheit beim Erwachen, wenn ich noch im Halbschlaf bin: Für S. bin ich nur eine Bekannte, eine Frau, die gut vögelt und die er deswegen von Zeit zu Zeit besucht. Darin liegt keinerlei Zuneigung. Seine Anflüge von Stolz werden sicherlich gedämpft, wenn er daran denkt, dass ich schon achtundvierzig bin.

Den jungen Mann aus Jersey habe ich ganz vergessen, er hat mir übrigens auch nicht geschrieben. Wenn ich daran denke – Grausamkeit von S. oder russische Schüchternheit. Bei keinem Treffen ein einleitendes Wort, nicht mal »Guten Tag«; gleich die Körper. Im Oktober, im Wagen, sagte er nichts bis Cergy, er rauchte schweigend und fuhr schnell. All das machte mich zur »Beute« – erlegt und jedes Mal »verloren«.

Freitag, 16. Juni

Nächte; das Erwachen ist schwer. Erst wegen dieser Blasenentzündung, die mich von Neuem quält. (Seit Oktober...) Gestern schreckliche Rückkehr mit der Schnellbahn, weil ich solchen Harndrang hatte und ihn zurückhalten musste; das hat mir in der Nacht Schmerzen gebracht. Dann sein Schweigen. Ich versuche gerade zu arbeiten, etwas zu schaffen, doch ein verheerendes Bild beherrscht mich: Sonntag, Rückkehr von der Hochzeit in Barbizon, S. küsst seine Frau. Ich weiß, dass er sich nicht um sie bemüht (um mich jetzt auch nicht), er hat sie im Bett »zur Hand«. Für mich muss er mindestens vierzig Kilometer fahren und sich ein Alibi verschaffen.

Egal. Wenn mir so ein Bild vor Augen steht, ist es, als falle ich in ein Loch. Die vorhergehenden Seiten zu lesen ist das einzig Tröstliche: Es sind die gleichen oder schlimmere Schmerzen. Meine Bitte, er möge mich öfter anrufen, war vergeblich. Das Leiden beginnt ungefähr nach einer Woche Schweigen.

Samstag, 17. Juni

Ich denke an nichts, während ich die Augen geschlossen habe und eine Kosmetikerin mir die Brauen zupft. Auf einmal spüre ich regelmäßigen, störenden Atem auf meinem Gesicht, auf meinen Lippen. Sie ist es; sie kommt ganz nahe, um besser zupfen zu können – ganz anders als die anderen Frauen, die das auch schon bei mir gemacht haben. Ich denke: ein Körper ist Atem. Das Leben, die Lust – geschlechtslos. Ich wusste es; mit fünfzehn Jahren bat ich Colette, mich auf den Mund zu küssen, »um es zu erfahren«. Es war nichts; wir kannten uns zu gut. Ich mache die Augen wieder auf: eine Frau – eine Person wie ich. Nur ein Atemzug ließ mich an die Liebe denken, nicht dieses Gesicht. Und eine Frau kann mir nicht mehr Lust schenken als die Masturbation, kann nicht das geben, was ich mit S. an jenem Freitag, dem 12. Mai, nach meiner Rückkehr von Jersey geteilt habe. Der sanfte Geruch des Spermas, dieser Geruch, den Javel-Wasser oder blühender Liguster so heimlich ausströmt, dass man schwach wird.

Montag, 19. Juni

Ich zähle die Tage, messe ihrem Vergehen ohne einen Anruf mehr und mehr negative Bedeutung bei. Aber er hat sicherlich einen anderen Begriff von Zeit, er misst die Zeit nicht. Diese fehlende »Zeitrechnung« hat jedoch eine Bedeutung: Sie zeigt, wie wenig er mich in seinem Leben braucht.

Immer noch scheint die Sonne, der Himmel ist unerschütterlich klar in diesem Frühsommer. Heute Morgen hatte ich verzweifelte Lust, ihn zu sehen; wie 1958 C. G. Ihn sehen, ihn lieben, auch wenn ich ihm egal bin, auch wenn nachher die Ernüchterung und das Unglück folgen.

In Leningrad hätte ich nie gedacht, dass mir seine Jugend (im Vergleich zu mir) begehrenswert erscheinen könnte. Damals war sie lediglich Ungeschicklichkeit, die für eine einzige Nacht unbefriedigend war. Diese »Eigenschaft« hat mehr und mehr Bedeutung gewonnen, aber sicherlich weniger als seine Eigenschaft, Russe zu sein.

Wann werde ich die Dinge distanziert betrachten? Dann wäre ich aber nicht in der Lage zu schreiben, was ich hier schreibe, wäre nicht so aufmerksam gegenüber den Handlungen der Menschen, die vorher gewissermaßen unfasslich, unverdächtig waren und Leidenschaft, Lust und Eifersucht hervorrufen.

Nachmittag. Dieses schreckliche Warten. Mangel. Leere. Nichtkörperliche Lust, die an meinem Körper wahrzunehmen ist – zum Beispiel werde ich nicht »nass« –, aber ich bin psychisch hohl, von mir selber getrennt; zum Heulen.

Abend. Wieder eine Steigerung. Noch nie hat er mich so lange nicht angerufen. Ist er ins Elsass gefahren? Vielleicht, vielleicht auch nicht. Das Grauen der Unwissenheit. Ich schreibe, um geliebt zu werden, aber ich will nicht *ihre* Liebe, nicht die Liebe der Leser. Sonst könnte ich auch klipp und klar in einem Buch sagen: »Liebt mich!« Wie Johnny Hallyday in irgendeinem Lied. Und »man« würde mich sicherlich lieben, die zerbrechliche Frau der literarischen Sendung *Apostrophes,* der Vorträge von Prag oder anderswo. Ich will aber nur die Liebe, die ich wähle, die ich begehre, und am liebsten die Liebe eines Menschen, der in mir nicht die Schriftstellerin sieht.

Mittwoch, 20. Juni

Wird der Juni schlimmer als der Mai? Scheint so. Es ist klar, dass ein Mann, der mich in zwei Wochen nicht ein einziges Mal anruft, keinerlei Gefühle für mich hat. Ich sehe die grausame Wirklichkeit der Situation und die selbstmörderische Seite meines Verhaltens. Ich mache nichts, um mich von meiner Obsession, meinem Begehren zu befreien. Eifersuchtsszenen beherrschen mich. Morgen sehe ich mir den russischen Film *Kleine Vera* an, und schon stelle ich mir vor, dass er in Begleitung einer anderen Frau ist und sie ihn im Saal umarmt. In Bezug auf die Anrufe hält er nie Wort. Kurz, ich bin dabei, mich selbst zu vernichten für eine Person, die alles in allem eher fad ist, von sich selbst überzeugt und die den Sinnengenuss reguliert, kanalisiert. Jedoch nicht am Anfang. Hier gibt es nichts anderes als die zerstörerische Kraft der Zeit über die Lust; warum habe ich nicht die Kraft, es einzugestehen und daraus positive Konsequenzen zu ziehen wie früher: »Ich gehöre nicht zu denen, die aus Kummer weinen, / ich habe nicht die Tugendhaftigkeit einer Matrosenbraut…«

Mittwoch, 21. Juni

Enthüllender Traum über meine Wünsche und das, was ich zu sein fürchte: Treffen mit S. in der Öffentlichkeit. Mittagessen. Er legt mir die Hand auf die Schulter, wir suchen einen Platz, wo wir allein sein können; er hat große Lust auf mich, wie üblich bei ihm. Eine Art Grotte, das Licht geht aus, das Wasser strömt aus dem Boden. Ich habe Angst, wir gehen hinaus. Dann sind wir bei mir, das Haus ist voller Leute, die Kinder sind weg. Wir gehen in mein Zimmer, das Bett ist voller Zeug, als wären wir im Umzug begriffen. Ich liebkose sein Glied. Er verändert sich, wird ironisch, spöttisch, was er nie ist; er wirft mir vor, dass ich mich auf sein Glied stürze, ihn immer zum Orgasmus bringen will. (Das stimmt.) Später in meinem Traum taucht meine Katze Lucrèce wieder auf, sie lebt. (Sie ist seit Freitag verschwunden, wahrscheinlich ist sie tot – ein weiterer Kummer in diesem Juni.)

Donnerstag, 22. Juni

Gestern Abend um zehn vor elf rief er an. War er (seine Stimme) ein wenig verlegen? Er schlug vor, dass wir uns treffen… nächste Woche. »Ich rufe dich am Montag an.« Wird er anrufen? Ich schwebe noch, kann keinen klaren Gedanken fassen. In der Nacht – ich kann nicht schlafen – sage ich mir: Vielleicht hat er erwartet, dass ich ablehne, und wäre erleichtert gewesen, wenn ich die Initiative zur Trennung ergriffen hätte, weil er sich selbst nicht traut. Daher meine Angst, dass er nicht am Montag anruft, sondern später. Als ich anfing, von seinem Körper zu träumen, von diesem künftigen Treffen (am Nachmittag noch gesteigert durch den Film *Kleine Vera,* in dem der Held S. heißt), kamen mir die Bilder der kubanischen Tänzerinnen in Paris in den Sinn, dieser sinnlichen, freien Frauen einer Insel, an die er mit Nostalgie zurückdenkt. Ich stelle mir Treffen in Hotelzimmern vor, die genauso leicht zustande kommen wie unser Treffen. Der Abgrund der Eifersucht, heftigster Schmerz. Ich erinnere mich an das Zitat von Proust, das ich mit sechzehn notiert habe: »Die Leiden sind unansehnliche, verhasste Diener, die man bekämpft, unter deren Herrschaft man aber mehr und mehr gerät; sie sind starre Diener, die unmöglich zu ersetzen sind und uns auf unterirdischen Wegen zur Wahrheit und zum Tod führen. Glücklich, wer die erste vor dem zweiten gefunden hat…« Im Grauen, in der Trauer liebe ich mich selbst drei, vier Mal. Doch die Trauer bleibt, die Erschöpfung kann die Unsicherheit nicht besiegen, kann die Unsicherheit nicht beseitigen, ob S. ein normaler »Aufreißer« ist oder eher ein Mann, den man aufreißt; doch die Frage stellt sich hier nicht einmal, nachdem die Kubanerinnen scheinbar so freizügig sind.

Beschlüsse (muss ich am Montagmorgen noch mal lesen): Wenn er ein Treffen noch weiter hinausschiebt, ohne einen Tag festzulegen, schlage ich ihm vor, dass wir uns nicht mehr sehen. Ganz einfach, ohne Drama. Ganz klar ein Bluff, aber entweder man verdoppelt, oder man steigt aus. Wenn er kommt und nur wenig Verlangen zeigt, schlage ich ihm das Gleiche vor, mit fester Stimme oder in einem Brief, den ich im Voraus schreibe und ihm dann gebe oder eben nicht; je nach dem, wie er sich verhält.

Montag, 26. Juni

Bin seit dem Morgen fast sicher, dass er nicht anruft. Ich glaube, das ist schon einmal vorgekommen. Anfang Januar? Und im März? Die üblichen Gründe: Er kann nicht kommen, also braucht er auch nicht anzurufen. Dieses Leben in der Angst ist am schlimmsten – ja? – und sollte sich auf keinen Fall noch Monate hinziehen. Die äußerste Grenze ist seine Reise in die UdSSR in den Sommerferien.

Mittwoch, 27. Juni

Ich durchlebte wieder die schwärzesten Tage meines Lebens, über die ich am wenigsten sprechen kann. Das *Recht,* traurig zu sein über den Verlust meiner Mutter oder auch von Lucrèce, meiner kleinen Katze, die letzte Woche verschwunden ist – doch kein Recht zu zeigen, dass die völlige Abwesenheit von S. mich vernichtet. Heute Nacht Tränen. Lust zu sterben. Das Grauen, meine schlaffen Schenkel zu spüren, zu wissen, dass ich dazu verdammt bin, zu altern und folglich einsam zu sein. Ich werde Gorbatschow sicherlich nicht sehen, und S. hat eine andere; das sind die Wahrscheinlichkeiten. Ich habe ihn seit genau drei Wochen nicht gesehen, und im Unterschied zum April war ich nicht auf Reisen. Es ist Zeit, Schluss zu machen, ganz einfach, um das Leiden zu beenden.

Abend. *Sommer 42* wieder angeschaut. In allen Filmen geht es um Liebe. Ich weine. »Ich darf sie niemals wiedersehen«, sagt der Erzähler am Ende aus dem Off. Immer die gleiche Geschichte; vielleicht auch meine.

Mittwoch, 28. Juni

Heute vor einem Jahr habe ich S. bei Irène kennen gelernt, gegen 17.30 Uhr (er kam zu spät), damals dachte ich an nichts. Erst zwei Monate später.

Ich denke immer, ich hätte die Grenze des Schmerzes erreicht, dann wieder nicht. Heute Nacht wachte ich zwei Mal auf und weinte, ich hatte solche Beklemmungen, dass ich Angst hatte, mir würde es das Herz zerreißen. Es ist wie 1963 in Italien, schlimmer vielleicht. Nicht wissen. Aber was gibt es zu wissen? Alles liegt an seiner Gleichgültigkeit, egal, was die Gründe sind; ob er nun arbeiten muss oder eine andere Frau hat. Und mein Stolz ist verletzt, weil er mich nicht zu Gorbatschows Empfang in die Botschaft eingeladen hat.

Donnerstag, 29. Juni

Er kommt. Heute Nacht von einem nackten Kind geträumt, das ich in Yvetot durch die Rue de la République führe. Zu einem Arzt? Oder in eine Kirche? In meinem Traum treffe ich mich mit S. wie in Wirklichkeit. Ich sehe ein großes Kreuz; Golgatha. Schwer zu deuten.

Ich lebe in zwei Zeiten: die eine schmerzhaft, ohne Rendezvous; die andere, wie heute, ohne Gedanken, in der Starre der Lust, die ich leben darf und die ich doch nie so gut leben konnte, wie ich dachte. Aber gestern Abend weinte ich vor Glück, dass er mich doch nicht ganz verlassen hat. Schrecklich, dieser Satz aus dem Kummerkasten!

11 Uhr. Es regnet. Angst, dass das Rendezvous nicht stattfindet, dass er einen Unfall hat usw. Glücksstimmung für nichts und wieder nichts, oder eher: unnötige Vorkehrungen, »schön« zu sein für nichts, warten umsonst; das wäre das Schlimmste.

In den letzten Monaten ihres Lebens hat mich meine Mutter wohl jeden Tag so erwartet.

11.10 Uhr. Werde immer unruhiger. Dieser ständige Lärm des Presslufthammers übertönt die Ankunft seines Wagens. Immer diese Angst vor der »Zeremonie«, und doch gibt es nichts Schöneres.

Mittag. Er kommt bestimmt nicht mehr. Der Juni war der schwärzeste Monat seit langem. Ich war noch nie so unglücklich wie an jenen heißen, wunderbaren Tagen.

16 Uhr. Er ist gekommen, verspätet, weil er jemanden zum Flughafen fahren musste. Ungefähr zwei Stunden später ist er wieder gegangen. »Sind deine Söhne eifersüchtig auf mich?« Auch er will vorgezogen werden, Eifersucht hervorrufen…

aber er ist sehr viel stärker als ich. Ist nur oder fast nur mit seiner Karriere beschäftigt. Es sei denn, er blufft und ist nur ein Aufreißer. Aber ist diese Angst, unser Verhältnis könnte bekannt werden, nicht ein Zeichen, dass es für ihn eine ungewohnte Situation ist? Und seine Socken – heute waren es Strümpfe, bis an die Knie, dunkel; erinnerten mich an die Strümpfe meiner Mutter … Die Frage bleibt: Was fesselt mich an ihn? Nicht nur die Lust – die ist vorbei, wenn man so sagen kann; das ist ja das Drama. Einfach weil er *er* ist, weil er vor fast einem Jahr in mein Leben getreten ist, wenn auch nur am Rande. Warum vermeide ich hier systematisch, alle Zeichen aufzuschreiben, die beweisen könnten, dass er an mir hängt – während ich sie mir doch unermüdlich in Erinnerung rufe? Warum schildere ich hier nicht meine *ganze* Schwäche? Zum Beispiel, dass ich die Frage »Verreist du alleine?« als Zeichen der Eifersucht interpretieren will.

Freitag, 30. Juni

Für *Humanité-Dimanche* ein paar Zeilen über Gorbatschow geschrieben. Zu anderen Zeiten hätte ich bestimmt nicht zugesagt. Hier aber war es, als könnte ich mit S. in Verbindung bleiben. Auf die gleiche Weise sah ich heute Morgen seinen Körper, sein Gesicht im gleichen Bett wie gestern wieder, während ich völlig in den Laken verheddert war – zum ersten Mal. Die Bilder hatten große Zärtlichkeit. Er ist von natürlicher (vielleicht gleichgültiger?) Freundlichkeit. Ich sah ihn, spürte ihn anders als sonst, empfand für ihn eine unbeteiligte Zärtlichkeit. Die Falle für mich, wie früher bei Philippe.

Ich mag es, wenn er ohne Zigaretten kommt – absichtlich? – und mich fragt, ob er die Schachtel mitnehmen kann. Ich: »Nimm auch die andere mit.« – »Ja?« Ohne Gewissensbisse steckt er beide Schachteln ein. Ein richtiger Gigolo …

Sonntag, 2. Juli

Heute Morgen ein Traum, bin daran aufgewacht: Im Keller von Yvetot. Ein Mädchen will mit mir Sex haben, ich will nicht. (Ist es die Freundin von David? Oder deren Mutter? Wir haben gestern über sie gesprochen.) Später masturbiere ich allein, immer noch am selben Ort. In jenen Keller, genau an diese Stelle gegenüber der Tür zum angrenzenden Raum, hatte mein Vater im Juni 1952 meine Mutter geschleppt und wollte sie töten. Das wissen nun drei Männer, keine Frau. Ich habe alle drei geliebt. Dieses Geständnis war das Zeichen meiner Liebe.

Ich durchlebe eine Phase der Beruhigung. Als sei ich im Juni und zum Teil auch im Mai am Ende der Verzweiflung angelangt und könnte nun wieder leben, als hätte ich nun das Recht dazu oder könnte, besser gesagt, Distanz zu diesem Leben finden, das ich in Dunkelheit und Gefühlsverwirrung gelebt habe, das wirkliche, aber grausame Leben … Aus dem Papierreifen steigen. Ich weiß, dass ich in einigen Tagen oder Wochen, wenn S. nach Moskau fährt, wieder hineinfallen werde. Aber der Prozess der Stagnation des Schmerzes ist offenbar in Gang gekommen.

Denke an Anfang Juli 1963. Leere nach der Trennung von einer über zwei Monate bewegten Lebensweise und vor der Katastrophe, die ich in Italien erleben würde. Dieses Mal liegt die Katastrophe schon hinter mir: September 1988 in Leningrad. Vergleiche immer innere Zustände und keine äußerlichen Situationen.

Mittwoch, 5. Juli

Meine Rückkehr nach Cergy war schwarz; sicherlich weil ich ihn bei Gorbatschows Rede an der Sorbonne nicht gesehen habe. Als ich ins Einkaufszentrum Trois-Fontaines gehe, genau vor *McDonald's,* fühle ich eine endlose Verzweiflung, alles ist schal. Ich *will* nicht mehr unter seiner Abwesenheit leiden, will nicht mehr an der Lust leiden, am Warten, und ich zwinge mich, an nichts zu denken.

Trotz der schmerzlosen, resignierten Einstellung (»Liebe gibt es nicht«, »alles ist nur Einbildung«) übermannt mich manchmal verheerende Trauer. Wie heute Abend. Ich spüre, dass ich dabei bin, das Für und Wider meiner früheren Leidenschaft abzuwägen. Die Kraft, die sie mir gab, scheint mir wieder wohltuend zu sein. Bin also wieder kurz davor, in mein altes Verhalten zurückzufallen. Warten, Liebe. (Welches andere Wort gibt es?) Aber ich bin zurückhaltender, ernüchterter als vorher. Ich würde gerne das Gesicht, die Lust, den Körper von S. vergessen. Will, dass er wieder dieser Mann ist, der letztes Jahr zu Irène kam und an den ich den ganzen letzten Sommer über nicht ein einziges Mal gedacht habe.

Freitag, 7. Juli

Die Leere, das Fehlen der Lebenslust, übermannt mich. Wenn ich am Morgen erwache, weiß ich, dass ich in Trauer über den Verlust der Leidenschaft lebe. Zwei Träume heute Nacht. Von dem einen ist mir nichts in Erinnerung geblieben, aber Georges M. kam darin vor. Der andere ähnelte einem Treffen mit Leuten, die in meinen französisch-russischen Beziehungen eine Rolle spielen. Da waren Iréne S. (die ich am Mittwoch bei Gorbatschows Rede und gestern Abend im Fernsehen gesehen habe), S. und seine Frau. Erinnere mich, ihnen die Hand gegeben zu haben. Dann gehen wir. Der Gruppe hat sich eine junge blonde Frau angeschlossen, sie ist sehr groß und schlank. Ich glaube, ich bin eifersüchtig auf sie, vor allem als sie sich nackt in eine Art Schlafsack oder großen Karton legt. Aber man sieht, dass sie ein männliches Geschlechtsteil hat. Androgyn also. Von ihr habe ich nichts zu befürchten. Schwer zu entziffern. Oder soll diese junge Frau ein Abbild von S. sein? Er ist groß, schlank und blond und glatt wie eine Frau.

Alles fällt mir schwer, alles ist schmerzvoll, ich bin »draußen«, ich kann das nächste Mal nicht zu S. sagen: »Nein, komm nicht mehr.« Und dennoch erwarte ich nichts von dem Treffen, bestimmt das letzte vor seiner Fahrt nach Moskau.

Samstag, 8. Juli

Ich weiß nicht, worüber ich als Nächstes schreiben werde, weiß nicht einmal, ob ich überhaupt schreiben werde. Auf jeden Fall habe ich wieder mal sehr teuer dafür »bezahlt«. In der Nacht war der Todeswunsch so stark, mein inneres Leiden so stechend, dass ich verstehe, wenn man sich in irgendetwas flüchtet, seien es nun Drogen oder Beruhigungsmittel. Zum Glück habe ich nur ein harmloses Schmerzmittel zur Hand, *Spasfon-Lyoc*. Der Grund ist nicht S. – ich sehe unser Verhältnis mittlerweile sehr viel klarer –, sondern *die absolute Notwendigkeit zu schreiben,* die ich schlecht trennen kann vom Lebensschmerz, der Ende April angefangen hat. Ich bin also an dem Tiefpunkt, wo Tod, Schreiben, Sex verschmelzen, ich kann die Verbindung sehen, kann sie aber nicht überwinden oder sie in *einem Buch* abwickeln.

Es ist immer die gleiche Stille im Sommer. Früher war es das Warten – dass etwas passiert, dass ein Treffen stattfindet –, nun weiß ich, dass das Warten niemals in etwas anderem als der Katastrophe endet (C. G., Philippe, S.), und ich kann mich nur auf die Worte verlassen, die diese Leere füllen.

Sonntag, 9. Juli

Dieses Leiden, das ich heute ein wenig besser überwinden konnte, kommt durch die Verbindung von zwei Tatsachen: der Notwendigkeit zu schreiben und der Klarsicht über die fehlende Liebe bei S. Diese beiden Dinge hängen zusammen. Die Wahrheit muss sich verwirklichen, damit ich schreiben kann. Aber es gibt nicht mehr Wahrheit als früher, nur eine Veränderung in den Überzeugungen. Ich verzichte um des Schreibens willen einfach auf die Leidenschaft. Aber der Übergang von einer Tatsache zur anderen ist schrecklich und auch sehr zweideutig: Ich warte trotzdem auf einen Anruf von S., bevor er nach Moskau fährt.

Mittwoch, 12. Juli

12 Uhr. Morgen ist es zwei Wochen her, dass ich S. gesehen habe, und seitdem hat er kein Zeichen gegeben. Vielleicht muss man so leben: seine Anrufe und seine Besuche empfangen, ohne darauf zu warten, locker vögeln und basta. Ich kann nicht so leben, das werde ich nie können, auch wenn es immer mehr von Nöten ist. Muss sich eine Frau über fünfzig damit abfinden? Ich habe viel Zeit, unabsehbar viel Zeit bis September, und ich fange nicht an zu schreiben, sicherlich weil »anfangen« heißt, dass ich mich über Monate verliere.

Von meiner Mutter geträumt, sie lebte, war nicht dement. Sie brachte eine zusammengelegte Matratze, faltete sie auf. Dann von einem Zug geträumt, von einer Fahrt, sitze neben einem bescheuerten Typ. Ich wechsle den Platz.

Donnerstag, 13. Juli

Schreckliche Nächte und vor allem schreckliches Erwachen; will nicht aufwachen, will wieder in den Schlaf sinken, bis das Leiden ausgelöscht ist, bis die nötige Zeit, ein Teil meines

Lebens, vorbei ist. Und dann der gegenteilige Wunsch: aufhören zu altern. Von Sex geträumt, von unstillbarer Begierde. Ja, natürlich auch das, vor allem mit S. Das erwarte ich von nun an, und es ist der kleinste, der bescheidenste Wunsch, und sei es auch demütigend: dass ich ihn ein letztes Mal wiedersehe, auch nur für eine Stunde. Aber es kommt noch hinzu, dass ich nicht den Wunsch habe, ihn im September wiederzusehen, wenn er zurückkommt. Ich muss nämlich *in fine* ein bisschen dominieren.

Denke: »Leidensbett«, und wache auf. Ich bin nutzlos. Was mache ich, was bringe ich der Welt zurzeit? Und immer mehr werde ich mir der irrwitzigen Zuneigung zu einem wenig sensiblen und obendrein eingebildeten Karrieristen bewusst. Aber ich wusste es schon vorher; es zählt hier nicht.

Die Veranstaltungen zur Zweihundertjahrfeier der Französischen Revolution beginnen. Ich bin nirgendwo eingeladen; dabei würde ich mich gerade jetzt am liebsten mit Eitelkeit betäuben. Wenn er morgen nicht anruft, hat er einen neuen »Rekord« gebrochen.

Ein vierblättriges Kleeblatt in einem Brief an ihn – wenn wir uns wiedersehen. O du Traum eines Ladenmädchens, alle Glücksrezepte sind vergeblich.

Freitag, 14. Juli

Das größte Grauen: Feste, überall Feste. Radio, Fernsehen, Presse erinnern ständig an den Pomp und an meinen Schmerz, der heute Morgen gegen fünf Uhr unerträglich war. Ich konnte nicht mehr einschlafen. Ich sah meine Leidenschaft und seine Gleichgültigkeit. Schluchzte und weinte wegen seines Dünkels und seiner tödlichen Abscheu vor mir. Muss unbedingt Schluss machen; danach werde ich mich nicht erinnern können; die ganze Erinnerung war nichts als Leiden. Muss die Leere akzeptieren. Die Negation der vergangenen Monate und so oft der Wunsch zu sterben unterdrücken meine Lebenslust, die Lust weiterzuleben. Ich sah darüber hinaus auch, dass mein Gespür richtig gewesen sein muss: Mitte Mai ist »etwas« passiert (auch Ende November war etwas), das ihn endgültig von mir gelöst hat.

Die beiden Fragen »Wie kann ich aufhören zu leiden?« und »Wie kann ich ihn wieder für mich gewinnen?« haben nicht die gleiche Antwort, sie haben vielleicht nur eine Gemeinsamkeit: Ich brauche eine Gelegenheit, ihm zu sagen, dass es zu Ende ist. In dieser Ankündigung steckt ja immer der Wunsch nach einer Wiedereroberung…

15 Uhr. Heute Morgen rief er an, in meiner schwärzester Stimmung. »Ich beglückwünsche dich zum Jubiläum.« Schön. Er kommt in ein paar Minuten oder in einer Stunde. Das Leben, das absurde Leben, die Dinge, die sich immer weiter abspielen. 14. Juli! Französische Revolution contra Russische Revolution im letzten November. (Er kam nach dem Empfang auf der Botschaft.) Am gleichen Tag vor fünf Jahren: P. Als würde der Sturm auf die Bastille die Männer erregen. Lachen – ich werde es mit ihm tun. Doch dann: Verlust, Schmerz. Leere.

Samstag, 15. Juli

Er kam um 15.25, 15.30 Uhr und ging gegen 20.15 Uhr wieder. Fünf Stunden. Bei ihm ein bisschen weniger Lust als im Winter (November), aber ich freue mich immer noch über unsere wieder begonnenen Liebkosungen. Gestern hatte er Zeit, und wir redeten mehr. Drama: irrwitzige Müdigkeit. Gestern Abend lag ich wie ein Stein im Bett, konnte mich nicht regen. Bin durchtränkt von ihm. Es hindert mich daran, etwas zu wollen, vor allem schreiben zu wollen. Fünfzehn Tage hatten wir uns nicht gesehen, das ist nun der Schnitt. Acht Tage wären mir lieber. Ich weiß, dass seine Frau seine Bedürfnisse befriedigt… Oder eine andere Frau? Was bedeutet der Satz: »Die Frauen sind schwierig (zu haben)«? Dass er vergebens versucht, sie zu bekommen? Oder dass er unter schwierigen Umständen eine andere Frau erobert hat? Dass er ganz allgemein nicht weiß, wie man eine Frau leicht verführt? Vor unserem Verhältnis glaubte ich, dass er schüchtern wäre. Im Zug von Leningrad gegenüber einer Frau, mit der er anfangs den Schlafwagen teilen musste; gegenüber einem Hippie, der ihn auf dem Arbat um eine Zigarette angeschnorrt hat. Aber auch die Schüchternen haben Erfolg. Der Beweis… An jenem Abend in Leningrad machte ich alles.

Heute Morgen fühle ich mich wie 1963 nach Saint-Hilaire-du-Touvet, dumpf, der Abdruck seines Körpers in meinem Körper. Offenbar ist der Verlust des Gefühls für die eigene Person wie bei Alkohol oder Drogen das am meisten Ersehnte und das Gefährlichste; zumindest für mich.

Die Gründe für meine Zuneigung sind natürlich vielschichtig. Aber ich sehe seine Zärtlichkeit, vermischt mit

Grobheit, seine sowjetische Staatsangehörigkeit, seine Jugend, die mir erlaubt, ihn zu hätscheln, und die mir die zwanzig Jahre zurückgibt, die ich in Scham gelebt habe, während ich jetzt in Freude lebe.

Sonntag, 16. Juli

Für ihn schreiben. Aber das geht auch nicht besser, zumindest nicht heute. Ich habe mir angewöhnt, meine Zeit ohne Schuldgefühle und ohne Grauen zu verlieren. Am Abend ein aufregender Zufall: im Fernsehen eine Sendung über die orthodoxe Kirche. Eine Gläubige sagt, sie habe in Zagorsk eine Offenbarung gehabt, »als hätte ich mich verliebt«. Auch ich habe mich in Zagorsk verliebt. Aber nicht in Gott.

Donnerstag, 20. Juli

Beim Erwachen packt mich wieder der Ekel vor dem Leben. Und merkwürdigerweise umso heftiger, als ich seit einigen Tagen keine Zeit hatte, richtig nachzudenken. Montag und Donnerstag Avignon, fiebrige, angenehme Atmosphäre. Die Zeichen der Lust und der Bewunderung eines Zwanzigjährigen »Schleppers« und PR-Menschen von Micheline V. lassen mich mehr verzweifeln als alles andere, denn ich habe nur S. im Kopf und im Körper.

Lese das Heft vom letzten Jahr durch; es ist nicht brillant, ist sehr leer, ist kein Trost. Ich fange wieder an, sechs Tage oder eine Woche nach dem letzten Rendezvous mit S. an seiner

Abwesenheit zu leiden. Ich will nun nicht mehr für ihn schreiben, ich will schreiben, um zu vergessen, um mich von dem zu lösen, der immer mit dem Gesicht von Wronskij auftaucht.

Das bessere Leben ist sehr weit weg von mir. Der einzige Moment einer Gefühlsregung: als ich denke, dass hier auf den Bänken Leute sitzen und die Geschichte meines Vaters hören. Ein Resumée und der Sinn dessen, was er dunkel und ich glaube auch schmerzhaft erlebt hat. Er war depressiv, wie ich es bin, wie es alle waren in der Familie seiner Mutter, der Lebourg-Linie. Ja, ich habe etwas gerächt, ich habe »meine Art« gerächt …

Freitag, 21. Juli

Eine Woche. Von Ferien mit Danielle Lafon geträumt. (Sie hat mir gestern geschrieben.) Ich habe Sex mit einem Mann. (Gigolo oder nicht – habe ich ihn bezahlt?) Danach habe ich fürchterliche Angst, Aids zu haben. Dann ist S. im Traum, aber ich weiß nicht, wie. Unscharf.

Sonntag, 23. Juli

Den Kalender von 1963 wieder gelesen. Warten auf Ph. in Rom. Saint-Hilaire-du-Touvet ist nicht Leningrad, nicht ganz. Aber ich durchlebe das gleiche Warten, habe die gleiche Lust. Flüchtig war das Ich von gestern, in Rom, das Ich von heute, und die beiden Männer waren ein vereinter Schatten;

der Schatten von S. war länger und sanfter. Die Schilderung des Treffens mit S. in der Nacht von Leningrad hätte auch die Dreiundzwanzigjährige in Rom machen können. So lyrisch, so verzaubert wie 1962. Diese Ähnlichkeit erschreckt mich: Was wird aus mir mit S.? Ich kann nicht sagen, dass *die Männer mich verlieren,* nur meine Lust verliert mich, die Unterwerfung unter etwas Schreckliches (oder die Suche danach), das ich nicht verstehe, das in der Vereinigung mit einem Körper entstanden und auch gleich wieder verschwunden ist.

Dienstag, 25. Juli

Er ruft zwanzig nach zehn an, als ich schon nicht mehr damit gerechnet habe. Ein ganz merkwürdiger Eindruck von Seichtheit, wo ich doch heute Nacht so ein Verlangen nach ihm hatte. Ich träumte von ihm: »Was willst du machen« – »Ich will, dass wir Spaß haben«, sagt er im Traum, und das heißt: Sex. Ich bin distanziert am Telefon, als wäre es mir gleichgültig, ob er kommt oder nicht... Und doch denke ich nur an ihn.

Donnerstag, 27. Juli

10.30 Uhr. Ein Gedanke ließ mich gestern erstarren: Wenn heute das letzte Mal ist? Die ganze Nacht die Frage: »Was ist die Gegenwart?« Früher war ich wie heute, wandte mich einzig und allein diesen Stunden zu – vielleicht den letzten –, die wir zusammen verbringen würden. Und wenn ich sie durchlebe, verspüre ich einen unbeschreiblichen Verlust in jedem Moment, nur nicht beim Sex.

Ich weiß, warum ich so an S. hänge: Er ist der Typ Mann, der mich nicht wirklich dominiert, der fern und zärtlich zugleich ist, Vater (wie meiner) und charmanter blonder Prinz. In Zagorsk muss ich zwei Mal darüber nachgedacht haben. Und wunderbarerweise harmoniert der russische Mann mit der Bäuerin, die ich im Grunde meiner Seele immer geblieben bin.

21.25 Uhr. Ich wusste es. Aber solange die Dinge nicht gesagt sind (oder als Literatur ohne Umschweife, ohne Anspielungen geschrieben), existieren sie auch nicht. Danach hören sie nicht auf zu existieren. Es war ein sehr schöner Abend für die Lust, für die Liebe; wir verbrachten den Abend vor dem Fernseher. Wie damals, 1958, das Chanson von Dalida: »Ich gehe…« Er nannte mich bei meinem Vornamen, sagte: »Ich auch«, als ich ihm sagte: »Ich schlafe gern mit dir.« Die Lust zu wissen, die Lust zur Zerstörung also, musste wieder auftauchen wie ein alter Dämon. Ich sage zu ihm: *»Ja tebja ljublju«* [Ich liebe dich]. Er antwortet auf Russisch, ich verstehe nichts, lasse ihn wiederholen. »Nur Macha?« – »Ja.« Ich sage darauf: »Darum werde ich dich verlassen. Aber es wird dir nichts ausmachen, du bist stark.« – »Ja«, sagt er noch. Das war beim Abschied. Diese Worte, die die anderen nicht übertönen können – nur: »Ich rufe dich nächste Woche an. Bist du da?« –, vernichten mich. Die Ernüchterung im Windstoß. Ich sehe ihn als brutalen Playboy – oder Gorbi-Boy! – (allerdings nicht sehr brutal) und Genussmenschen – warum nicht? Ich sage mir, dass ich Geld und ein Jahr verloren habe für einen Mann, der mich beim Gehen fragt, ob er die angebrochene *Marlboro*-Schachtel auf dem Tisch mitnehmen kann. Dahin kommt man immer, ob mit zwanzig oder mit achtundvierzig. Aber was tun ohne Mann, ohne *Leben?*

Heute hatte ich den Ehering meiner Mutter an. Danach dachte ich, dass sie all das vielleicht gar nicht gekannt hat, was meine Hand in der Liebe tat – die rechte; um gegenüber S. jede Anspielung auf die Ehe zu vermeiden. Nun denke ich über das Wunderliche dieser Handlung nach, die ganz unbewusst war und von einem tiefen inneren Bedürfnis ausging; ich betrachtete diese Handlung als eine Art Glücksbringer, keinesfalls als Schändung. Es ist etwas ganz anderes als eine Schändung. Der Ring meiner toten Mutter nahm an einer Liebeszeremonie teil, die sie immer verdammt hat, an die sie aber auch immerzu dachte.

Er fragt sich immer, wie alt wohl die eine oder andere Frau sei; sicherlich eine Art, seine Infragestellung in Bezug auf mein Alter auszudrücken: dass ich zwölf, fast dreizehn Jahre älter bin als er. Auch wenn das am Anfang kein Problem war.

Freitag, 28. Juli

Alles wird immer härter. Sage mir dennoch, dass es ein schönes Abenteuer war, und später werde ich mir sagen, dass ich großes Glück hatte, so guten Sex mit einem hübschen Russen zu haben. Warum macht mich das nicht glücklich? Darüber hinaus das Liebesgefühl… Träumte von einem Raum, wo S. und andere Leute sind. Die Postbotin hat ein Paket für mich, das niemand abholen will, ich allein muss gehen. Es ist ein sehr schöner Füllhalter, grün und schwarz. Die Bedeutung ist klar: Nur das Schreiben... Schrecklich. Gleichzeitig ist Schreiben sicherlich ein Mittel für mich, geliebt zu werden – für mich heißt das: aufhören zu lieben.

Das Ende des gestrigen Abends hat das Glück über alles Vorausgegangene überschattet. Zum Beispiel zog er mich während der Fellatio mit beiden Händen sanft an den Haaren, als hätte ich Zöpfe. Wir sahen uns lange an. Im Zimmer scheint er den Spiegel nicht mehr zu meiden, sondern ihn zu suchen.

Sonntag, 30. Juli

Sombre dimanche [Düsterer Sonntag]. Regen. Nichtigkeit des Geistes. Weigere mich, an künftige Treffen zu denken, mit S. und ganz allgemein, will also nicht analysieren, was ich empfinde. Aber ich kann auch nicht richtig über andere Dinge nachdenken; daher die Leere, die Unzufriedenheit.

Träumte, dass ich mit einem Koffer in einen Zug steigen wollte. Es war in den USA. Der Abstand zwischen dem Bahnsteig und der Trittstufe ist zu groß. Mir gelingt es mit großer Mühe und größerer Vorsicht, in den nächsten Zug zu steigen und den Koffer nicht zu verlieren. Kann ich den Koffer – S. – behalten und schreiben?

Mittwoch, 2. August

Anruf gegen 22.45 Uhr, als ich die Wissenschaftssendung *Océaniques* mit russischen Filmen von 1924–1928 anschaue. Er kommt am 4. August – außergewöhnliche Wiederholung von 1963. In meinem Unterbewusstsein wird er mit sechsundzwanzig Jahren Abstand mit etwas identifiziert: wegen des Wartens, wegen der Lust. Die relative Jugend von S. spielt auch eine wichtige Rolle. Es ist die Beständigkeit des Mannes in seinem männlichen und sanften Triumph, so sanft, die Haut, die Haare, wenn er mich liebt, wie ich mit achtzehn Jahren von D., der mich wollte wie die Jungs von Sées, geliebt worden bin, auf dem kleinen Pfad neben dem Friedhof in Yvetot und besser als früher von bestimmten Studenten und auch ohne Zweifel besser als von Ph. in Italien.

Lebe ich anders, weil ich schreibe? Ich glaube ja. Lebe auch den Schmerz tiefer. Aber nicht immer; das ist tragisch.

Donnerstag, 3. August

Es wird keine Wiederholung geben. Er kam am 3. August um 16.15 Uhr und blieb bis zehn. Ich bin physisch und psychisch erschöpft, das ist untrennbar. Wie betäubt von der Liebe, haben uns wie verrückt geliebt. Ausnahmsweise kam er eine Woche nach unserem letzten Treffen. Ich schreibe dies auf, um es mit früheren und künftigen Situationen zu vergleichen – mit all dem, dessen ich mir nie sicher bin. Zum ersten Mal habe ich Lust, einen String-Tanga mit seinem Saft unter mein Kopfkissen zu schieben. Er frisst fast meine Brust auf, das hat es noch nie gegeben, er läuft nackt und ohne Scham herum, er spricht mit mir über meinen letzten Brief. Aber all das ist noch, immer noch, unklar für mich und beweist nicht, dass er mich liebt – was natürlich nicht beweisbar ist.

Freitag, 4. August

Komische, fast mystische Nacht, in der die körperliche Liebe ungekannte Wirkung in mir zeigt, vielleicht wie eine Droge. Zunächst sind meine Arme und Beine schrecklich schwer, als hätte ein Lastwagen oder Erde sie zermalmt. Ich kann nicht schlafen. Ich schlummere ein wenig, mein Körper ist ganz eingegraben, oder eher, er klebt an der Erde, am Himmel, egal – an der Welt. Ich bin mit etwas Weitem vereint, bin selbst wie vergrößert, schwebe vor Glück, auch wenn ich schwer bin. Habe aber nicht den Eindruck, ätherisch zu sein oder zu treiben. Nehme teil an der Schwerkraft der Natur, an ihren wunderbaren Bewegungen. Um 7.30 Uhr bin ich wirklich wach geworden, war völlig zerschlagen, konnte keinen klaren Gedanken fassen. Richtig dramatisch.

Dienstag, 8. August

Die absolute Leere dieser Ferien wirft mich zurück auf die Langeweile all der Ferien meiner Jugendzeit und auch meiner Kindheit ab 1951. 1950 war der letzte große Sommer des Spiels. Man musste die Zeit totschlagen, die Langeweile mit allen möglichen Beschäftigungen überlisten, die nicht wirklich wichtig waren; auch mit Lesen. Später hatte das »sommerliche Schreiben« die Funktion, die tote Zeit auszufüllen.

Beim Aufwachen erinnere ich mich erst, in einem Bus zu sein; wieder ein Transport. Dann wurde ich Russin. Mit dem Bewusstsein kam auch laut der Satz von Paul Nizan: »Ich sage euch, alle Menschen langweilen sich.« Ich denke an die Betriebsamkeit meiner Mutter, ihr Bedürfnis nach kontinuierlicher Arbeit, mein eigenes Bedürfnis, etwas zu tun, aber nur nützliche Dinge, nützlich vor allem für die Welt. Politisches Schreiben, soziale Aktionen, daher dieser Wille, mich zu engagieren (selbst in der Liebe engagiere ich mich bis zum Zerreißen), der Notwendigkeit der »Praxis«, des Gebens.

Mittwoch, 9. August

Ich träumte auf Russisch, sprach Russisch, dachte auf Russisch. Was, weiß ich nicht mehr. Dann träumte ich von Mademoiselle Quin, Geschichtslehrerin in der Sekunda auf dem Pensionat Saint-Michel. Ich suche verzweifelt meine Schuhe, finde sie dann aber. Eine Metapher für »wieder in die Puschen kommen«?

Gestern zerriss ich die Briefe, die ich P. geschrieben und

die er mir zurückgegeben hatte. Erstarre, als ich mir bewusst werde, dass ich solche Sätze verfasste, während ich zur gleichen Zeit an *Das Leben einer Frau* schrieb. Ich weiß, dass diese Briefe rein förmlich waren, aber sie enthalten kein objektives Zeichen, das darauf schließen lässt.

Freitag, 11. August

Mein Schwiegervater ist tot, heute wird er eingeäschert, und ich bin nicht dabei. Ich habe beschlossen, hier zu bleiben, weil S. gestern kam. Worüber sprechen? Wenn nicht über den Schmerz über seine Abreise in einigen Wochen – das ist nun Gewissheit. Sie wird aufhören, die schöne Geschichte, die Verrücktheit, die Zärtlichkeit. Alles wird leer wie die Zeit, wenn sich nichts ereignet. Heute Nachmittag im Fernsehen, immer die gleichen Sendungen, und wir lieben uns, fressen uns, Schweiß. Münder kleben untrennbar aufeinander, während wir uns streicheln. Ja, was für eine schöne Geschichte. Gestern traten die Grenzen der Lust für mich noch zurück, vielleicht ist für ihn auch die Leistung wichtig. Aber das hat nichts zu sagen, nur die Lust zählt.

Ich habe mich nicht verändert: Heute Nacht fühlte ich mich wie nach Saint-Hilaire-du-Touvet; der gleiche Satz kam mir in den Sinn: »Diese Müdigkeit ist ein wenig Er«, sie wird vergehen.

Um 22.30 ist er gegangen, noch später als beim letzten Mal. Angst, dass *sie* etwas merkt.

Grau in Grau. Ich bin wohl im Kopf und im Herzen immer noch zweiundzwanzig. Tragisch natürlich. Denn ich kann nicht wie damals »auf seine Rückkehr warten«. (Ich erinnere mich an dieses Lied, *Le gardien de Camargue,* wo es den Vers gibt: »Schöne Mädchen, wartet auf seine Rückkehr …«, und ich lasse die alte 78-Platte laufen; das war 1956 wegen G. de V. 1958 dann The Platters wegen C. G. 1963 hörte ich gerne *La javanaise* und »Mein Gedächtnis lässt nach / ich erinnere nicht mehr sehr gut …«). In vier Jahren werde ich mehr Falten haben, ich werde in die Wechseljahre kommen, er wird mit vierzig im besten Alter sein.

»Du hast mir so viel gegeben, so viel«, sagt er. Ich rate: Erotik, Körperliches. Für mich ist das so wichtig wie alles andere, wenn nicht wichtiger.

Als ich gestern den ausgeleierten Slip sah, offenbar ein russisches Modell, dachte ich an die 60er-Jahre; blau mit weißem Bund. Vielleicht um seine Frau hinters Licht zu führen … Oder weil ihm diese intimen Details egal sind – was sonst nicht der Fall ist. Und immer diese Socken. Ich würde nie ein Wort sagen, das ihn verletzen könnte. Wenn mir das aus Versehen passiert ist, habe ich die Sache wieder gut gemacht und war sauer auf mich. Aber es ist bestimmt nur ein, zwei Mal passiert, bestimmt nicht öfter. Mutter und Hure für ihn.

Donnerstag, 17. August

Er kam an drei aufeinander folgenden Donnerstagen, diesen Donnerstag kommt er nicht, er kommt diese Woche bestimmt überhaupt nicht. Ich versinke wieder in dem nach allen Richtungen ausstrahlenden Schmerz. Heftiges Verlangen nach ihm. Die kurze Zeit, die uns noch bleibt; die Vorstellung, wie die Tage nach dem »nie mehr« seiner Abreise sein werden. Träume in leichtem Schlummer. Von meiner Mutter; verschwommen. Sie ist verrückt, und sie will sich retten. Sie gab mir eine Brieftasche mit »unveröffentlichten« Fotos, Fotos, die nichts mit der Wirklichkeit zu tun haben; zum Beispiel ein Foto von Geneviève bei mir zu Hause in Yvetot. Träume von einem Gewitter in einem Haus, da ist Lydie, Philippes Frau. Erotische Träume: In bin in Lille, das zu einem Schlupfwinkel für Kriminelle, Einbrecher usw. geworden ist; in Wirklichkeit Chicago. Ich renne mit sehr jungen Mädchen über Dünen, durch Brachgelände, ich lege mich auf den Boden, um den Banden zu entkommen, die in Wirklichkeit unsichtbar sind. Wir kommen an ein Haus mit einem Vorbau, ein Junge zieht eine ziemlich große Puppe aus und nähert sich dem unbedeutenden Mädchen, das mich begleitet hat. Er dringt in sie ein und kommt gleich. Wie bei einer Großaufnahme in einem Pornofilm sehe ich das Sperma über ihre Vulva laufen. Ich bin erstaunt, dass dieses »brave« Mädchen sich so »überfallen« lässt (dieses Wort fiel mir damals ein), ohne Scham zu zeigen oder Kummer zu empfinden. Wer ist sie? Mein altes Ich? Die, die ich nie war, die ich gern gewesen wäre und die sich erst verspätet verwirklicht hat?

Bin gereizt, wenn ich sehe, wie Eric immer auf die Anrufe lauert, die ich nicht bekomme. Meine Mutter, mein Mann, meine Söhne… Und wenn Eric im Oktober weg ist, wird S. auch weg sein. Dann habe ich nichts mehr davon, allein zu sein.

Als ich mich vorgestern Abend hinlegte, dachte ich: S. ist in letzter Zeit nicht wegen seiner Abreise so oft gekommen, sondern weil seine »andere Geliebte« im Urlaub ist. Ein Gedanke, der mich erstarren lässt und alles in Frage stellt. Er wird jedoch nicht zur Gewissheit wie sonst so oft.

Versuche, mich an seine Mimik, seinen Gesichtsausdruck zu erinnern:

Lächeln mit geschlossenen Lippen, aufgesetztes Lächeln, wenn er Lust auf mich hat.

Seine Art, kopfschüttelnd zu sagen: »Ah! Nein!«

Sein sanftes, so kindliches Gesicht, seine halb geöffneten Lippen, wenn er mich spät am Abend küsst, wenn wir schon die große Müdigkeit erlangt haben, die Erfüllung der Lust.

Sein entrüstetes »Hör mal!«. Es ging um Kriminelle, die von Popen besucht wurden, um sie »zurückzukaufen«. Er glaubt nicht daran. Alter Manichäismus.

Freitag, 18. August

Schweigen. Acht Tage. Das ist hart nach diesen drei Wochen. Ist er bei André S.? Hat er »Verpflichtungen?« Ich spreche mein ganzes Tagebuch auf Band: Wann werde ich wieder in die Gegenwart eintreten? Diese Zeilen sind in der Klausur der Leidenschaft geschrieben. Das genügt nicht, um die Zeit des Wartens, der Lust zu verkürzen. Es ist noch schlimmer als der Traumzustand, der mit Untätigkeit verbunden ist.

Auf *Canal*+ zum ersten Mal einen Porno ohne Decoder gesehen. War erstaunt, die Geschlechtsteile in Großaufnahme zu sehen, und sie waren sehr gut zu sehen, vor allem wenn die Kamera nah war. Es war nicht sehr erregend, war sehr mechanisch; und da ich keinen Ton hatte, war der Film weniger erotisch als ein Buch. Sah ihn nicht zu Ende. Doch heute Morgen verfolgen mich die Bilder, sie sind eine völlig klare »Gebrauchsanweisung«. Zuzusehen ist sehr viel effektiver, als sich eine Sache über Worte vorzustellen. Ein Bild hat mich am meisten aus der Fassung gebracht: Der Mann ejakuliert auf den Bauch der Frau, »wie einen Strom leite ich den Frieden (das Sperma) zu ihr«, Bibel.

Samstag, 19. August

Schreckliche Angst, dass er anruft und sagt: »Ich fahre nach Moskau«, oder: »Wir können uns nicht sehen«, oder erst später, wenn ich schon in Florenz bin. Diese Möglichkeit verdirbt mir bestimmt meinen Urlaub.

Montag, 21. August

Noch größere Angst, dass er schon abgereist ist. Natürlich ohne mich zu benachrichtigen. Gestern Abend eine Sendung über den KGB. Unter meinen Schritten öffnet sich der große Graben des Unbekannten: das kleine Stückchen, das ich in seinem Leben sein muss! Die Ungewissheit über die Natur seiner Tätigkeiten bleibt: Ist er ein Informant? Die Geliebte eines KGB-Agenten gewesen zu sein – etwas Romantischeres kann man sich nicht vorstellen, aber diese Dimension hatte in den vergangenen Monaten keine Wirklichkeit für mich. Zu Unrecht vielleicht. Und wenn er meine Briefe als Versatzstücke aufbewahrt, die man immer gerne zur Hand nimmt, zumindest als »schamlose« Versatzstücke westlicher Dekadenz…

Dienstag, 22. August

Morgendliche Träume, die meine Angst in Bezug auf S. lindern können: Ich lasse mir von Mitterrand den Hof machen, nicht ohne einigen Ekel und nicht ohne Unterwerfung. Wir nehmen zusammen die Métro, in zwei Züge können wir nicht einsteigen, es sind zu viele Leute da, der dritte Zug kommt nicht. Wir müssen an einem Imbissstand auf dem Bahnsteig etwas zu Mittag essen. Mitterrand wird erkannt. Ein anderer Traum: P. bringt mir aus Ungarn eine schönes weißes Kleid mit roten, folkloristischen Stickereien mit.

Mittwoch, 23. August

Dieses Mal ein Traum, der mich beim Erwachen fast zum Heulen bringt. Es spielt sich unten im Haus ab, ich sitze auf dem Schoß von S. und schreibe ihm einen Brief auf Russisch mit Formulierungen, die ich kenne. Manchmal mache ich einen Fehler beim Korrigieren, schreibe »t« statt »m«. In meinem Traum ist das so klar! Der Inhalt? Dass ich ihn liebe, und er denkt nur an seine Arbeit, arbeiten – *rabotat*… Ich drehe mich um, sein Gesicht ist so sanft wie in Wirklichkeit. Wir lieben uns im Sessel.

Grauer, schrecklicher Tag. Morgen sind es zwei Wochen,

und es bleibt nur noch wenig Zeit. Wo ist er? Und ich stecke wieder im Grauen des Juni oder, schlimmer, des Mai. Ich schließe die Annahme nicht aus, dass er in die UdSSR gefahren ist, ohne mir Bescheid zu sagen – um Abschiedsszenen zu vermeiden; trotz seiner Versprechungen. Diese Idee macht mich ganz verrückt, verrückt vor Schmerz. Wenn er bis Samstag nicht anruft, muss ich diese Möglichkeit ins Auge fassen.

Donnerstag, 24. August

Wieder einmal habe ich das Schlimmste angenommen. Gestern rief er um 11.40 Uhr an, als ich gerade in der Sonne saß und *Le Monde* las. Was ist die Gegenwart? Dass ich mich den ganzen Abend, die ganze Nacht lang genau das fragte. Diese Gegenwart ist ganz Gegenwart/Zukunft. Heute Abend wird es Gegenwart/Vergangenheit sein, das Grauen. An diesen letzten Abend zu denken gibt dem, das ich jetzt durchlebe seine ganze Intensität. Und hindert mich auch, wissen zu wollen, was für ihn diese Nachmittage bedeuten, an denen wir uns lieben; vielleicht nur das: eben sich zu lieben.

Ich hätte gerne die einzelnen Gedanken, die Vorbereitungen zu jedem Treffen aufgeschrieben:

1) Das Kleid, das ich anzog.

2) Das Essen, das ich richtete.

3) Der Ort (auch er vorausgesehen), wo ich war, wenn er kam.

Inszenierungen, die das Leben verschönern, es zu »romantischer« Literatur erheben. Man muss sich nur den Luxus gönnen.

Es ist 15.10 Uhr. Noch eine Stunde.

22.30 Uhr. Die Gegenwart ist dumpf, unbestimmt, das Treffen ist vorbei. Er war in Rom, Florenz! Und auf dem Rückweg in Avignon. Was soll ich daraus schließen? Zufall? Oder hatte er das Bedürfnis kennen zu lernen, was ich auch kenne? Ich erfahre es nicht. Er fährt im Oktober. Er will mich in zwei oder drei Jahren wieder treffen. Sogar »in zehn, zwanzig, dreißig Jahren. Die erste Person, die ich anrufen werde, bist du.«

Mittwoch, 30. August

Es ist grau und kalt. Seit letzten Freitag ist das schöne Wetter vorbei. Ich kaufe Wintersachen – für eine Jahreszeit, da er nicht mehr hier sein wird. Die Abreise hat begonnen. Ich will zum gleichen Datum wie letztes Jahr nach Italien fahren, die Atmosphäre mit den Jungs hier ist die gleiche. Eric arbeitet. David trifft sich mit seinen Kumpeln, bislang hat nichts stattgefunden. Ich habe den Eindruck, dass ich wieder nach Moskau fahre, dass der Kreislauf eines Jahres wieder beginnt. Der ewige Kreislauf…

Donnerstag, 31. August

Gestern trotz allem schönes Wetter, aber er hat nicht angerufen wie letzte Woche, während ich mich im Garten bräunte. Schlechtes Vorzeichen: Er kommt diese Woche nicht, und nächste Woche bleiben nur zwei Tage vor meiner Abreise. Muss mich mit dem Gedanken abfinden, dass ich nach Italien fahre, ohne ihn noch einmal zu sehen. Heute

Morgen rührt mich das Lied *Le petit bal perdu* zu Tränen; nicht wegen der Erinnerung an das Jahr, da Bourvil es sang, das Jahr meines Vorstudiums, meiner zwanzig Jahre, sondern wegen des bevorstehenden Verlustes von S. 1958 habe ich absurderweise auf C. G. gewartet. Ich hoffte, und es stimmte, dass ich in einem Jahr beziehungsweise in zwei, drei Jahren »schöner«, kultivierter sein würde. Nun kann ich nur noch welker und dicker werden. Das Einzige, auf das ich hoffen kann, ist, dass ich »schönere« Bücher schreibe, mehr »Ruhm« habe. Vom heutigen Standpunkt aus betrachtet sind das keineswegs schillernde Aussichten.

Gestern Freunde von David, Bridge etc. Das erinnert mich an Oktober, an einen Abend, an dem ich nicht den erwarteten Anruf bekam, und das war schlimmer als jetzt. Vielleicht hätte ich diese Leidenschaft nicht so lange empfunden, wenn sie nicht ständiger Schmerz und ständige Ungewissheit gewesen wäre. Und immer flüchtig das Bild des Playboy und Schürzenjägers, der sich trotz aller anderen Zeichen vielleicht hinter seiner Ungeschicklichkeit verbirgt. Doch diesbezüglich ist die Wahrheit nicht mehr wichtig. Es bleibt zu wenig Zeit.

17 Uhr. Regen. Schlimm, das Bedürfnis nach dem Geruch eines Mannes, der Geruch von Pilzen im Herbst, feucht und würzig. Und gleich zu wissen, dass er mir in einigen Wochen für immer genommen ist. Zusammen mit all dem, was sich mir geöffnet hat: Russland, die »imaginäre Erinnerung« an seine Kindheit und Jugend.

Freitag, 1. September

Wind und Sonne. Der schöne Sommer von 1989 liegt im Sterben. Und wenn ich sage »der schöne Sommer«, denke ich, dass er mir trotz meiner absoluten Untätigkeit, trotz des Fehlens eines Plans außer der Lust auf S. so in Erinnerung bleiben wird.

Geburtstag. Neunundvierzig Jahre, damit fangen die Fünfziger an, diese erschreckende Dekade. Einfache und schwierige Wünsche für dieses Lebensjahr: ein Buch schreiben, die »Summe« oder etwas anderes, auch wenn ich nicht mehr vor der Notwendigkeit dieses Projekts zurückweichen will, dessen Struktur noch nicht festgelegt ist. Will auf noch leidenschaftlichere Weise das Ende der schönen Sowjet-Geschichte leben, aber nach seiner Abreise auch regelmäßig Anrufe aus Moskau bekommen, will nicht mehr die Leere von Oktober, November, wie damals 1958.

Heute um 23.40 Uhr hat er angerufen. Ein Zeichen der Sühne, trotz aller Hindernisse, aller Entfernungen – des Alters, der Nationalität, des Raums.

Montag, 4. September

Heute Abend spielen meine neunundvierzig Jahre keine Rolle. Nichts spielt eine Rolle. Es gab diese tiefe Zuneigung, *das,* ohne wirkliche Worte der Zärtlichkeit, dennoch gab es nichts als Zärtlichkeit und natürlich Erotik. Doch mit ihm waren diese beiden Dinge nie zu trennen. Bin völlig erschöpft. Fahre nach Italien… Wie 1963 nach Saint-Hilaire-du-Touvet. Die ewige Rückkehr? Eine Frage, die ich heute Abend nicht einmal stellen will: auf jeden Fall eine schöne Geschichte.

Dienstag, 5. September

Ich schenkte ihm die Zeitung vom Tag seiner Geburt. Wie glücklich und unendlich zärtlich ihn diese Aufmerksamkeiten machen! Schließt sich der Kreis wieder? Es war wie im Oktober, November. »Du bist wunderbar!«, sagte er. Wir liebkosten uns gegenseitig mit den Lippen. Es gab eine tiefe Übereinstimmung. Ich mag die Stellungen der Unterwerfung, wenn er mich völlig dominiert, wenn er mich von hinten sieht und ich ihn gar nicht sehe; auch die Fellatio. Immer noch viel Mühe, die Erinnerung an sein Gesicht zu behalten – und ich verliere es. Heute Nacht bin ich mir sicher, dass ich über die »Geschichte einer Frau« in der Zeit und in der Historie schreiben muss.

»Seit wann gibt es diese Restriktionen und diese Probleme in der UdSSR?« – »Seit Gorbatschow.« Bescheuert. Was soll ich daraus schließen?

Ich glaube, er mag nun meine Größe, meine Schlankheit. Wie er mir den Bauch streichelt, so zärtlich. Seine langen Küsse, nachdem er in meinem Mund gekommen ist. (Das letzte Mal war, glaube ich, im Dezember.) Wenn ich all das wieder erlebe, weiß ich nicht, wie wir uns trennen werden. »So wie das herz sich im abschied zerfleischt…« Dieser Vers von Aragon über die Russische Revolution verfolgte mich schon letzte Woche.

Nach bald einem Jahr immer noch neue Stellungen bei der Liebe, eine ständige Neuerfindung unserer Lust.

Donnerstag, 7. September

Florenz. Warum wollte ich wieder nach Florenz? Ich erinnere mich nicht. Diese Stadt kommt nicht an Venedig heran, und an Rom habe ich keine Erinnerung. Ihr einziges Verdienst: Sie bringt mich wieder zurück nach 1982; diese Reise der Initiation, bei der ich meinen Mann nach achtzehn Jahren gemeinsamen Lebens verloren und die Lust des Freiseins wieder gewonnen habe. Aber alles ist anders. Ich bin besessen von einem Mann, der aus Frankreich weggehen wird und mit dem mich die Erinnerung der Leidenschaft verbindet. Noch heute Nacht im Zug ließ ich die Szenen von Montag endlos Revue passieren und denke mir neue aus.

Das Hotel liegt am Arno-Ufer, schrecklich laut. Und wenn ich mich an einen Seelenzustand erinnern muss, dann wäre es der von 1963 in Rom: »Was soll ich hier?«

Heute morgen Uffizien, die Allegorien des *Frühlings* von Botticelli. San Lorenzo ist nicht von Interesse. Die Benediktinerabtei Badia, wo Dante seine Beatrice traf. Der Bargello, ein wunderschönes Gebäude. Der Innenhof ist die größte Befriedigung für Körper und Geist. Und immer diese sinnliche Bildhauerkunst, schamlos, stark, eine Hymne an das Leben. Ich begreife die russische Kunst nicht, sie ist zu vergeistigt. Eine heiße Schokolade im *Caffè Rivoire,* schicke Italienerinnen, dann eine Gruppe Japaner (sie gehen mir immer entsetzlich auf die Nerven). Über die Ponte Vecchio gehe ich zu Santo Spirito, die Kirche ist geschlossen, die Piazza verlassen. Ein Hippie setzt sich neben mich an den Rand des Brunnens, die gleiche Verzweiflung wie 1963. Oh, man soll mir doch meine Ruhe lassen, mit neunundvierzig Jahren … Aber ich sehe nicht so alt aus. Habe den Eindruck, dass es eine lange Woche wird, eine sehr lange Woche …

Nachmittag. Santa Croce; ich erinnerte mich an nichts mehr, nur an die Pazzi-Kapelle und den *Kruzifixus* von Cimabue. Schöne Fresken von Giotto. Die Leute lesen ihrer Familie den Kunstführer laut vor. Wozu soll das gut sein? Ich *verifiziere,* was ich gelernt habe, ich genieße es nicht wirklich, aber – wie soll ich sagen? – das Ganze ist schön, beruhigend, Ewigkeit oder fast, und Humanismus. Stilisierte, bewegende Form der Grabmale in Santa Croce.

Freitag, 8. September

Am Morgen platze ich in eine Messe voller Gesänge und Kerzenschein in der Santissima Annunziata. Dann erinnere ich mich: Es ist der 8. September, die Geburt der Jungfrau Maria. Früher ging ich zur Messe und zum Abendmahl. Erinnerung an 1953: Morgenmesse, herrlich warmes Wetter; meine Kusine Colette und ich haben am Nachmittag ein Rendezvous mit Michel Salentey; er ist dreizehn Jahre älter als ich, dennoch ist er meine erste leidenschaftliche Liebe, die ich mit Colette teilte, ohne Scham zu empfinden. S. hingegen ist dreizehn Jahre jünger als ich. Ich habe das Gefühl, dass ich 1953 schon alles ahnte – die Leidenschaft, den Mann an sich. Der Mann, ja, damals bestaunte ich in der Galleria dell'Accademia Michelangelos *David,* diesen herrlichen Körper, leicht, ganz leicht geneigt. Wunderbare, sehr starke Hände, die Davids reine Kraft ausdrücken. Jeder Muskel, jeder Muskelansatz, die genaue Stelle, wo sich die Hüfte leicht vorschiebt – all das pries für mich den Manneskörper, den der geniale Bildhauer zum Gott erhob. Frauen sagen: Ein Männerkörper ist hässlich. Ich verstehe sie nicht.

Wandteppiche mit dem Thema Schöpfung, Evas Schuld, Sündenfall – aber im Grunde ohne Sünde; sehr natürlich. Malereien des Quattrocento, Kruzifixe, bei denen das Blut spritzt wie bei einem Geysir. Barocke Szenen. Später das Dominikanerkloster San Marco mit Fresken von Fra Angelico, die ich schon 1982 gesehen habe. Ein wundervoller Kreuzgang, ich bleibe bis zwei Uhr. Der Dom, erdrückend und erdrückt auf diesem drückenden Platz. Der Innenraum ist enttäuschend, ich hatte es vergessen. Sandwiches und »tamarindo« bei *Donnini* auf der Piazza della Repubblica. Santa Trìnita, düster. Orsanmichele, noch dunkler, bizarr.

Das Wetter wird schlechter und kühler. Ich entschließe mich, doch noch den Kreuzgang der Badia zu besichtigen, und trete zum dritten Mal über die Schwelle. Über eine schmale, dunkle Treppe komme ich ins Obergeschoss des Kreuzgangs; einige Leute sehen sich die erstaunlichen Fresken an: ein Mahl, ein Lappen an einem Seil, ein schrecklicher Hund auf einer Art Kiste. Dann bin ich allein. Stille. Ein riesiger Baum mitten im Klosterhof. Wird er noch da sein, wenn ich eines Tages wiederkomme? Ein erhebender Augenblick, wunderbar, die glücklichste und erfüllteste Stille, die es gibt. Ich ertappe mich dabei zu hoffen, dass sich alle Wünsche erfüllen, die ich an diesem Ort aussende. Als ich ins Innere der Kirche gehe, bin ich überrascht, dort ein paar Leute anzutreffen. Wissen sie nicht, dass man auch das Kloster besichtigen kann? Meine vorhergehende Einsamkeit kommt mir nun komisch, außergewöhnlich vor, eine besondere Gelegenheit.

Am Abend hat es geregnet. Vom Fenster aus sehe ich das glänzende Straßenpflaster.

Samstag, 9. September

Heute ist es fast kalt, Sonne und Wind wechseln sich ab. Keine besonderen Offenbarungen, nur eine Art verschwommener Trauer. Die Wochenenden in Italien deprimieren mich immer. Casa Buonarroti am Morgen, kaum von Interesse; schön der Markt von Sant'Ambrogio und die gleichnamige Kirche, dann der Antiquitätenmarkt, unerschwinglich. Was soll ich hier kaufen? Ich habe nicht mehr das Kauffieber von früher, vor allem von vor sieben Jahren. Santa Maria Novella am Ende einer beschwerlichen Treppe auf einem Platz voller Autos ist geschlossen. Ich trinke einen Cappuccino auf der Piazza della Repubblica, fröstle fast. Domplatz und Dombaumuseum. Die *Pietà* von Michelangelo, in der der Tod des Künstlers vorweggenommen ist. Schöne »Gemälde« (15. Jh.?) zeichnen eine Spur der Errungenschaft des humanistischen Ideals. Widerliche Szene der Erschaffung Evas, die mit dem Oberkörper aus Adams Lende kommt. Später der Palazzo dei Medici; unnötig. Schließlich ist Santa Maria Novella offen, innen ist sie sehr geräumig, wie ich es bei Kirchen mag. (Der Dom ist eine leere Schmuckkassette.) Fresko der *Dreifaltigkeit* von Masaccio, auf dem ich vergeblich den Heiligen Geist suche. Ich vergaß: am Morgen die Grabkapelle der Medici, mit sehr schönen Skulpturengruppen von Michelangelo an den Wandgrabmälern: der Tag, mit verschwommenem Gesicht, und die Nacht sowie Morgen und Abend. Dieses Mal entdecke ich wirklich die Kraft und das Genie Michelangelos.

Am Abend bereue ich, dass ich so viele Tage in Florenz gebucht habe. Ein winziges Zimmer, schreckliche Zimmernachbarn – eine Frau mit fürchterlicher Stimme, schlimmer als die meiner Mutter, die zumindest von außen nicht zu hören war. Das gleiche Zögern, allein ins Restaurant essen zu gehen, wie damals am Abend allein in die Mensa zu gehen …

Sonntag, 10. September

Goldener Sonntag in Florenz, provinziell, *objektiv* angenehmer als die anderen Tage. Aber ich glaube, meine italienische Phase, 1982–89, sieben Jahre, geht zu Ende. Außer Venedig. Ich glaube, die Melancholie, die ich am 14. Juli 1963 in Rom empfand, kommt zurück. Morgen wird es erst eine Woche sein, dass ich S. nicht gesehen habe, dass er geflüstert hat: »Du bist wunderbar.« Das ist sehr fern, ferner als die anderen Male. Stelle mir also vor, was er außerhalb Frankreichs empfinden wird. Während der beiden Tage auf der Fahrt im Zug Paris – Moskau werde ich langsam ausgelöscht wie die Fresken in einer Kapelle der Santa Maria Novella, die Himmel und Erde darstellen.

Die Trauer, die ich immer empfinde, wenn ich Autos durch die Straßen einer Stadt fahren höre. Es ist drei Uhr, ich bin wieder im Zimmer, auch wenn ich gut weiß, dass ich ziemlich unglücklich sein werde, zuverlässig unglücklich: ein Hotel im Ausland, Nachmittag, Einsamkeit…

Am Morgen eine Messe in Santo Spirito, der Platz ist frei von Touristen. Markt. San Felice, düster und klein. Palazzo Pitti. Galleria Palatina und die Galerie für moderne Kunst sind praktisch völlig unbedeutend (steife Malerei des 19. Jh.) Dann die Boboli-Gärten, der Viottolone, das *Kaffeehaus* voller Deutschen, die wohl wegen des Namens hierher kommen; ein plumpes Paar setzt sich an meinen Tisch: eine Dame allein, nun gut… Das Amphitheater, die Buantalenti-Grotte mit dem Riesenzwerg, den S. angeblich fotografiert hat. Denke, dass er vor nur drei Wochen hier war, er war auch in den Uffizien, im Palazzo Pitti, im Dom. Der Park war eine ziemliche Herausforderung; man braucht viel Kraft, um alleine in den Giardini Boboli spazieren zu gehen, wo alles zur Liebe einlädt. Erinnerung an den Parc de Sceaux im letzten Oktober und die Gärten des Sommerpalasts bei Leningrad. Jedenfalls bin ich mir manchmal sicher, dass ich zu meinem Glück oder zu meinem Unglück S. wiedersehe und dass wir uns niemals wirklich verlassen werden. Worauf die Sicherheit gründen? Aber anderseits – warum nicht, wenn man gut genug nach Gründen sucht?

Montag, 11. September

Regen. Demoralisierung. Träume, Träume, Sex mit S.

Gestern Abend wollte ich herausfinden, warum der Geruch der Körpercreme *Liérac* mich abgestoßen hat, als ich sie zum ersten Mal benutzte. »Krankenhausgeruch«, dachte ich. Nach einigen Überlegungen hatte ich einen Geruch ausgeschlossen, der mit meiner Mutter in Verbindung stand – was ich zuerst gedacht hatte –, und da fiel es mir ein: Es war die Kreme, die ich mir während der Schwangerschaft (welche? Eric? David?) gegen die Schwangerschaftsstreifen auf den Bauch geschmiert hatte. Unruhe. Welche Schwangerschaft war ungewollt, schlecht erlebt? Oder beide? Ich hatte doch immer gedacht, dass ich damals glücklich war. Aber vielleicht handelt es sich um eine Erinnerung, die mit einer Verschlechterung der körperlichen Verfassung zu tun hatte – dieser überdehnte Bauch – und nicht darüber hinausging. Dennoch war es heftig, sofort dieser Ekel, der bei jedem Auftragen wieder hochkam. Die affektive Erinnerung lügt nicht. Ja? Wie könnte sie lügen? Nun, da ich es weiß, ekelt mich dieser Geruch nicht mehr. Wissen ist immer befreiend.

13.30 Uhr. Am Morgen wäre ich auf der Post fast ohnmächtig geworden. Es ist schwül, die Schlange, ein entsetzliches Gefühl: »Halte ich durch, bis ich an der Reihe bin, oder breche ich vor dem Schalter zusammen?« Ich setze mich in den Telegraphen-Saal und erhole mich ein wenig. Was ist los? Ist es die Periode, die ich heute bekommen müsste? Oder Hunger? Ich habe viel gefrühstückt, hatte aber seit gestern Mittag gar nichts mehr gegessen; wo ich doch so viel laufe. Schwäche. Zu wenig rote Blutkörperchen? Spannung? In diesem Zustand ging ich in die Ognissanti (die Kutte des heiligen Franziskus ist nicht so zerlumpt), ins Museo Marino Marini (wer ist das?), in den Teesalon neben dem Dom. Es ist regnerisch, drückend. Angst, hier zu sterben, in Florenz. Angst, S. niemals mehr wiederzusehen, der so plötzlich nach Moskau aufgebrochen ist.

Gestern las ich bis ein Uhr morgens in einem Zug *Le livre brisé* von Serge Doubrovsky. Es beschäftigt mich trotz all dem, was ich ihm zunächst vorwarf; lacanische Wortspiele usw.

Abend. Es ist eine Woche her… Am Nachmittag in den Straßen von Oltrarno stellte ich mir vor, ihm auf dem Moskauer Flughafen wieder zu begegnen. Die Vorstellung war so stark, dass das Gegenteil – die Unmöglichkeit einer solchen Reise – unvorstellbar war. Überwältigt, mit Tränen in den Augen ging ich in die Santa Felicità. Ich dachte, dass die Leidenschaft für mich nie wie bei Michèle Morgan und Gérard Philipe sein kann, die in der letzten Szene von *Die Hochmütigen* aufeinander zulaufen. 1955, die Musik ist unvergessen.

Neben Santa Maria del Carmine (die Brancacci-Kapelle wird restauriert) eine auffällige Straße, ruhig, geheimnisvoll, mit dem Geburtshaus von Filippino Lippi. San Frediano in Cestello; dazu ist nichts zu sagen. Palazzo Strozzi geschlossen. Dante-Kirche, sehr heilig, sehr verehrt; dann das Dante-Haus, dreistöckig, eng, zwei Zimmer pro Stockwerk.

Ich kann Florenz nicht lieben, wenn ein Wetter ist wie in Rouen oder in Kopenhagen.

Dienstag, 12. September

Morgen. Gestern im Restaurant, das Gleiche wie am Samstag. *»Sola?«* Sola. Wie in Rom 1963, da wollte ich *sola* sein. Satzfetzen aus meinem ersten Roman von 1962 kommen mir in den Sinn: »Sie ging die Rue Beauvoisine hinunter… Sie… Sie…« Die Stimme im Kopf aus dem Off: »Sie.« Ich bin von Anfang an eine Romanfigur. Ich lese *Leben und Schicksal* von Grossman. Nach der anfänglichen Schwere, 800 Seiten vor mir, packt mich dieses Wimmeln der Menschlichkeit, dieser Scharfblick. Und ich denke: »Was ich mit S. erlebt habe, ist genauso schön wie ein russisches Buch.«

Mittag. Museo Bardini. Es wird nicht im Reiseführer erwähnt, und ich betrachte die Werke weniger aufmerksam. Kultur, die von außen gekommen ist, wie meine Kultur in der Malerei. Dennoch viele schöne Madonnen, ein monumentaler Christus aus dem 16. Jh. Dann Markt, volkstümliches Viertel um Sant'Ambrogio. Da fühle ich mich immer wohl.

Abend. Ein schöner Nachmittag. Zum Piazzale Michelangelo hinaufgegangen, strahlende Sonne. San Salvatore. San Miniato al Monte, für mich die schönste Kirche von Florenz. An der Kanzel die Evangelistensymbole. Dann, weniger angenehm, der zu lange Aufstieg über die Via Galileo zur Via San Leonardo, die zwischen alten Häusern hinabführt, wo die Gräfinnen den Zimmerwänden verrieten, was sie dort erlebt haben. Ein junger Italiener in einem schnellen Wagen, immer der gleiche Typ, redet mit Händen und Füßen, macht mich an. *Non capito.*

Der Blick von Belvedere ist genauso schön wie vom Piazzale. Ich sehe alle Kirchen, Santa Maria Novella usw. Gehe hinunter in die Boboli-Gärten bis zur Insel, die ich noch nicht besichtigt habe. Die Farben an diesem Abend waren die echten Florentiner Farben, die Farben der Malerei. Als ich die Tür zu meinem Zimmer aufmachte, dachte ich, ich hätte das Licht brennen lassen, aber es war die untergehende Sonne.

Vor dem Essen in einer »echten« Florentiner Trattoria (in Wirklichkeit nichts Besonderes), sah ich mir die Fassade von Santa Croce noch einmal an, der Platz war nun leer. Ich dachte: »Mein letzter Abend in Florenz.« S. war überall dabei. Es ist eine »Traumreise«, bevor der Albtraum der wirklichen Trennung beginnt. Vielleicht werde ich mir eines Tages dieses Zimmer mit Blick auf den Arno wieder vorstellen wie eine glückliche Erinnerung.

Mittwoch, 13. September

Der Tag ist wieder grau.

Um vier Uhr wache ich jäh auf. Mit einem Mal erlebe ich S.s Ankunft am Nachmittag bei mir wieder mit der gleichen Intensität wie manchmal beim Schreiben. Wie ich oft im Arbeitszimmer wartete. Mit einem Mal knirscht laut der Kies, Bremsen quietschen, das Tor geht auf, Schritte auf dem Kies, dann auf den Betonstufen am Eingang; die Tür geht leise auf, sie geht wieder zu, der Riegel. Seine Schritte im Flur. Er war da. Denn mit einem Mal lebte ich, erlebte es in der Vergangenheit, erlebte es wieder, wie ich es als Erinnerung leben werde. Ich weine, während ich das schreibe, gequält von der Angst, dass er schon abgereist ist.

Donnerstag, 14. September

Der Tag der Abreise gestern war warm und schön. Am Morgen das *Abendmahl*-Fresko im Kloster Sant'Apollonia, realistisch, schwer; im Chiostro dello Scalzo einfarbige Fresken, schrecklich *(Tanz der Salome, Enthauptung, Herodes wird das Haupt des Täufers überreicht)*. Ich bin allein. Eine kleine alte Frau öffnet mir über die Sprechanlage. Ich lese *Le Monde,* wieder bei *Donnini,* gehe wieder zu Santa Croce. Durch Zufall finde ich in der Via Isola delle Stinche den tollen Eiskonditor von 1982 wieder. Führen mich die Straßen oder das Unterbewusstsein dorthin? Ich esse mein Eis auf dem Platz vor Santa Croce, der nun wunderschön ist ohne den schrecklichen Parkplatz, wo David und ich aus Spaß versuchten, dem Parkwärter zu entwischen.

Ich gehe ein letztes Mal in die Kirche, will die Fresken noch einmal sehen. Im Hinausgehen bleibe ich vor einer Inschrift unter Hunderten stehen: *Voglio vivere una favola.* Ich weiß nicht, was das letzte Wort bedeutet. Abenteuer? Leidenschaft? Der Zufall hat meinen Weg noch einmal überstrahlt. Ich weiß, dass dieser Satz für mich bestimmt ist, an jenem Ort, zu jener Stunde. Später, nach dem entsetzlichen Kauf einer Tasche, finde ich Santi Apostoli, die ich am Morgen übersehen habe. Letztes glückliches Zeichen meiner Italienreise.

In der Straße der Kirche der Santi Apostoli riecht es stark nach Pferdemist, der regelmäßig von den Kehrmaschinen entfernt wird. Eine dicke Frau sitzt auf dem Bürgersteig, man sieht ihre weiße, saubere Unterhose, die ihre protuberierende Vulva betont. Seit dem Tod meiner Mutter wende ich vor einem solchen Anblick nicht mehr peinlich berührt die Augen ab.

Ich schreibe all das und denke: Bald ist es neun Uhr, und er hat gesagt: »Ich rufe dich am Donnerstagabend an.«

Samstag, 16. September

Und wenn er abgereist ist? Schweigen seit meiner Rückkehr. Habe einen absoluten Horror vor jeder Tätigkeit. Warte mit verschlossenem Herzen, ohne Tränen. Wenn »sie« nun statt dem 15. Oktober den 15. September festgelegt haben? Oder wenn er sogar schon wusste, dass es der 15. September sein würde? Diese zwei komischen Anrufe am Mittwoch, von denen Eric sprach. Also der 13.... Vor Angst habe ich Bauchschmerzen.

Vielleicht ist er »nur« in Spanien oder bei André S. Aber wann kommt er wieder? Oder wartet er nur darauf, mich anzurufen, um zu hören, an welchem Tag er kommen kann? Diese Option wäre befriedigend, obwohl sie für mich grausam ist. Und der Regen, der Regen. Ich habe die Sonne nicht mehr, um zu vergessen und um mich am Nachmittag stumpf in den Garten zu legen.

Abend. Ich bekam eine Einladung für das sowjetische Kino Ende September, aber das hat nichts zu sagen. Ich bin nicht sicher, ob es seine Schrift ist. Für Momente falle ich in einen schrecklichen Zustand, kann die Tränen nicht mehr zurückhalten. Dieses Schweigen in den beiden Tagen, seit ich zurück bin. Dass er am Donnerstag nicht angerufen hat – das ist der Tod, das Loch. Während ich nun schreibe, übermannt mich die Gewissheit, dass er abgereist ist. Es macht mich wahnsinnig, und meine Hoffnung von Florenz – ihn wiederzusehen – verwandelt sich in Grauen.

Sonntag, 17. September

Bald, morgen, ist es ein Jahr, dass ich nach Moskau geflogen bin. Die Folge davon ist das, was man Schicksal nennt, und das ist nichts weiter als eine Aufeinanderfolge von Handlungen, mit denen man beharrlich in dieselbe Richtung geht. Um Prousts Genie zu verstehen, muss man das erlebt haben, *»Die entschwundene Albertine«*. Ich erlebe wahrhaftig *Die Gefangene* wieder und *»Die verschwundene Albertine«*. *(Die Entflohene* gefällt mir als Titel weniger.) Noch hat mir niemand gesagt: »S. B. ist abgereist«, aber ich weiß, was mich erwartet, wenn ich auf der Botschaft anrufe oder wenn ich am 28. September zur Filmvorführung gehe. Es geht mir ähnlich wie nach dem Tod meiner Mutter. Ich »begreife« meine Jahre 1958, 59, 60, ihren unaussprechlichen Schmerz, aber ich begreife diesen Wahnsinn, den Traum von einem Mann, genauso wenig, wie ich die Macht meiner Zuneigung für S. begreife. Nur: Ich nähere mich der Rückkehr ins Nichts, sehne mich nach der ursprünglichen Verschmelzung mit dem Kosmos (Mythen!) *Voglio vivere una favola* … Wie lachhaft!

Abend. Um drei Uhr hat er angerufen. Danach brauchte ich ein, zwei Stunden, um wieder einen Zustand der Beruhigung zu erreichen, ähnlich dem, der den letzten drei Tagen vorausgegangen war, um mich von der Beklemmung zu befreien, von dem Tod, der mich beschlich, während ich dachte, er sei nach Moskau zurückgekehrt. Warum stelle ich mir immer das Schlimmste vor? Ewig bin ich das verlassene Kind. (Von wem verlassen? Von meiner Mutter bei der Bombardierung?) Es gibt noch viel zu erleben. Voilà! Ich habe kaum noch Illusionen, dass er mich aus Brüssel anruft – im Gegenteil. Und noch viel weniger, dass er mich bittet zu kommen (»Das ist ein bisschen schwierig«, heißt auf Russisch: Es ist unmöglich.) Heute haben sich alle günstigen Zeichen für einen Anruf als »richtig« erwiesen.

Seit bald einem Jahr träume ich. Erwache in einem Monat aus meinem Traum. Diese Zeilen von Racine, die ich mit sechzehn so geliebt habe, sind so wunderschön, dass ich noch einmal sagen kann:

In einem Monat, in einem Jahr, o Herr,
Wie viel des Leidens werden wir da tragen,
Wenn so viele Meere zwischen uns sich dehnen,
Wenn Tag um Tag entsteht und wieder scheidet,
Ohne dass Titus Berenice schaut
Und ich je Titus wiedersehen darf?

Mittwoch, 20. September

Heute folgte den günstigen »Zeichen« keine Verwirklichung. Er ruft nicht aus Brüssel an, er bittet mich nicht zu kommen. Ich habe diese Leidenschaft gelebt, wie ich auch schreibe, mit derselben Hingabe, und jeder Tag bringt mich dem Ende näher. Am 13. Oktober fahre ich nach Bremen, am 15. komme ich wieder, am Tag seiner Abreise. Deshalb kann ich nicht mit den Eifersüchteleien (wen wird er in Brüssel treffen? usw.) und den Unzulänglichkeiten dieses Verhältnisses abrechnen, das zum Tode verurteilt ist.

Samstag, 23. September

Und so treten meine Tagebucheinträge wieder in die Gegenwart ein – sechsundzwanzig Jahre Tagebuch. Das macht keine Geschichte, ist nur eine Schicht aus egozentrischem Leiden. Dennoch weiß ich, dass ich deswegen mit dem Rest der Menschheit weiterkommuniziere. Ich las, lese, die letzten Einträge, kann die Tränen nicht zurückhalten. S. hat nicht aus Brüssel angerufen. Er ist sicherlich schon zurück. Ich bin nicht einmal sicher, dass wir uns verabschieden werden. Ich frage mich, ob S. mehr noch als P. derjenige sein soll, der mich zum »Schreiben des Erbarmens« treibt – das wunderbare Erbarmen der russischen Literatur.

Sonntag, 24. September

Angst. Nur noch so wenig Zeit und kein Lebenszeichen – Leben, das mir für einige Stunden oder Tage zurückgegeben werden könnte. Träumte, dass ich zum sowjetischen Kino in die Botschaft gehe. Man spielt *Das Leben einer Frau,* aber die Hauptdarstellerin ist nicht Micheline Uzan, sondern eine unbedeutende Schauspielerin. Eine entsetzlich realistische Inszenierung, die ganze Schilderung wird »dargestellt«. S. setzt sich nicht neben mich. Man bringt mich dazu, mit zwei, drei russischen Autoren, darunter Andrey Bitow, über das Theater zu diskutieren. Marie R. ist auch da. Ich habe das Gefühl, dass man mich nach Russland einlädt.

Gegen zwei, drei Uhr am Nachmittag ist es genau ein Jahr her, dass ich in Zagorsk zum ersten Mal Lust auf S. hatte. Ich sehe wieder die Ikonen vor mir, mein blaues Frotteekleid von Sonia Rykiel, »Pantoffeln« an den Füßen, spüre S.s Arm um meine Taille. Der Arm ist noch fremd, es ist nicht der Arm von heute, nackt und sanft. Plötzlich der Gedanke, der zum Durchbruch kommt – warum nicht er? –, der die Reise in ein Vorher und ein Nachher unterteilt, der die Zeit definitiv zerschneidet.

Montag, 25. September

An jenem Montag vor drei Wochen war ich noch glücklich. In drei Wochen habe ich nichts mehr zu erwarten, er wird abgereist sein. Meine Verzweiflung, dass ich seit letzten Sonntag keinen Anruf mehr bekommen habe, erreicht wahnsinnige Schmerzhaftigkeit. Kloß im Hals, Tränen, schreckliche Angst, ihn am Donnerstag in der Botschaft nicht zu sehen, oder dass er mich wie letztes Mal im Mai nicht beachtet. (Ich hatte mich getäuscht, aber ich konnte damals nicht zwischen Wirklichkeit und Schein unterscheiden. Aber was für eine Wirklichkeit…?) Gestern das Glück von Michèle G., die eine Geschichte mit K. G. in Aussicht hat; es hat meinen Schmerz verstärkt. Letztes Jahr im Oktober war ich es, die eine Geschichte begonnen hat, dessen grausamer Ausgang natürlich vorauszusehen war. Aber bis ans Ende des Unglücks zu gehen, heißt, erst einmal bis ans Ende des Glücks zu gehen.

Gestern die Gewissheit: Ich »schreibe« meine Liebesgeschichten, und ich »lebe« meine Bücher in ständigem Kreislauf.

16.40 Uhr. Diesen Montag sind es drei Wochen. So viele Treffen, und nun nichts. Seit meiner Abtreibung, seit jenen Tagen Ende 1963, als ich auf eine Lösung wartete, war ich nicht mehr so »down«. »Nicht wissen« ist das Grauen. Mir wäre es lieber, er würde jetzt und hier anrufen und mir sagen, dass er eine andere hat, dass es vorbei ist. Ich habe es immer vorgezogen, »meinem Schicksal ins Auge zu sehen«. Ich mache nichts, absolut nichts, selbst die Gartenarbeit ist mir ein Gräuel. Das Schlimmste: Am Donnerstag in die Botschaft zu gehen, ohne dass er mich zuvor angerufen hätte. Wie beim Tod meiner Mutter habe ich zu nichts Lust, und ich kann kein Buch über ihn schreiben. (Ich habe es ihm versprochen – zu Unrecht sicherlich.)

22 Uhr. Gegen zwei Uhr nachts wird es ein Jahr, dass ich in zwei Sekunden mein Leben der Leidenschaft hingegeben habe. Wenn ich es einfach »bereut« hätte vor S.s Tür im Hotel *Karelia?* In der Nacht wache ich auf und denke: »Der Zug ist stehen geblieben.« Ich komme mir vor wie in einem Zug, sicherlich der Zug Moskau – Leningrad in jener Nacht vor einem Jahr. Es ist die Zeit, die stehen geblieben ist. Seit einigen Tagen denke ich jede Nacht: Es ist mir egal, ob ich sterbe. G. de V. habe ich nie wiedergesehen; C. G. habe ich nie wiedergesehen, 1958 ist er nicht wie versprochen gekommen, um sich zu verabschieden. Und S.?

Dienstag, 26. September

Fast nicht geschlafen in der Nacht, ein paar Träume. In einem gehe ich die Rue du Clos-des-Parts hinunter, eine Art Fußgängerzone, die sehr dicht bebaut ist. Vor dem Lebensmittelgeschäft stehen eine Menge Leute, ich habe einen schmutzigen Rock an (den schwarzen, den ich immer im Garten trage), und das ist mir sehr peinlich. Ein anderer Traum: Homosexuelle machen sich Zeichen. (Das Buch von Mishima, *Geständnis einer Maske* kam zu Tage.) Ich stehe auf, stecke den Ehering meiner Mutter als Talisman an – in Wirklichkeit, nicht im Traum! Muss mich an etwas festhalten. Und ich sage mir immer wieder: Wahrheit oder Tod. Wissen. Will wissen, was in Bezug auf S. los ist. Will nicht mehr in dieser ungeheuerlichen Angst leben.

Donnerstag, 28. September

10.10 Uhr. Gestern ein Anruf um zehn. Seit vollen zwölf Stunden »habe ich etwas«. Will sagen, dass das Warten auf ihn ein Besitz ist, ein Gut, und dass ich den Rest der Zeit »nichts habe«. Ich muss nur »sein«, und das ist ziemlich schwierig. Ich denke nun nicht an das, was mich normalerweise beschäftigt: Hat er eine andere? Ist es das letzte Mal? Gestern am Telefon kam er mir spröde vor, beschäftigt oder gleichgültig.

14 Uhr. Die sinnliche Bilanz ist immer noch positiv, aber wozu mir etwas vormachen? *Mehr als das ist es nicht.* Als er sich in meinem Arbeitszimmer wieder anzog und ich seinen Rücken, seinen Hintern betrachtete, fühlte ich mich übermannt von dieser Verlassenheit oder eher diesem Dahinsiechen, das zum Hass führt; dass ich so viel Zeit für einen Mann verloren habe (seit März, seit dem Ende meines Seminars über Robbe-Grillet), der mich nur als Hintern und als eine bekannte Schriftstellerin betrachtet. Er sitzt in meinem Arbeitszimmer und versucht zu lesen, was ich geschrieben habe und was ich vielleicht in das einfügen werde, was ich noch nicht angepackt habe.

Was erwartet mich heute Abend? Trotz seines Wunsches, dass ich nicht zur Botschaft gehe (»ich werde nicht da sein«, »der Film ist mittelmäßig« – Wahrheit oder Lüge?), bin ich entschlossen, wieder einmal »meinem Schicksal ins Auge zu sehen«.

23 Uhr. Das Schicksal ist von negativen Zeichen verschleiert. *Er war da,* er war nicht beim Bolschoj-Ballett. Der Film war mittelmäßig, ja (ich habe ihn nicht bis zu Ende angesehen), Macha war nicht da... Hatte er ein Treffen geplant, bei dem er seine Frau und seine Geliebte nicht dabeihaben wollte? Er sieht immer wieder eine reifere Frau an, groß, mager, blond... Sein Typ? Mag er Frauen, die alles in die Hand nehmen? Ich weiß es ja nicht... Eine neue Haltung heute, interessant; wir sitzen mit dem Rücken zueinander. Ich hatte immer nur Don Juans.

Heute habe ich die Gewissheit, dass er oft lügt und dabei vollständig ernsthaft erscheint.

Freitag, 29. September

Das Ende meiner Bücher, außer *Das bessere Leben* und *Das Leben einer Frau,* war oft schal, unnötig; war eher der Abbruch des Schreibens als ein Schluss, ein Ende. Vielleicht passiert entgegen meiner Wünsche das Gleiche mit dem *Roman S.* Meine Ernüchterung gestern, mein Ekel vor mir selber, als ich mit ihm zusammen diese blöden Quiz-Shows auf *TF1* ansah. Ich habe herausgefunden, wo seine wenig intellektuellen Seiten liegen. Der Film gestern hätte es verdient, bis zu Ende angeschaut zu werden, aber er langweilte sich ungemein, rutschte ständig herum, war so nervös wie selten.

Ich habe es nicht verstanden, rechtzeitig Schluss zu machen. Und die richtige Zeit wäre, glaube ich, um Weihnachten herum gewesen. Im März war es schwierig wegen des verheerenden Frühlings.

Sonntag, 1. Oktober

Wenn der Monat zu Ende ist, ist alles vorbei. Schweigen. Nie mehr »An-nie« mit russischem Akzent. Nie mehr das Warten auf das Motorgeräusch, die Schritte am Nachmittag. Ich gehe die Strecke noch einmal: ein Jahr. Ein Tag nach dem 1. Oktober vor einem Jahr traf ich ihn wieder vor der Kirche Saint-Germain-des-Prés. Ich glaube, er hatte Jeans und ein grünes Polo-Hemd an; ich bin nicht sicher, aber ich glaube, er hat gelächelt. Ich mochte ihn schon ziemlich. Er würde bald sehr verliebt in mich sein, dann würde er müde werden, würde mich vielleicht »betrügen« und mich verlassen. Wie einfach das alles ist. Und schon wieder ist es Oktober, die Astern blühen blau im Garten, es riecht nach Erde. Befinde mich in einem Zustand latenten Schmerzes, wie ihn die Schmerz stillenden Mittel für ein körperliches Leiden kaschieren und der von drei entsetzlichen Gedanken noch vergrößert wird:

1) Dass ich ihn nie mehr wiedersehe.

2) Dass ich mehrere Monate auf eine Leidenschaft »verloren« habe, die er nicht geteilt hat.

3) Die Erniedrigung, nicht mehr so begehrt, nicht mehr so bewundert zu werden wie in den ersten Monaten.

Schwarzes Erwachen in der Nacht.

Donnerstag, 5. Oktober

Ich bin schon mitten in der Trennung, bin in der schlimmsten Phase, die Klarheit bringt: Ich hätte Anfang Dezember Schluss machen sollen. Aber es ist absurd, das zu sagen, denn ich meine und spüre immer noch, dass Juli und August, vor allem August, »gut« waren. Und immer noch hoffe ich mindestens auf ein letztes Treffen. Aber was soll ich vom letzten Mal denken? Von seinen Lügen in Bezug auf die Filmvorführung, wo er gar nicht hingehen wollte? Ich bin jetzt überzeugt, dass er zur gleichen Zeit wie mich auch andere Frauen gehabt hat. Aber seit wann?

Will mich nicht mehr an die gleiche Zeit vor einem Jahr erinnern. Will versuchen zu überleben. Habe einen Horror davor zu denken, dass ich ihn nicht einmal mehr ein letztes Mal sehen kann. Es fängt an mit einer Laune, mit der puren Lust auf eine Nacht, und es endet in blankem, stummem Schmerz.

Freitag, 6. Oktober

9 Uhr. Muss wieder einen leeren Tag hinter mich bringen. Und alles ist mein Fehler, weil ich nicht die Kraft hatte, rechtzeitig zu brechen, weil ich die Unantastbarkeit des »Rechts des Herrn« akzeptierte (er kommt, wann er will, ruft an, wann er will) und nicht einsehen wollte, dass *in fine* in der Unterdrückung kein Glück liegt. Ich frage mich, ob seine Abreise nicht eine Befreiung für mich ist. »Wenn es keine Hoffnung mehr gibt… das nennt man Morgenrot…« Aber solange es einen Hauch von Hoffnung auf ein Wiedersehen

gibt, bin ich in diesem Zustand der Zerrüttung. Wie sehr doch alles 1958 ähnelt: C. G. noch ein Mal wiedersehen... Am Ende ist er nicht zum Abschied in mein Zimmer gekommen, wo ich bis zum Morgengrauen auf ihn gewartet hatte.

Montag, 9. Oktober

Um 18.30 Uhr der Anruf. Gleich darauf die Müdigkeit. Als hätte all die Spannung, all der Schmerz nachgelassen, der seit zehn Tagen angewachsen war, und als würde die anstrengende Rückkehr in den Ruhezustand mich erschöpfen.

Mittwochnachmittag. Ganz bestimmt das letzte Mal. Ich würde gerne diese beiden Tage anhalten, das Warten auf das »nie mehr wieder«. Der Soldat geht an die Front... der endgültige Abschied der Liebenden... Wie werde ich das durchstehen? Ist am Mittwoch Lust möglich?

Dienstag, 10. Oktober

Abend. Ich glaube, morgen ist das letzte Mal. Vor einem Jahr ist er zum ersten Mal mit mir von Paris in dieses Haus gefahren. Ich weine. Ein Jahr! Ein Jahr lang habe ich diese Leidenschaft gelebt, habe nichts anderes gemacht. Der Sommer ab Mitte Juli war ganz dieser Leidenschaft gewidmet, die ich bis zum Ende »leben« wollte. Noch einmal frage ich mich mit Grauen: »Was ist die Gegenwart?« Es gibt sie zweifellos, sie birgt viel Zukunft und Grauen: das Glück, ihn zu sehen, und der Schmerz, ihn nicht mehr wiederzusehen, wenn unsere drei, vier Stunden verstrichen sind. Ein blödes Lied im Kopf:

»Auf Wiedersehen heißt nicht Lebewohl… Warum die Tränen in deinen schönen Augen…?« Ein Auf Wiedersehen ist *immer* ein Lebewohl, denn man kann im Voraus meistens nicht wissen, was es sein wird. Noch ein Mal ein Treffen, Herr Scharfrichter…

Mittwoch, 11. Oktober

16 Uhr. Bald beginnt der Countdown. Ich habe ein richtiges Fest vorbereitet, Champagner, Kaminfeuer, Abschiedsgeschenk – ein alter Stich von der Moulin de la Galette. Den Abschied zu zelebrieren ist die einzige Möglichkeit, die Sache zu beenden, ohne viel zu leiden.

Donnerstag, 12. Oktober

Eine Minute mehr… Er reist erst nach den Feierlichkeiten zum Jahrestag der Russischen Revolution ab. Sadomasochistische Beugung, aber sanft, ohne Gewalt. (Wegen der analen und der »normalen« Vereinigung bin ich völlig gequetscht; einmal dachte ich, ich sei in Stücke gerissen.) Er sagte: »Annie, ich liebe dich«, aber ich habe dem keine Bedeutung beigemessen; es war beim Sex, aber vielleicht liegt ja gerade darin die Wahrheit, die einzige Wahrheit, die Wahrheit der Lust. Am Morgen habe ich Angst, dass seine Frau Haare von mir bei ihm gefunden hat – unter den Socken! Angst auch, dass er einen Unfall hatte. Sein Leben ist mir wirklich teuer, und ich fühle mich schon sehr unwohl beim Gedanken an Russland, an das, was sich dort sicherlich in den kommenden

Jahren abspielen wird, tief greifende, erschütternde Veränderungen. Was wird aus ihm werden?

Pflückte vier Haare von ihm von meinem Kamm, dachte gleich an Tristan und Isolde: Will sie in ein Kleidungsstück einnähen, wie das goldene Haar der Isolde in einem Gewand. *Vivere una favola.* Als er kam, liebten wir uns auf dem Teppichboden im Arbeitszimmer. Das gegenseitige Ausziehen wird immer schöner. Als er gehen muss, ziehe ich ihn wieder an, knöpfe seine Manschetten zu, und in unserer Umarmung liegt so viel Zärtlichkeit. Es war Viertel nach zehn oder halb elf, als er ging. Danach schlief ich nur zwei Stunden.

Er hatte einen russischen Slip an. Locker, weiß, mit einem breiten, dicken Bund. Ich merkte es gleich bei der Umarmung.

Montag, 16. Oktober

Die Zeit vergeht, und er kommt nicht. Ärgerliche Reise nach Deutschland. Bremen war ganz angenehm – aber ich bin ehrlich gesagt nicht empfänglich dafür. Die Diskussion in Frankfurt war schrecklich, war nichtig, sie brachte nichts (ich wusste es natürlich), und ich musste mich von einem Lyriker angreifen lassen, der seinen Stand verteidigt hat. Seinen Namen habe ich vergessen.

Vielleicht kommt S. nicht mehr, weil er Angst hat, dass ich ihm noch ein Geschenk machen könnte. Auf meine Ankündigung »Ich habe ein Geschenk für dich« sagte er: »Scheiße!« Wirklich ein Abend ohne jedes Tabu… Oder weil ihm unsere glühende Leidenschaft, dieser verrückte Sinnentaumel immer noch peinlich ist. Oder er hat eine Panne, oder… Oder nichts, was ich denken könnte, ohne zu schaudern; eine andere Frau usw.

Beim Anblick dieser wunderbaren Herbstsonne, dieser schillernden Bäume denke ich immerzu an das vergangene Jahr. Ich wollte aus dieser Leidenschaft ein Kunstwerk in meinem Leben machen, oder vielleicht ist dieses Verhältnis auch zur Leidenschaft geworden, weil ich wollte, dass es ein Kunstwerk wird. (Michel Foucault: Das höchste Gut ist, aus seinem Leben ein Kunstwerk zu machen.)

Mittwoch, 18. Oktober

Leerer Tag, am Abend weine ich, weil es nun genau eine Woche her ist und weil es bald nichts mehr zu hoffen gibt. Ein Tag nach dem anderen verstreicht, ohne dass er kommt. Um 13 Uhr ein Anruf. Als ich abnehme, ist niemand mehr in der Leitung. Es war nicht, wie ich gedacht hatte, Franke Rother, die Ostdeutsche, die schließlich mit zwei Stunden Verspätung nach Cergy kam, als ich sie schon nicht mehr erwartet hatte.

Im Vergleich zum letzten Mittwoch deprimierte es mich, mit ihr gut gekleidet und frisiert diesen Spätnachmittag zu verbringen. Und letztes Jahr am gleichen Tag… Das größte Glück, das ungeheuerlichste Glück wäre, dass er eines Abends unversehens käme. Es gibt nicht mehr sehr viel Eklatantes in unserer Beziehung. Der Rahmen der Treffen ist abgesteckt, die Treffen im Voraus vereinbart. Dennoch: lieber ein festgelegtes Treffen, irgendein Treffen – egal, wie, wo – als das Nichts.

Donnerstag, 19. Oktober

8.50 Uhr. »An-nie.« In einer Dreiviertelstunde ist er hier. Nach dem Anruf machte ich einen Luftsprung vor Freude, ich tanzte, wie ich es seit meiner Kindheit nicht mehr gemacht habe, vor der Schwüle, der Scham der Jugend, der Zurückhaltung einer Studentin. Nun muss die Freude überschwänglich sein, um wieder zu sein wie in der Kindheit, wie vor 1952.

Abend. Die Champagner-Flasche ist immer noch voll, er trank ein bisschen weniger Whisky als beim letzten Mal. Das ständige Neuerfinden von Stellungen, Gesten. Ich gieße Champagner auf sein Glied und bin fast sicher, dass noch niemand so etwas bei ihm gemacht hat. Von hinten. Ich behalte die Erinnerung an sein verstörtes Gesicht, als ich ihm sage: »Egal, wo, egal, wann – du kannst alles von mir verlangen, ich werde es dir geben, ich mache es für dich.« Fast kommen ihm die Tränen. Ich nehme ein Stück Essen aus seinem Mund in meinen Mund. Er ist gerührt.

Vielleicht noch ein Mal, ein einziges Mal … Kann mich nicht an alles erinnern, die Zärtlichkeit, die vagen Worte oder auch jedes konkrete Zeichen, das diese Zärtlichkeit ausdrückt. Und die überraschende akrobatische Haltung im Ledersessel, mit dem Kopf nach unten. Ich habe eine perfektionistische und erfinderische Seite – das aktuelle Gebiet ist die Liebe, für nurmehr kurze Zeit.

Samstag, 21. Oktober

Ich komme von Rouen zurück, der beste Moment des Tages war, nach dreißig Jahren zu erfahren, dass die Aufseherin im Lyzeum, die schreckliche R., und die Direktorin, die durchtriebene Mademoiselle F., ein lesbisches Paar waren.

Grauen vor dem Countdown, dessen Ende die »Oktoberrevolution« sein wird. Merkwürdigerweise gibt es ein präventives »Abdichten« des Schmerzes: Ich sehe S., wie ich früher Ph. sah, als ich ihn verlassen habe (bevor ich ihn später heiratete), ein Wesen, das mir brüderlich nahe steht und von dem mich nichts trennen kann.

Habe ein schwarzes Wollkostüm gekauft. Will für ihn auf der Botschaft die Schönste sein. Erinnerungen an letztes Jahr kommen hoch: Am Morgen spaziere ich durch die Straßen von La Rochelle, gehe ins Kaufhaus *Printemps,* bin in der grauen Straße des Hotels, laufe durch Marseille, gehe in ein Straßencafé. Alles ist, als sei es gestern gewesen, *wtschera.*

Montag, 23. Oktober

Eric nahm einen Anruf entgegen, während ich in Paris war. Sicherlich war S. der anonyme Anrufer, der gleich aufgelegt hat. Bin niedergeschlagen. Es ist immer schlecht, dass ich Leute wie Gérard G. treffen will, der sich seiner ambivalenten Haltung nicht bewusst ist: Er hasst die Pariser Kreise, die ihn ausgestoßen haben, will sich aber aufs Neue unter sie mischen. Und währenddessen habe ich S. verpasst, der vielleicht heute kommen konnte. Seit einigen Tagen habe ich ständig Kopfschmerzen. Und morgen früh bin ich auch nicht da, verpasse S. vielleicht wieder. Wie kann ich ohne Hoffnung leben, ohne das Warten? Es gibt keine Gemeinsamkeiten mehr zwischen dem jungen, charakterlosen Apparatschik, den ich in den ersten Tagen in der UdSSR in ihm gesehen habe, und dem Mann, dessen Körper in mir ist und dessen Leben mir so teuer ist wie nichts anderes.

Rue Saint-Denis. Schwüle, Sex, überall Sex. An den Wänden der Läden, in den Blicken der Männer. Aphrodisiaka. Latex, Leder usw. Ich schlage die Augen nieder, während ich wie eine Platzanweiserin durch die Straße gehe, aber ich würde gerne in diese Läden hineingehen, um das wahre Gesicht des männlichen Begehrens kennen zu lernen. Ein junger Typ mit einem Aktenkoffer geht in eine Peep-Show, 20 Francs, wo es auch Videos gibt.

Dienstag, 24. Oktober

Bekam die Einladung zur Feier des Jahrestages der Oktoberrevolution: 6. November. Ich bin froh, denn das bedeutet eine erneute Verzögerung: Er bleibt mindestens bis Montag. (Ich dachte, die Feier wäre wie letztes Jahr freitags.) Mir fällt der Satz von Proust ein über die Aufschübe, die sich der Soldat angesichts des lauerndes Todes vorstellt. Die ständige Hoffnung auf einen erneuten Aufschub, wo doch alles eines Tages für jeden vorbei ist.

Habe das Rezept für Sellerie zum Apéritif wiedergefunden, wo ich schon dachte, ich hätte es weggeworfen. Bewahrte es zwanzig Jahre auf, habe es noch nie benutzt: Niemand mochte Sellerie. S. mag Sellerie. Als hätte ich dieses Rezept all die Jahre nur für ihn aufbewahrt.

Herrliches Wetter wie 1963 und 1985 und im letzten Jahr. Ich will nicht im Garten arbeiten, weil ich immerzu *denken* muss: Hat er eine andere? Ist er jetzt, in diesem Moment, im Wald von Fontainebleau? Ich bin extrem unglücklich vor Warten, vor Verlangen, vor Angst. Und alles, was ich im Garten mache, steht in keiner Beziehung zu ihm. Noch schlimmer: Diese Blumen werden blühen, wenn wir schon lange getrennt sein werden.

Träume von meiner Mutter, sie lebte; im Hospiz oder im Pflegeheim.

Mittwoch, 25. Oktober

Dieses Wetter, dieses Wetter … Ich spreche von der Oktobersonne. Den ganzen Nachmittag im Garten verfolgten mich die immer gleichen Ängste:

1) Er hat eine andere.

Das ist das Loch, das Kindheitsstadium, das ich nie überwunden habe. Ich lese in einem Artikel über Psychoanalyse, dass »das namenlose Grauen« – wie ich diesen Begriff mag! – des Säuglings Stück für Stück besiegt wird, das Grauen vor der Trennung von der Mutter. Eine wichtige Etappe ist vollendet, wenn das Kind sich die Mutter während ihrer Abwesenheit vorstellen kann. Anders gesagt: Wenn es begreift, dass die körperliche Präsenz weder für den einen noch für den anderen notwendig ist, um aneinander zu denken. Doch

S. denkt nicht nur nicht an mich, wenn er weg ist, er denkt an eine andere... Ich befinde mich immer in namenlosem Grauen.

2) Morgen ist eine Filmvorführung in der Botschaft, und er hat mich absichtlich nicht eingeladen. Er ist zu Sa. oder S. gefahren. Er hat kein Auto mehr und kann nicht zu mir kommen; das ist eine neue Fantasie, aber es ist schon vorgekommen...

Ich bekam einen sehr schönen Strauß von der Bibliothek Cergy Saint-Christoph. Freue mich kurz über diese Aufmerksamkeit, bin aber unglücklicher als zuvor: Was mir andere geben, wirft mich auf das zurück, was S. mir nicht gibt: sein Begehren, seine Liebe.

Donnerstag, 26. Oktober

10.45 Uhr. Immer weniger Hoffnung für diese Tage. Grauen. Ich weine. Und wenn er schon abgereist ist? Immer der Schrecken über diesen anonymen Anruf vom Montag. War es die Ankündigung einer plötzliche Abreise?

14.45 Uhr. Zum ersten Mal traue ich mich, auf der Botschaft anzurufen, um zu erfahren – will immer alles wissen, wissen, wissen... –, ob heute eine Filmvorführung ist. Nein. Ich bin ein wenig erleichtert, meine Eifersucht ist etwas gelindert, nicht aber mein Verlangen, ihn zu sehen.

9.35 Uhr. Letztes Jahr schrieb ich: »Mittwoch, der 26. Oktober, war ein vollkommener Tag.« Heute ist alles ganz schwarz.

(Aber dachte ich daran, ein Jahr mit ihm zusammen zu sein?) Vier Anrufe, vier tote Hoffnungen.

Freitag, 27. Oktober

Mit einem Abstand von zehn Jahren begann ich an einem 27. Oktober zwei Bücher; 1962 und 1972. Dieses Jahr nicht. In der Nacht um drei weine ich fürchterlich (ich darf, da ich allein bin, die Jungs sind nicht da), denn ich bin sicher, dass er abgereist ist. Am Morgen halte ich seine Abreise für möglich. Vielleicht rufe ich heute Nachmittag bei der Botschaft an. Der andere Abgrund des Grauens: wenn ich an diese Frau denke, »die mit Alain Delon gearbeitet hat«. Hat er sie wiedergesehen? Der Anruf vom Montag beunruhigt mich mehr und mehr. Alles ist so schwarz wie im März, im Mai und im September nach meiner Rückkehr aus Italien. Dennoch denke ich jedes Mal, dass ich nie so weit unten war. Die Erinnerung an ähnliche Zustände ist mir kein Hilfe, macht es sogar noch schlimmer, wie die Bestätigung des immer gleichen Unglücks in Verbindung mit der Liebe (egal, was; egal, bei wem).

Montag, 30. Oktober

15.15 Uhr. Verrückt vor Angst, vor Schicksalsergebenheit. »Er ist weg« oder »Er hat eine andere, mit der er jetzt dringend zusammen sein will, bevor er abreist«. Es ist unendlich hart. Das Wetter ist wieder schön, ständiger Sommer. Bin ständig den Tränen nah. »Das namenlose Grauen«, o ja.

Alles, was mich an die UdSSR erinnert, und mich erinnert ständig alles an die UdSSR, zerreißt mir das Herz. Heftige Kopfschmerzen. Wage nicht, mir meinen Zustand vorzustellen, wenn ich bis Freitag kein Zeichen von ihm bekomme. Ein Anruf bei der Botschaft wäre das Ende jeder Hoffnung. Also rufe ich nicht an.

Dienstag, 31. Oktober

Ich glaube, das Schlimmste ist gewiss. Ich bin in Tränen aufgelöst. Er ist sicherlich in die UdSSR zurückgekehrt. Als ich letzten Mittwoch von der Bibliothek die Blumen bekam, dachte ich ein paar Sekunden lang, sie seien von ihm und er habe Frankreich verlassen. Das war zweifellos so (dass er weg war). Also wollte er sich nicht von mir verabschieden. Wenn ich Gewissheit habe – und dazu muss ich bei der Botschaft anrufen –, wie soll ich dann weiterleben?

Zwanzig vor elf. Anruf. Aber er kann nicht kommen. Natürlich denke ich an einen anderen Grund – eine andere Geliebte, ein anderes Begehren. So natürlich. Der Montag wird eine Probe sein, ich spüre es. Aber wenigstens habe ich etwas zu »gewinnen« …

Mittwoch, 1. November

Dieses Mal gibt es keinen weiteren Aufschub: Im November geht er in die UdSSR zurück. Ich denke: noch *ein* Mal und dann nie mehr. Der Anruf gestern Abend hat mich nicht beruhigt, weil wir nichts ausgemacht haben. Die Hölle geht weiter. Diffuse Eifersucht, Angst vor Montag, Wut auf die glatte Wand, die er ist, auf meine eigene Schwäche, auf meine Untätigkeit. Die Zeit vergeht nicht, es ist erst Mittwoch.

Seit fünf Jahren: nicht mehr in Scham leben, was man auch in Lust und mit Triumph leben kann (die Sexualität, die Eifersucht, auch die gesellschaftliche Herkunft). Die Scham bedeckt alles, hindert am Weitergehen.

Ich denke auch, dass das Schreiben für mich die Rolle einer Moral spielte: Ich wollte zuvor keine Abenteuer, um nicht die Obsession des Schreibens zu verlieren. Lange Zeit erschien mir ein Leben in Lust unmöglich, *weil* ich schrieb (und das ist noch immer so.) Ich *verzieh* meinem Mann, sich diesem Leben auszuliefern, *weil* er nicht schrieb. Was soll man in so einem Fall anderes machen? Essen, trinken, Sex haben.

Donnerstag, 2. November

Niemals verging die Zeit so langsam und gleichzeitig so ohne Hoffnung. Angst vor Montag, Angst zu sehen, wie er sich für andere Frauen interessiert wie im Mai und im September (auch wenn ich mich im Mai getäuscht habe), Angst, Leute zu treffen, die ich kenne und die in meinem Gesicht, an meinem Körper lesen können: »Sie arbeitet nicht mehr, sie schreibt nicht mehr.« Aber nein, ich allein weiß, dass ich nicht mehr in ihrer Welt des Ruhms und des Leidens fürs Schreiben lebe, sondern in der Welt der Lust, des Schmerzes und des Verlangens nach einem Mann.

Ich sah eine Sendung über »Liebe und Sex«, wo Männer zu Wort kamen. Ich versuche, durch ihre Aussagen herauszufinden, wie S. sich verhalten würde, wenn er andere Frauen hätte … Ist natürlich absurd. Aber ich will es wissen, will alle »Schlüssel« benutzen, um zu wissen …

Freitag, 3. November

Habe diesen Traum wirklich abgeschrieben, einen »soliden«, intelligenten Mann, mit dem ich etwas »aufbaue« (?). Außerhalb des Schreibens und der Kinder will ich etwas aufbauen. Meine einzige Realität ist der ephemere Mann, der mir nichts bringt außer Träumen und Fantasien, Lust und Zärtlichkeit, wenn er kann.

Wenn ich daran denke – ich habe für einen Mann angefangen, Russisch zu lernen!

Ständig stelle ich mir anfallartig die schreckliche Szene des Schmerzes und der Erniedrigung vor. Dass er am Montag in der Botschaft vor meinen Augen eine »andere« hofiert und dass ich den geflüsterten Satz aufschnappe, den ich am selben Ort in der Botschaft so oft gehört hatte: »Wir sehen uns am Nachmittag«, und der nicht mehr für mich bestimmt ist. Was sollte denn all der Putz, das penible Herrichten, das schwarze Kostüm, das mir die Figur eines Mannequins verleiht, die schwarze, vorstehende Spitze, die dunklen Seidenstrümpfe, die Tasche von Charles Jourdan und der Honigton, den *Jacques Dessange* meinem Haar verliehen hat? Es beweist doch nur die Sinnlosigkeit all dessen angesichts einer neuen Lust. Sehr moralisch im Grunde. Wäre ich würdevoll und wollte nicht fliehen, wie sonst immer?

Früher hatte ich Lust, den Mann, der mich vergessen hat, zu ohrfeigen, ihn zu schlagen; auch eine Flucht.

Sonntag, 5. November

Es ist kalt und grau nach zwei Tagen Regen. Heute Nacht von S. geträumt: Er hat mich nach Lille (?) eingeladen, wir sind in einem Zimmer, wir gehen durch die Straßen, er liebt mich gegen eine Mauer gedrückt und verschwindet. Ich merke, dass ich genau unter Christiane B.s Wohnung bin, es ist heller Tag. (B. findet keinen Kerl; Zeichen meines Alters, bin kaum älter als sie, vier oder fünf Jahre.) Ich suche S., finde ihn nicht mehr. Vor einer Woche ein anderer Traum: Er kommt zu mir mit einem »blauen Brief«.

Heute spüre ich wirklich, wie die Zeit vor dem Empfang morgen »zurückweicht«, mich also zur Wahrheit führt, die ich aus seinen Worten und aus seinem Verhalten herauslesen kann, ohne mich wehren zu können. Der alte Albtraum im Wachen: die Stunde vergessen, den Tag vergessen, alles vergessen, zu merken, dass es *zu spät* ist.

Montag, 6. November

10.40 Uhr. Ich fahre bald zur Botschaft. Ungewissheit, Angst. Mein Gesicht in den Spiegeln beruhigt mich kaum. Habe mich quasi mit der Lupe geschminkt. Schwarzes Kostüm, von dem jeder sagt, dass es mir toll steht. Und dann? Wenn er mich nicht mehr begehrt? Nicht von der Liebe reden. Hingehen, um zu siegen auf dem Feld der Gefühle, die ich niemals kannte.

Zehn vor acht. Botschaft. Ich habe den Eindruck, er ist nicht da. Er ist da, aber zerstreut: »Sehen wir uns am Nachmittag.« Ich bin außerhalb meines Körpers, außerhalb meiner Selbst. Er kommt um zwanzig nach vier und geht noch vor acht. Die Zeit verging langsam, er sprach nicht viel, und ich weiß nicht, warum. Mit dem Kopf ist er schon weg; das war's. Ich weinte an seiner Schulter, in seinen Armen. Zum ersten Mal roch er aus dem Mund, und ich dachte, er sei besorgt, gerührt. Aber vielleicht stimmt es ja gar nicht, und er hatte es nur eilig wegzukommen. Die ganze Leere drückt mich nieder, der Traum der vergangenen Tage. Ich werde ihn sicherlich nicht mehr wiedersehen, obwohl er erst am 15. abreist. Dennoch lebe ich von dieser winzigen Hoffnung. Wenn ich die beiden Slips voller Sperma von diesem Abend in die Schmutzwäsche gebe, bin ich sicherlich geheilt.

Schwacher Trost, fast nichtig: In der Botschaft fand er mich schön. Was ist der Sinn dieses Jahres der verrückten Liebe? Wir haben uns zum ersten und zum letzten Mal auf meinem Schreibtisch geliebt; ich wollte es so. Am Zeitungskiosk an der Métro-Station Charles de Gaulle bittet mich eine Frau um Geld, ich gebe ihr zehn Francs, sie küsst mir die Hand. Ein schreckliches Gefühl; ich denke an S.; diese Geste der Demut ist wie eine Segnung, sie bringt mich auf. Am Abend eine riesige schwarze Spinne in meinem Arbeitszimmer: Ich denke an den Abend im September 1963 in Yvetot, an die riesige Spinne, die mein Vater und ich (ich dachte an Philippe) nicht töten wollten, »ein Zeichen des Glücks«, meine Mutter machte sich über uns lustig: »Ihr seid abergläubisch!« Auch heute Abend habe ich die Spinne nicht getötet.

Er trug eine Krawatte und ein »Einstecktuch«, wie er sagt, von Guy Laroche und einen komischen Slip mit Eingriff, dennoch eine französische Marke, meint er. Er sagt auch: »So ist das Leben. Da kann man nichts machen.« Meine eigenen Worte; vor einem Jahr. Noch ein Mal verdreht er mir die Nase wie bei einem kleinen Mädchen, als ich von den Frauen spreche, die er in Frankreich gehabt hat. Er gibt zu – oder geniert sich? –, dass das nicht der Fall war. Und jetzt? Was spielt es noch für eine Rolle?

Dienstag, 7. November

Bis zum Ende Eifersucht. Mache eine andere Frau für seine Zerstreuung gestern verantwortlich und dafür, dass er in jener schönen Oktoberwoche nicht gekommen ist. Seit Anfang November ist es kalt und neblig. Er fährt am 15. – genau ein Jahr nach der verrückten Nacht, in der sein Wagen nicht angesprungen ist.

Ich habe nicht geschlafen, bin den Tränen nah. Es bleibt noch eine kleine, eine winzige Hoffnung, dass ich ihn noch einmal sehe. Gestern auf dem Sofa betrachtete ich ihn, wie er auf mir lag und perfekt meinem Körper angepasst war. Schlank, groß, weiß, glatte Haut. Mein Doppel. Deswegen ist der Schmerz noch größer. Die Abschiedsküsse an der Tür, das ist der Tod. Sein gebeugter Schatten, wenn er zum Wagen geht; dunkelblauer Anzug, er schickt mir noch eine Kusshand. Letztes Bild. In meinem Arbeitszimmer höre ich, wie er wegfährt.

»Ich komme zurück.« – »Ich werde alt sein.« – »Für mich wirst du nie alt sein.« – »Ich versuche, nicht alt zu werden.«

Warum glaube ich, dass ich mehr leide, weil ich Schriftstellerin »bin«? (Ich *bin* keine Schriftstellerin, ich schreibe und ich lebe.)

Donnerstag, 9. November

Traum: Empfang in der Botschaft (sehr kahl, ein wenig altmodisch). Ich bin mit S. dort, aber die Sowjets und die Gäste werden irgendwann getrennt. Ich gehe, lasse ihn zurück, er hört Gorbatschows Rede, den ich nicht sehe. Ich gehe über eine Brücke, auf halbem Weg beschließe ich, zurückzugehen und ihn zu suchen. Dann verzichte ich doch darauf, ich gehe meines Weges und denke, dass ich ihn nicht mehr sehen werde.

Im Grunde meines Herzens habe ich wirklich keine Hoffnung mehr, ihn vor seiner Abreise noch einmal zu sehen. Der Montag war ein richtiger Abschied, und er hat sich auch so verhalten; sogar eine Kusshand im Gehen. Nur auf einen Anruf kann ich noch hoffen. Ich bin kurz davor, ins Leiden zu fallen, und will vergessen, um zu überleben.

Ein Buch, das so beginnen könnte: »Von dann bis dann habe ich eine Leidenschaft gelebt.« Und sie minutiös beschreiben. Damit würde ich endgültig auf S. verzichten und ihm vielleicht Unrecht tun. Jedenfalls ist es als Projekt ziemlich begrenzt.

Die Ernüchterung, ich ahne sie. Glauben, dass kein Buch mir helfen kann zu verstehen, was ich erlebe. Und vor allem glauben, dass ich, ich, ein solches Buch nicht schreiben kann.

Freitag, 10. November

»Wo ich zu Hause bin, gibt es die Liebe nur um den Preis des Todes.« Christa Wolf, *Kein Ort. Nirgends.*

Sie sagt auch: »Um mich zu ergänzen, denk ich manchmal, braucht' ich die ganze übrige Menschheit.« Deswegen schreibe ich. Aus diesem Mangel heraus. Heute Morgen bin ich wieder im Leiden versunken, das mein ganzes Ich beherrscht und wo die verlorene Zeit keine Bedeutung mehr hat, weil die Zeit selbst stehen bleibt. Alles Leid kommt davon, dass ich wieder begonnen habe zu hoffen, zu warten also, auf ein Zeichen, das jedoch ganz unwahrscheinlich ist. Und auch weil die letzten Wochen nicht so waren, wie ich sie mir vorgestellt hatte: Entgegen seinen Versprechungen ist er nicht gekommen.

Samstag, 11. November

Die Berliner Mauer ist gefallen. Die Geschichte ist wieder unvorhersehbar. Alles kam aus dem Osten und vor allem aus der UdSSR, diesem Land, das seit mehr als einem Jahr aus Zufall »über« mir ist (aber weil ich schreibe, musste ich schicksalhaft Osteuropa begegnen; Bulgarien war meine erste Reise dorthin). Das Gefühl, dass ein Chaos kommen wird, und die Reaktion in Russland sind nicht zu vernachlässigen. S. gehört bestimmt dazu; sein Vater, der von Stalin ausgezeichnet wurde! Meine Angst – sie ist auch von der Vergangenheit bestimmt – vor der Wiedervereinigung Deutschlands; als könnte das zu einem dritten Weltkrieg führen. Zufall: Heute ist der 11. November.

Ärger mit meinen Urheberrechten, der gestern mein Leiden wegen S. zurückdrängte. Heute verschmelzen die beiden Quellen der Angst, auch wenn sie nicht miteinander in Beziehung stehen. Und mehr und mehr weicht die Üppigkeit meiner Gefühle, meines Lebens, meiner Leidenschaft, die zwangsweise ausgelöscht wird, der vorhergesehenen Feststellung: meine Zeit für einen Mann verloren zu haben, der mir bestimmt mehrmals untreu gewesen ist und in mir nur ein schönes Ding gesehen hat, einen Arsch und einen berühmten Namen. Träume immer noch von ihm, in der Küche: Er sagt, dass er immer nur Macha geliebt hat, seine Frau. Trotz allem habe ich manchmal die Intuition, dass es hier noch nicht zu Ende ist, dass ich ihn unter Umständen wieder treffe, die ich mir in seiner aktuellen Situation und der Situation in der UdSSR nicht vorstellen kann. Beharrlich lerne ich weiter Russisch.

Montag, 13. November

14 Uhr. Dieser endlose Sommer von 1989, bis in den November hinein. Die Worte »das Ende eines Traums« wie aus einem Groschenroman, und die schreckliche Wirklichkeit, die sie bedeuten können. Gehe rückwärts bis nach Zagorsk in dieses Museum, bis zu jenem Moment, da ich bald an S. denken würde. Alles, was passiert ist, auslöschen – alles, was meinen Geist und mehr noch meinen Körper vierzehn Monate beherrscht hat. Wieder in mein Alter und den Beginn der Wechseljahre eintreten. Die Kostüme, die Blusen ansehen, die ich für einen Mann gekauft habe, und sie auf ihren Wert als ganz normale Kleidungsstücke zurückstufen, Dinge,

um sich modisch zu kleiden, ohne Hintergedanken. Er ist noch zwei Tage hier, aber die Hoffnung, ihn wieder zu sehen, ist heute verschwunden, denn heute wäre die letzte Möglichkeit gewesen. Bleibt noch der letzte Anruf, und auch das ist nicht sicher. Mein Wille, bis zum Ende des Schmerzes und gleichzeitig bis zum Ende der Illusion zu gehen.

Träumte, dass meine Mutter in der Klinik war und ich sie besuchen musste. Genau: Ich bin in einem großem Krankenhaus, in einer großen hell erleuchteten Eingangshalle. Es ist Nacht. Schreckliche Atmosphäre eines *déjà vu.* (Wann? In meiner Kindheit? Eine Erinnerung an das Krankenhaus in Le Havre, die Abteilung für Tuberkulosekranke, wo mein Onkel war?) Ich will an der Place de l'Italie aussteigen, aber ich bin an der Métro-Station Quentin Bauchart. Warum dieser Name, diese Straße, in der ich nur zwei-, dreimal war?

Dienstag, 14. November

Noch ein Tag. Versuche, das Naheliegendste nicht zu sehen, das seine leicht grausamen Zähne, seine engen Augen verraten haben: Ich war nur eine Eroberung, ein Lustobjekt. Das wusste ich von Anfang an; dann habe ich mich bemüht, es zu vergessen. Ist es denn schwieriger, ein Jahr mit S. auszulöschen als achtzehn Jahre mit meinem Mann? Der Hass hat damals die Dinge erleichtert, die Liebe kompliziert sie hier.

Acht Uhr abends. Es ist sonnenklar: Er ruft mich nicht mal vor seiner Abreise an. Hauptsächlich aus Trägheit. Ich könnte ihm wirklich vorwerfen, dass er nicht mehr gekommen ist, vor allem, dass er mir kein Foto oder etwas anderes von ihm gegeben hat. »Das wird eine Überraschung«, sagte er, als ich von einem Abschiedsgeschenk sprach. Die Überraschung ist, dass er kein Geschenk für mich hat, kein Foto, nichts, keine »Spur« von ihm. Sein Irrtum: dass er an meine absolute Selbstverleugnung glaubte. Trotzdem: so viel Verachtung aushalten … Wronskij, er ist schlimmer als Wronskij. Ich bin bis ans Ende des Schmerzes gegangen, und nun die Ernüchterung.

Nur ein Anruf aus Moskau könnte mich seinen Zynismus, seine Plumpheit vergessen machen. Aber da kann ich ja gleich hoffen, dass es in der Sahara schneit!

Mittwoch. 15. November

Ja. Das Schlimmste ist eingetreten. Ich bezahle jetzt für meine Schwäche – dass ich es niemals fertig gebracht habe zu sagen: »Nein, wir sehen uns nicht mehr, wir werden uns nie mehr sehen.« Aber ich war zu keinem Zeitpunkt wirklich dazu in der Lage. Dichter Nebel. Ich weiß nicht, wann dieser Zug abfährt, der ihn in den Ostblock bringt. Ich weine, wieder einmal Trauer, aber ohne Schuld. Das ist schlimmer. Was ich so oft befürchtet habe, ist nun geschehen. Leben heißt jetzt schreiben, und ich weiß nicht, was, weiß nicht, womit beginnen. Will nichts Narzisstisches oder Kleinliches schreiben.

Also *heute*. Ich betrachte die Bäume, die Sonne auf dem Gras (es ist 12.30 Uhr), etwas entgleitet mir jetzt, ist nicht greifbar und zwingt mich von seiner möglichen Anwesenheit gestern zu seiner endgültigen Abwesenheit heute zu wechseln. Dieser Tag heute ist die Nahtstelle von Vergangenheit und Zukunft. Wie der Tod.

Das gleiche Gefühl beim Tod meines Vaters und später meiner Mutter: schreiben, um den Tag zu finden, da er/sie noch lebte, und ihn mit dem Tag zu verbinden, da er/sie tot war.

19 Uhr. Wie kommt es, dass ich nicht *glauben* kann, er sei ohne ein Wort des Abschieds abgereist? Vielleicht ein letzter Aufschub? Zuvor stellte ich mir immer vor, er sei abgereist, nun tue ich das Gegenteil. In beiden Fällen habe ich keine Gewissheit. Morgen früh rufe ich bei der Botschaft an. Mache eine Liste der Geschenke an ihn; erbärmlich. Ein *Dupont*-Feuerzeug, ein Buch über Paris, einen alten Stich, die Zeitung vom Tag seiner Geburt, stangenweise *Marlboro,* die unzähligen Whisky-Flaschen gar nicht mitgerechnet – an die zwanzig werden es sicherlich gewesen sein –, bei den letzten Treffen geräucherter Lachs und Champagner. Er kam vierunddreißigmal nach Cergy, fünfmal in Erics Zimmer. Die Buchführung ist nichtig, denn vierzig- oder hundertmal hätten an heute auch nichts geändert, es gibt nur den Schnitt, das Niemehrwieder und den Schmerz der Klarsicht: Ganz bestimmt ist er mit seiner Frau in einem Zug, der in diesem Moment durch Deutschland fährt. Ein vornehmes sowjetisches Paar, dem westlichen Stil angepasst.

9.30 Uhr. Beim Aufwachen die Gewissheit, dass er weg ist. Hier halte ich nur eine Marginalie fest: zwischen Ja und Nein. Ich rufe jetzt an.

Immer lebe ich mein Leben wie einen Groschenroman.

Er ist gestern nach Moskau abgereist. Das Schlimmste ist immer gewiss. Wird es mir wie nach dem Tod meiner Mutter in der Gewissheit »besser« gehen als in der Ungewissheit? *Anna Karenina* leben – wirklich das Dümmste, was ich machen kann. Ich habe nicht einmal mehr den Mut, meine Schwäche zu bereuen, so sehr schmerzt noch meine Haut, »ich spritze auf deinen Bauch«, mein Vornamen geflüstert mit russischem Akzent. Das Glück kommt mich teuer zu stehen.

20.30 Uhr. Was ist das, einen Mann lieben? Dass er hier ist, dass man sich liebt, träumt. Dass er wieder kommt, wieder liebt. Alles ist nur Warten.

Durchhalten. Weitermachen wie immer. Sprach zwei Stunden am Telefon über die Probleme einer Übersetzung von *Das Leben einer Frau* ins Englische. Dann Supermarkt. Blauer Himmel, sonnenbeschienene Bäume, Kälte wie letztes Jahr, Dienstage im November. Einkaufen, die Dinge in den Einkaufswagen legen. Immer denken, dass ich die Gleiche bin wie gestern, dass ich leben muss. Ohne meinen Einkaufszettel hätte ich nicht eine einzige Ware eingekauft. Nicht die Kassetten hören, die ich ein Jahr lang gehört habe. Ich bin in einer anderen Zeit. Gehe nach Trois-Fontaines, kaufe Gesichtswasser, suche ein Halstuch. So tun, als sei nichts passiert. Aber der Unterschied zwischen der Gewissheit über seine Abreise und deren Wahrscheinlichkeit, zwischen Wahrheit und Einbildung ist der Unterschied zwischen Leben und Tod.

Im Wäschegeschäft an der Ecke sehe ich violette Büstenhalter, Strapse. Sparkasse. Vor mir warten Frauen. Kennen sie das schon lange? Den Verlust eines Mannes, einer verrückten Liebe? »Ich liebe dich, Annie.« »Du bist wunderbar.« »Ich komme, Annie.« Sie werden ungeduldig, auch ich schaue automatisch auf die Uhr. Dabei schlage ich nur die Zeit tot, die Zeit, die zu viel ist. Vor mir liegt nichts.

Ich gehe noch einmal an den Strapsen vorbei. All die schöne Wäsche. Gehe heim, verstaue die Einkäufe, telefoniere mit dem CNED [Nationales Zentrum für Fernstudien]. Dann gehe ich zur Kleidersammelstelle des katholischen Hilfswerks. Unter den Schals und Schuhen, die ich spende, sind auch die Hausschuhe, die ich ihm gekauft habe. Ein Arbeitsloser wird in das schwarze Leder schlüpfen, hoffentlich bringt es ihm Glück. Im katholischen Hilfswerk gärt es; gewalttätige Gesten, die ich vergessen habe. Junge Männer und Frauen probieren Kleider an, schreien. Die unsichtbare Armut ist hier vereint.

Frisör. Musik. Mich nicht zu oft ansehen mit ungeschminktem Gesicht, nassen Haaren: *das Alter.* Illustrierte mit aufregenden nackten Frauen. Die ganze Zeit, beim Gehen, beim Autofahren, habe ich den Eindruck, dass ich weiterhin meine »schöne« Geschichte schreibe/lebe. Ich sehe die Wohnblocks der Ville Nouvelle, die Autostraßen. Als sei ich schon immer hier gewesen. Mein voriges Leben gibt es nicht mehr.

Ähnlichkeit mit den Tagen nach meiner Abtreibung 1964. Nun will ich schlafen.

Rufe Nicole an. Ich: »So ein Arsch!« Sie: »Nein, er ist unglücklich, er wollte lieber nicht anrufen.« Ich bin ihr böse, weil sie mir eine Version auftischt, die mir die Wut nehmen und mir einen Hauch unsinniger Hoffnung unterjubeln soll. Darüber hinaus auch noch eine völlig unwahrscheinliche Geschichte.

Aberglaube: Ich hätte vielleicht seine Hausschuhe nicht weggeben sollen. Als könnte ihn das umbringen. Ein schrecklicher Gedanke. Habe ich ihn denn so geliebt?

In einem Monat, in einem Jahr… ohne dass Titus Berenice schaut…

22 Uhr. Vorhin ein Anruf. Eine Sekunde glaubte ich noch, er sei es. Es war Eric. Kann nicht glauben, dass S. weg ist. Vor allem weil ich von seiner Anwesenheit ohne ein greifbares Zeichen in seine Abwesenheit getreten bin.

Als meine Mutter plötzlich starb, war es das Gleiche, aber ich konnte mich an ihren Leichnam im Leichenschauhaus erinnern.

Ich begreife, dass die Familien von Vermissten nie glauben können, dass die Betreffenden tot sind.

Freitag, 17. November

Schales Erwachen in der Nacht. Bemühe mich, nicht an ihn zu denken; vergebens. Habe das dringende Bedürfnis, einen Aids-Test zu machen. Wie ein Todeswunsch, Liebeswunsch. »Wenigstens das hätte er mir lassen können.«

Das ganze Leben annehmen, wie ich es immer getan habe,

auch wenn es hart ist, sehr viel härter, als sich zu schützen, um die Fähigkeit des Schreibens nicht zu verlieren.

Aber was soll ich schreiben in diesem Fall? Was wäre richtig und wahr?

Zwischen zehn und elf suche ich über Minitel Adressen von Wahrsagerinnen heraus. Dann lasse ich es sein, ich will lieber nichts »voraussehen«, denn ich könnte das Gesagte nicht vergessen, würde unweigerlich daran glauben. Das blöde Wochenhoroskop auf Minitel hat mich ausreichend ernüchtert.

Träumte von einer sehr schönen schwarzen Katze, die auf meinen Manuskripten sitzt, und von etwas anderem, ich erinnere mich aber nicht – doch: eine Art Schule, eine Kapelle wie in Saint-Michel in Yvetot, Schüler lesen meine Bücher und sagen mir, dass das Passé composé veraltet sei, dass man im Präsenz oder im Passé simple schreibe. Ich antworte: »Wie erzählt ihr, was ihr gestern gemacht habt? Ich schreibe im Passé composé, weil man im Passé composé spricht.«

Samstag, 18. November

Das Überleben ist schrecklich. Ein Anruf weckt mich. Verwählt. Eine Frau mit einem ausländischen Akzent. Solange man lebt, hofft man, selbst auf das Verrückteste. Träumte von Nicole, einem anderen Mädchen und meinem Vater, er ist ziemlich jung und aufgebracht über die Bücher, die wir lesen, erotische, brutale Bücher. Zweifellos Ödipus.

Mein ganzes Problem: Wie lange wird dieser Zustand andauern? Den einzigen Vergleich habe ich zum Tod meiner

Mutter. Das Buch über sie hat mich gerettet. Nun habe ich nicht das »Recht«, über ihn zu schreiben. Aber in vieler Hinsicht *lebe* ich Oktober/November 1982 noch mal. Die gleiche Verbindung zwischen dem Verlust und dem Buch, das ich schreiben muss.

In manchen Momenten ist meine Beklemmung verschwunden, ich bin so müde, als hätte ich seit Leningrad nicht mehr geschlafen. Doch dann kommt aus irgendeinem Anlass wieder dieser Gedanke: Es lohnt sich nicht mehr, dies oder jenes zu putzen; Pistazien oder Lachs zu kaufen … Und: Vielleicht kommt er nie wieder in dieses Arbeitszimmer, dieses Zimmer, in dem wir uns so oft geliebt haben. Ich werde sein Gesicht vergessen. Schon habe ich ein weißes Halstuch, das ich gestern gekauft habe und das er nie sehen wird. Oder: Er kommt zurück, er spricht nie wieder über Stalin, er ist dicker geworden und trinkt noch mehr Whisky, an den Backen hat er rote Äderchen. Und ich? Ich habe es ihm versprochen: Ich will mich bemühen, nicht älter zu werden. Will immer bei meinen 57 Kilo bleiben. Ein Fadenimplantat oder andere Mittel, um zu schummeln, wenn die Falten tiefer werden. Ich weiß, dass er mich nicht so sehr geliebt hat wie ich ihn, aber wegen ihm, für ihn will ich ein sehr schönes Buch schreiben.

Sonntag, 19. November

Gestern sah ich *Phädra* und hatte das Gefühl, einer Riesen-Clownerei beizuwohnen; eine Schauspielerin (Claude Degliame) spielte alle Rollen. Diese stilisierte, über-choreographierte, ästhetisierte Darstellung des Liebesschmerzes ist nicht meine Sache. Der Text allein, der bloße Text von Racine, ist eher mein Ding.

Träumte von einer geplanten Türkei-Reise: sicherlich die Übertragung meiner Lust auf eine Reise in die UdSSR. Im Traum versuche ich die Perlenkette der Großmutter meines Ex-Gatten zu verkaufen. Dann versuche ich, einen Weg wiederzufinden, und täusche mich mehrmals hintereinander. Ich komme zu Eisenbahngeleisen, einige Leute gehen über die Geleise, aber es ist sehr gefährlich. (Steht das in Verbindung mit Anna Kareninas Tod?) Ich kehre um, ein ziemlich langer Umweg, um den richtigen Weg wiederzufinden. (Aber ich konnte mich erinnern, wo der Fehler aufgetreten war.) Der richtige Weg geht an den Geleisen entlang.

Eine Gnade wird mir dennoch zuteil: Ich träume nicht von S.

Ich stelle mit Erstaunen fest, dass ich die Ereignisse von 1989 völlig vergessen habe und mir im Theater von Cergy Stücke von Molière angesehen habe. Sylvie erinnerte mich daran, aber ich kann die Aufführungen nicht datieren. Ich war das ganze Jahr lang Statistin.

Wie die meisten Frauen werde ich meine Besorgungen wieder mit Bedacht machen, werde mich für die neuen Filme und Bücher interessieren, werde zuschauen, wie die Blumen im Januar, Februar sprießen. Das ist besser, als an Klamotten zu denken, an die letzte Nacht zu denken, von den kommenden Nächten zu träumen und mit bangendem Herzen zu warten … Nein, ganz bestimmt nicht; sonst hätte ich Rom und Venedig 1963 nicht Jahre lang bereut.

Montag, 20. November

Morgens keine Lust zum Aufstehen, bleibe reglos zusammengerollt liegen. Dann Bauchweh. Trostloses Aufblitzen all der Erinnerungen, die mich zu der Annahme veranlassen, dass S. ein Don Juan war. Nicht die schlimmsten Erinnerungen. Andere Erinnerungen: der Wunsch, keine Spur zu hinterlassen (kein Foto, kein Gegenstand von ihm, als er ging), die Angst, dass unser Verhältnis bekannt wird.

Komme mir mittelmäßig vor. Mein fehlender Mut im Allgemeinen, zum Schreiben im Besonderen.

Mittwoch, 22. November

Gestern Abend Bilder der deutsch-russischen Front in der Sendung *Von Nürnberg nach Nürnberg*. Leningrad 1941, der irrwitzige Mut der Sowjets, der fast mystische Widerstand. »Mein Vater wurde von Stalin dekoriert.« Mein Leiden daran, eine Welt kennen gelernt und verloren zu haben, etwas erblickt zu haben, das mir zuvor unbegreiflich gewesen war, denn es war noch nicht in einem Gesicht, in Worten, in Händen verkörpert: Das kommunistische Ideal, das die Männer und Frauen in Leningrad, in Stalingrad sich erheben lässt und das dem blonden Jungen mit den grünen Augen vererbt wurde. Und er ist sich nicht bewusst, dass er alles verrät, indem er für Guy-Laroche-Krawatten und YSL-Anzüge schwärmt.

Freitag, 24. November

Vor achtzehn Tagen habe ich ihn zum letzten Mal gesehen. Habe das Maximum noch nicht überschritten, das waren vierundzwanzig Tage im April und im September. Aber das Warten ist vorbei, das Zählen der Tage hat keinen Sinn mehr. Eines Tage werde ich ihn zwei, drei, sechs Monate nicht mehr gesehen haben, eines Tages werde ich die Vorhänge in meinem Arbeitszimmer zuziehen und nicht mehr wie jeden Abend daran denken, dass er sie beim letzten Mal selbst zumachen wollte. Ich: »Das ist schwierig...« Er: »Ich kann das!«

Träumte von einer Reise mit dem Auto. Irène S. war dabei (immer die UdSSR), ein Hund. (Wegen des Jugendbuchpreises, der an *Chien Blue* von Nadja ging?) Dennoch lebe ich. Manchmal denke ich, dass ich mit einem anderen Mann schlafen könnte.

Die tieferen Beweggründe dafür kenne ich nicht und will sie auch nicht wissen: Schmerz? Die Gewissheit, S. nie wiederzusehen? Angst vor dem Alter? Stellt sich die normale Lust auf einen Mann wieder ein?

Zunehmend das düstere Gefühl – nicht düster, einfach betrüblich –, dass er aus Gleichgültigkeit vor seiner Abreise nicht angerufen hat, und obendrein, um nicht meiner Bitte entsprechen zu müssen: »Wann gibst du mir ein Andenken?« (Das Foto, um das ich ihn immer gebeten habe.)

Sonntag, 26. November

Ich träume noch, dieses Mal von einem Wiedersehen in Moskau; schöner, als es in Frankreich wäre. Dahinter, hinter dem Traum, das intuitive Wissen, dass es niemals stattfinden wird. Wie stark diese Intuition ist, merke ich daran, wie sehr ich mich an mein Buchprojekt klammere und eigentlich gar nicht nach Moskau reisen will, was mir nur Zeit stiehlt. Denn für S. war ich nur eine lohnende Geschichte, die schon lange vorbei war und nun weiterlebt. Aber das Bedürfnis zu schreiben, etwas zu tun, treibt mich vielleicht dazu, der hoffnungslosen Variante den Vorzug zu geben.

Montag, 27. November

Drei Wochen. Nun bin ich in Trauer, nicht im Schmerz. Trauer über die fehlende Hoffnung, über die Arbeit, die es zu tun gibt, über die Zeit, die mich nur älter werden lässt, ohne dass ich zum Ausgleich dafür Lust leben darf. Herzrasen, Übelkeit am Morgen. Zahlreiche Träume. In einem geht es um die Ankunft der Familie meiner Ex-Mannes; ich bin immer noch verheiratet, empfange Maurice, seine Frau, Pierre, meine Schwiegermutter. Ich habe Angst, alt geworden zu sein, denn ich habe sie lange nicht gesehen. Ich merke, dass ich fürchterlich angezogen bin, ein alter rosa Pulli usw. Eine Szene mit meinem Mann, ich will keine grünen Bohnen kochen, wenn nicht alle beim Putzen helfen. Mein alter Hausfrauengroll. Beim Erwachen Schmerz über die verlorene Zeit mit meinem Mann, achtzehn Jahre …

Mittwoch, 28. November

Immer das Erwachen hinein in einen Tag ohne Hoffnung. Ich höre ein Lied, das mich früher erstarren ließ: »Ja, ich bin's. Jérôme. Nein, ich habe mich nicht verändert / Ich bin immer noch der, der dich geliebt hat…« Wer singt das? Claude François? Ich weine in mein Frühstück, weil das Lied von Rückkehr spricht. Nun sehe ich S. fast immer vor mir, groß, sanft und nackt – das Bild, das sich mir bei unseren Treffen eingebrannt hat. Ich glaube nicht, dass er alles vergessen hat; die erotische Pracht an manchen Tagen. Aber das tröstet mich über nichts hinweg, im Gegenteil – alles mündet in diese Abwesenheit. Das ist das Andenken. Die einzig positive Reaktion: Bin immer noch aufregend (im wörtlichen Sinn aufregend für den Fotografen von gestern), so wie mich S. das letzte Mal gesehen hat, in diesem schwarzen Kostüm, das ich seinetwegen am liebsten immer tragen möchte. Dachte an meine sechzehn Jahre im April 1957, als mir der Briefträger auf der Straße einen Brief von G. de V. gab, war fast verrückt vor Glück, dennoch habe ich ihn nie wiedergesehen.

Übereinstimmung zwischen diesem Brief und dem »Zeichen« von S., das man mir übermorgen beim sowjetischen Kino geben könnte, das man mir aber nicht geben wird.

Freitag, 1. Dezember

Der erste Monat ohne Hoffnung. Ich habe den Film *Die Stadt Zero* in der Botschaft angesehen. Bin in einem »blanken« Zustand, ohne Schmerz, ohne Sentimentalität. Zum ersten Mal sehe ich den Film wirklich an. Beweis: kein Abschied, um jede Forderung meinerseits zu vermeiden und weil ich für ihn, schon, nur noch eine Erinnerung bin (ich glaube, eine angenehme). Ich bin leer. Ohne Lebenszeichen, ich kann es nicht erwarten. Habe Lust auf eine kleine Geschichte zur Ablenkung, nur zur Ablenkung. Um zu vergessen. Symptomatischer Kauf von Präservativen. Träumte von Postkarten, die ich schrieb, um ein Rendezvous abzusagen. Wem? Ich habe dreimal von vorn angefangen. Die erste Karte ist zu kurz, zu spröde, die zweite führt als Entschuldigung den Tod meiner Mutter an, dann einen »Todesfall in der Familie«, obwohl mir das nicht gefällt – abergläubisch, wie ich bin. Verbindung zu meinem Zögern in Bezug auf mein Buch.

Samstag, 2. Dezember

Will mein Tagebuch nicht mehr lesen, es ist das Grauen. Dieser geschriebene Schmerz, dieses Warten, das immer Hoffnung war, immer Leben war. (Ich muss weinen.) Jetzt ist nicht einmal mehr dieser Schmerz möglich, in mir ist alles nur leer. »Das namenlose Grauen« oder die Leere. Welch eine Wahl!

Sonntag, 3. Dezember

Turbulente Träume. Ich habe ein Abenteuer mit einem jungen Mann, bin eifersüchtig und lasse ihn auf der Straße stehen, gleich darauf sehe ich ihn untergehakt mit einem Mädchen; rote Jacke, blauer Rock. Bitterkeit. Das Aufstehen fällt jeden Morgen schwer, ich muss wieder lernen zu vergessen. Wenn ich Paare sehe, die sich umarmen, bricht mir das Herz. In meiner Geschichte sehe ich nichts mehr als ein Verhältnis mit einem Apparatschik, der ein, zwei Monate heftig in mich verliebt war, dann wurde es Gewohnheit, und seine einzige Sorge war, dass es nicht herauskam und seine Karriere störte. Was nützte es mir, an andere »Zeichen« dieser Wahrheit zu denken, die ich hier schon im Oktober niedergeschrieben habe? Dieses absolute Schweigen seinerseits, für immer oder für Jahre, führt mich sicherer als alles andere ins Vergessen. Der einzige Trost.

Gipfel von Malta. Was wird in fünf Jahren aus dem Osten geworden sein? BRD und DDR wiedervereinigt? Die UdSSR, die UdSSR… Wie soll ich es anstellen, um nicht immer mit dem Kopf und mit dem Herzen in diesem Land zu sein, in Moskau?

Mittwoch, 6. Dezember

Erdrückende Liebe der PCF für die Schriftsteller. Strategie der Umzingelung, und wenn man dann ein »kommunistischer Schriftsteller« geworden ist, ist man gesellschaftlich tot. Ich mag nur die UdSSR, und die PCF mag ich selbstverständlich nicht.

Genau ein Monat, dass ich S. zum letzten Mal gesehen habe. Die Art und Weise, wie er gegangen ist, ohne sich zu verabschieden, ließ auf die Zukunft schließen: Immer noch kein Lebenszeichen vor einer hypothetischen Rückkehr in den Westen. Auf jeden Fall kann er mich nur »als Sieger« anrufen, als Gewinner (dieses oder jenes ranghohen Postens).

Donnerstag, 7. Dezember

Träumte, dass ich Weihnachten in der UdSSR verbringe, in einer kleinen Stadt, die ich nicht verorten kann. Zusammenhang mit dem Vorschlag des Maison des Écrivains, sechs Monate in Dieppe (!) zu verbringen. Ich habe die Adresse der VAAP in Moskau, aber ich habe darauf verzichtet, S. über diesen Umweg zu Weihnachten ein Buch zu schicken. Aus Stolz oder aus Klarsicht ist es das Beste, in Vergessenheit zu geraten und ihn nicht denken lassen, dass ich gegen seinen Wunsch auf ihn warten könnte. S. ist sehr gut mit Tschetwerikow befreundet, dem Präsidenten der VAAP und einem Diplomaten, den Mitterand 1983 als KGB-Mitglied zurückgeschickt hat. S. selbst ist wohl nicht beim KGB (habe logischerweise keine Beweise). Inwieweit habe ich nicht auf die Liste neuer Abenteuer mit Frauen das gesetzt, was in den immer geheimen politisch-diplomatischen Rahmen der UdSSR gehörte? Die einzige wirkliche Rivalin war seine »Karriere«, seine Position, die in Zeiten der Perestroika schwer zu halten ist.

Samstag, 9. Dezember

Träumte von Schnee im Garten (vielleicht weil ich gestern auf Russisch gelernt habe: »Die Erde ist mit Schnee bedeckt.« *Sneg.*) Träumte von Kindern auf einem Baum. (Was machen sie dort?) Ich musste in die Garage im Untergeschoss gehen (unsere Garage ist draußen). Ich kann mich nur schlecht an die Träume erinnern, wenn ich sie nicht gleich beim Aufwachen festhalte. Bleibt nur der Schnee, der in Klumpen von den Tannen fällt. Beunruhigend.

Dienstag, 12. Dezember

Wann hören die Morgen auf, das zu sein, was sie sind: eine Ernüchterung. Doch vor dem Aufstehen kann ich mir mit größter Genauigkeit seinen Körper, sein Gesicht vorstellen, ohne zu leiden, ohne ihn zu begehren. Er war da, war richtig da, seine tief liegenden Augen, unentschlüsselbar, sein Hals, sein Haar, die Rundung seiner Schultern, sein Glied, seine Handgelenke, seine kräftigen Hände. Eines Tages kann ich diese Erinnerungsarbeit nicht mehr so vollständig und so vollkommen leisten, dass ich selbst noch weiß, wie sich seine Haut anfühlt und wie sein Glied, sein Mund schmeckt. Dies niederzuschreiben, bringt mich durcheinander, wo ich doch heute Morgen ohne Schmerz an ihn denken konnte.

Wie lange noch werde ich jeden Morgen meiner Leidenschaft »opfern«? Ich kann den Tag nicht beginnen, ohne zu leiden.

Donnerstag, 14. Dezember

Immer wieder wallt S. in mir auf, jähe Tränen. Ein Monat danach ist es immer noch hart. Natürlich keinerlei Hoffnung, aber dass ich das schreibe, heißt, ich habe doch Hoffnung. Völlig verrückt. Denn die Vernunft und die Beobachtung der letzten Monate unserer Beziehung zeigen, dass seine Abreise das Ende unseres Verhältnisses war. Wenn sich seine Situation wieder stabilisiert hat, vorzugsweise besser geworden ist, denkt er vielleicht daran, mich anzurufen.

Freitag, 15. Dezember

Fast ein Monat. Sehe zunehmend kühl, was ich für ihn gewesen bin. Immer die gleiche Geschichte, im Grunde weiß man ja, wie es ist. Ich schreibe es hier und kann es dennoch nicht glauben, oder ich weise die Wahrheit zurück. Die Szenen, die mich im Lauf des Jahres immer kurz gewarnt hatten, kommen wieder hoch: Sein Gesicht und sein Lächeln im

Hotel *Rossia,* am ersten Tag hatte ich das Gefühl, dass er mich gerne in den Arm nehmen würde, wo er mich doch gar nicht kannte; also ein richtiger Schürzenjäger... Bei dem französisch-russischen Treffen im November 1988, als er mit einem Schwarm Mädchen von der Botschaft aufgebrochen ist, sein falsches Gesicht damals.

Ich schlafe immer schlechter, träume. Ein russischer Zug, »man könnte aussteigen«, aber »unter Lebensgefahr«. Ich treffe S. dort, nackt. Aber es passiert nichts, es ist kurz, oder ich bin aufgewacht. Träumte auch von einem Theaterstück, über das ich eine sehr schlechte Kritik lese. Es ist eine Aufführung nach einem Text über die Jugend, der in der Monatszeitschrift *Je bouquine* erschienen ist. Der Titel ist in meinem Traum ganz deutlich.

Mittwoch, 20. Dezember

Ein nerviges Wochenende, einen nervigen Montag verbracht. Große Frustration, tiefes Gefühl der Nichtigkeit. D. S. ist in Moskau und ergeht sich wieder in ihren gewohnten Reden über die bedrohten »Werte«, über die Rolle der Intellektuellen usw. Aussagen, auf die ich mir vornehme zu antworten, es aber nicht tue. Sie wird sicherlich zum Mitglied der Jury für den *Prix Renaudot* gewählt. Auch wenn ich im Grunde gar nicht gewählt werden will und weiß, dass es so für mich besser ist, kommt doch die alte Eifersucht des Einzelkindes wieder hoch.

Träumte von S. und seiner Frau: Er ist unvorsichtig, zeigt heimliches Einverständnis mit mir.

Ich bin müde, habe Schmerzen im Arm, in der Seite (ich habe einen zu schweren Teppich getragen), und immer noch bin ich unsicher über den »Weg« meines Buchs.

Das Leiden wegen S. hat sich nur zusammengekauert. Wenn ich eine Seite vom Oktober oder November wieder lese, muss ich vor Schmerz weinen. Im Moment tauge ich wirklich nicht für die Literatur. Ich hoffe – ich halte es für *möglich* –, dass er mir Neujahrsgrüße schickt, ohne mir seine Adresse zu geben, und ich denke mir schon im Kopf eine Antwort auf einen Brief aus, den ich nicht bekommen habe.

Donnerstag, 21. Dezember

Träumte von S. in Yvetot, Frühstück in der Küche. Ich schmiere ihm ein Brot und frage ihn, ob seine Frau das auch macht. Ja. Ich küsse und streichle ihn, er hat Lust auf mich, wir gehen in mein Zimmer. Meine Mutter ist da, in dem »kleinen Zimmer« ganz oben, und wäscht sich. S. ist sauer, weil er an ihr vorbeigehen muss, als er mir in mein Zimmer folgt. Immer derselbe Ort. Schweres Erwachen natürlich.

Freitag, 22. Dezember

Ich schlafe schlecht, habe auf nichts Lust. Morgens erscheint die Welt ohne Ziele, habe Schwierigkeiten zu schreiben. Manchmal erscheint mir eine Erinnerung an S. sehr nah, auch das, was sich gleichzeitig ereignet hat: das Erdbeben in Armenien, der Besuch von Micheline V. bei mir im November oder Dezember 1988. Aber wenn ich das Essen mit Christiane B., Annie M. im Juli/August 1988 »wieder sehe« oder die Arbeit an meinem Artikel für das *Dictionnaire* von Garcin, merke ich, wie die Zeit vergangen ist.

Donnerstag, 28. Dezember

Tauge zu gar nichts, nicht mal zur Erinnerung. S. ist nur noch ein Stich des Schmerzes, des Leids, des endgültigen Verschwindens. Alles ist mir ein Gräuel, die künftigen Kurse in Vanves, die ich vorbereiten muss, die Aussicht auf das Schreiben. Vor mir liegt nichts. Die Weihnachtsferien sind eine Prüfung. Ich träume von Rumänien, als hätte dort ein europäischer Albtraum begonnen. Die Jahre 1978–1980 kommen wieder hoch, aber ich kann mich nicht wie damals von allem befreien. Und ich würde lieber die Ordnung der Welt ändern als meine Wünsche. Sinnlose Wünsche, so unnütz. Ich glaube nicht einmal mehr, dass er mir eine Karte schreibt.

Seit dem 15. November hatte ich überhaupt keine Freude mehr. Kein Zeichen schillert vor mir. Nach all den schlaflosen Nächten würde ich am liebsten unablässig schlafen. Ich kann einfach nicht glauben, dass er ohne ein Wort des Abschieds gegangen ist. »Nichts versuchen, nichts hoffen.« Ich überlege, in welchem Stück ich das gehört habe. Es ist kein Stück, es war im Tarot bei ich weiß nicht welcher Karte, ich glaube es war der »Turm«.

Gleichzeitig habe ich Lust auf ein neues Leben, reisen, Leute treffen, in die »richtige« Welt eintauchen, nicht in die Welt, in der ich lebe und die nur aus Worten besteht. Wie früher in Yvetot will ich nicht »in diesem Zimmer alt werden«. Heute ist es kein Mädchenzimmer, sondern ein Arbeitszimmer, das auf den Garten sieht.

Samstag, 30. Dezember

Der Nebel erinnert mich an die letzten Monate des Jahres 1979. Vor zehn Jahren. Meine Mutter im Krankenhaus. Das neue Jahr, das begann, ließ mir nur Erinnerungen ohne Erleichterung beziehungsweise triste, langweilige Erinnerungen. (Urlaub in Spanien.) Träumte gestern vom Straßenpflaster in Leningrad, letztes Jahr sammelte ich am Ufer der Newa ein paar Steine; Andenken an die UdSSR...

Ich sortiere und werfe die Papiere weg, die meine Mutter betreffen; ich merke, wie sehr ich davon besessen war, wie sehr ich von ihren letzten Jahren, ihrem Tod betroffen war. Ich erinnere mich nie an vergangene Schmerzen, wenn ich auch jedes Mal die neuen Schmerzen als Verlassenheit lebe. Genauso erscheint mir nur gut und schön, was ich in der Vergangenheit gemacht habe. Mein Text über Quebec, den ich im Oktober geschrieben habe, erscheint mir gut. Ich halte mich für unfähig, nun etwas Ähnliches zustande zu bringen.

Ich habe das Gefühl, an einem Wendepunkt zu sein, aber wohin der Weg geht, weiß ich nicht.

Sonntag, 31. Dezember

Träumte von einer alten Frau: Ich suche ein Zimmer in einer Konditorei, man zeigt mir ein anderes Haus, wo ich eines finden könnte. Ich muss durch eine kleine Gasse gehen, es ist eine Sackgasse, wie ein Hinterhof mit Besen und anderen Dingen. Ich fahre wieder weg. Ein riesiger Reifen rollt über den Platz, er berührt mich nicht. Träume, die in Zusammenhang mit meinem schweren Leben stehen.

Alles, was ich mir am 1. Januar 1989 gewünscht hatte, hat sich mehr oder weniger verwirklicht, nur den Preis dafür kannte ich noch nicht.

1990

Montag, 1. Januar

Wird es sein wie 1960, 70, 80? (In geringerem Maß 1980, denn meine Scheidung war noch in der inneren Planung.) Ändert sich auch 1990 mein Leben? Dass ich mich das frage, heißt, dass ich es wünsche. Aber das Unbekannte, die nicht kontrollierbaren Veränderungen lassen mir keine andere Wahl.

Wünsche, die mich schon zufrieden machen würden, wenn sie sich erfüllten. Der erste Wunsch, denn ohne Schreiben kann ich nicht richtig leben: ab Januar ein Buch über das zu schreiben, was ich begonnen habe, oder ein anderes, nachdem ich darüber nachgedacht habe. Der zweite: *ab Januar* Nachricht von S. zu bekommen, ihn in diesem Jahr 1990 wiederzusehen, im Westen oder im Osten. Im Grunde wäre das größte Glück ein Zusammenfall von Liebe und Geschichte, eine sowjetische (R)Evolution, in deren Rahmen wir uns wiederfinden könnten wie in *Vom Winde verweht,* das, ohne mein Wissen, meine Sicht der Gefühle für immer geformt hatte, bevor ich zehn Jahre alt war. Es ist so schön, es sich zu wünschen, es sich vorzustellen, dass ich mir keine neue Geschichte mit einem Mann wünschen kann, der nicht Russe ist, der nicht blond ist und keine grünen Augen hat.

Nebel. Familientag in Aussicht. Wie wird sich die Geschichte in den kommenden zehn Jahren weiterentwickeln? Bislang sprach man nie in Dekaden, der Horizont hat sich erweitert. In meinem Privatleben sind es die Jahre, in denen man sich »halten« (gegen den körperlichen Verfall) und konsolidieren muss (Schreiben).

Ich vergaß: der große Wunsch, mit einer »Mission« in die UdSSR zu reisen.

Mittwoch, 3. Januar

Traum: Ich muss zur gleichen Zeit wie meine Söhne eine Prüfung ablegen. Habe den Eindruck, nichts zu wissen. Ich nehme den 4 CV meiner Eltern, meine Mutter sitzt neben mir, ich fahre. Ein Polizist pfeift, ich habe wohl eine rote Ampel überfahren, aber in Wirklichkeit will er mich wegen des Zustands des Fahrzeugs nicht weiterfahren lassen. Grauen, denn ich werde die Prüfung nicht machen können. Zweifelhafte Deutung: Ich will wegen meiner Mutter, dem »Gesetz«, mein Studium erfolgreich absolvieren. Und dann? In Bezug auf mein Buch bin ich immer noch zögerlich.

Sonntag, 7. Januar

Was soll ich machen mit der Erinnerung an all die »Schönheit«? Das Wort, das ich im September 1988 nach der Rückkehr aus Moskau gebrauchte. Am Abend erinnerte ich mich an den Sari, den ich im August anhatte. Ich habe ihn auseinander gefaltet: Auf der Seite noch Spuren der Liebe von jenem Tag. Abwesenheit. Ich habe keinen Mut, ich habe keine Lust zu nichts. Das Buch, das ich schreiben will, kommt nicht so einfach; das ist nichts Neues, aber hier gibt es eine »andere« Geschichte, die wirkliche Geschichte, die immer noch in mir ist und über die ich nicht sprechen kann.

Dienstag, 9. Januar

»Mourir de ne pas mourir.« [»Nacktheit der Wahrheit. Die Verzweiflung und die Liebe / Haben keine Flügel…«] Zum ersten Mal verstehe ich die Bedeutung dieser Worte. Das Einzige, was mir wirklich erlauben würde zu arbeiten, ohne dass ich jeden Morgen den Eindruck habe, ich müsste wieder neu lernen, zu leben und zu arbeiten, wäre die Sicherheit, S. wiederzusehen, ein Zeichen von ihm zu bekommen – zumindest glaube ich es, kann es aber nicht beweisen.

Ich habe in diesem Augenblick das Gefühl zwischen Vorsätzen und Wünschen zu manövrieren, von denen mir nach ein paar Minuten oder Tagen der anfänglichen Verwirklichung keiner mehr gefällt. (Begonnene Bücher, geplante Reise nach Abu Dhabi.)

Mittwoch, 10. Januar

Am Montag A. M. getroffen. Ich mag die Gespräche nicht, die man »intellektuell« nennt, sie sind in Wirklichkeit voller Ideologien, voller Glaubenssätze und sind unendlich viel falscher als die banalen Gespräche, wie »es ist schwer aus einer

Wohnung auszuziehen, die einem gefällt«, falscher als alles, was auf Gefühlen und Erfahrungen beruht.

Träumte von einem Russen, mit dem ich eine zärtliche Beziehung anfange (es war nicht S., aber er sah ihm ähnlich!), träumte auch von Pouilly-sur-Loire. Nun ist es über zwei Monate her, dass S. aus meinem Leben verschwunden ist.

Donnerstag, 11. Januar

Schönes Wetter, und ich kann zum ersten Mal wieder die Sommerkassetten hören, *Lambada, San Francisco* und sogar *Le bal chez Temporel,* während ich mit dem Wagen in die Ville Nouvelle fahre. Ich spüre die Welt wie nie zuvor, seit S. »in meinem Leben« war, wie man sagt. Diese Rückwärtsgewandtheit macht mich nicht mehr leiden; vielleicht sehe ich ihn schon wieder, wie ich ihn am Anfang sah: als eine schöne, überraschende und nicht als schmerzhafte Geschichte. Ich weiß, dass die Lieder immer mit ihm verbunden sein werden, aber als Kunst, wie es bei mir üblich ist: Emotion und Distanz, glückliche Emotion wegen der Distanz.

Samstag, 13. Januar

Träume: ein Hotel, in dem wir vor 12 Uhr das Zimmer räumen müssen. Das Zimmermädchen zwingt mich zum Kofferpacken, ich muss alles zusammensammeln. Welche Bedeutung hat der Koffer? Jüngere oder ältere Vergangenheit? Zuvor ein erschreckender Traum: Ich bin irgendwo hinaufgeklettert, weiß nicht, wo; eine Pistole ist auf mich gerichtet, soll mich erschießen. Wer? Mein Mann? Aber es spielt sich zu Anfang der 80er-Jahre ab.

Im Traum weiß ich, dass ich eine vergangene, sehr bizarre Situation »wieder lebe«.

Montag, 15. Januar

Schnell aufeinander folgende, verworrene Träume. Ich nehme an Seminaren teil, als müsste ich meine Examina noch einmal ablegen. Ich treffe G. D. wieder. (Verachtete ich sie denn nicht ein wenig, diese Kindfrau …?) Deutlicherer Traum: in der Villa von L., die mir als Kind so gefallen hat, in der Rue du Clos-des-Parts. Ich esse draußen mit einem Mädchen (wer? Lydie?) und meinem Ex-Mann, der fett und hässlich geworden und nicht mehr wieder zu erkennen ist. Ein großer Lastwagen fährt vorbei, der Fahrer schaut, hält, fragt mich, ob ich ihn erkenne. Nein. Dujardin aus Lillebonne, er hat mich erkannt. Er ist in meinem Alter, aber der Name sagt mir nichts. (Steht in Zusammenhang mit meinem Buch.) Dann ein anderes Haus, dort ist der »charmante, junge Mann«, B., und seine Freundin (?). Erotische Spannung, leichte Berührungen. Natürlich; nachdem ich mich immer frage, was ihn anzieht und warum er mich im August 1988 so zum Träumen gebracht hat. Aber die Zeit ist vorbei, dazwischen war S. Um letzten Freitag die schmerzhafte Untersuchung in der Stomatologie zu ertragen, dachte ich an S. und wie ich sein Glied küsste. Tränen, auch jetzt, wenn ich nur daran denke! Selbst der Schmerz vom November erscheint mir jetzt gelinder.

Dienstag, 16. Januar

Ich habe in dieses Tagebuch nichts mehr einzutragen außer Träume: eine Geschichte im Bus, Besuch eines »pädagogischen« Ortes; verschwommen. Das Wesentliche: Ich verlor meine Tasche. Wie oft habe ich in den letzten zehn Jahren in meinen Träumen meine Tasche verloren? Deutliches Zeichen des Unwohlseins, der Unruhe – kein Zeichen von Angst, meine Weiblichkeit zu verlieren, das ist ein psychoanalytisches Klischee.

Wenn ich S. vor dem 1. Juli wiedersehe, fahre ich nach Padua. Meine Gelübde lassen mich leben, und sie sind nicht so gefährlich wie Wahrsagerinnen, die ganz wirklich sind und sprechen. Kein Wort kann ich je vergessen. Alles ist eine Frage der Tat.

Donnerstag, 18. Januar

Viele Träume, einer ist schrecklich: Eine aufgeregte Frau kommt mit vielen Kindern an ein Ufer, ein Kind hält sie an einer langen Leine. Das Kind kann kaum laufen, es geht ins Wasser, die anderen Kindern folgen. Die Frau schreit unaufhörlich, dass ihre Kinder unerträglich seien. Ich sehe, dass das Kind an der Leine am Ertrinken ist, ein kleines Mädchen ist an einen Felsen geprallt. Und das Schrecklichste: Im durchsichtigen Wasser sieht man ein Kind treiben. Die Frau sagt immer wieder, dass es nicht ihre Schuld sei. Ich habe wirklich Angst, dass diese Frau meine Mutter ist (ich hatte den Eindruck, sie hätte mich sterben lassen) und dass ich selbst es bin (Angst, dass meine Kinder sterben, die Abtreibung).

Ein anderer Traum: in einem Hotelzimmer in der Sowjetunion. Ein Mann kommt herein, als sei es sein Zimmer, und geht wieder hinaus. Ich horte Crêpes, Brot und Getreideflocken, ich habe zu viel davon. Durch das Fernglas sehe ich Leute, die auf der Straße tanzen oder demonstrieren. Noch ein Traum von einem Haus, schöner als das hier, ein Zimmer hat zwei Fenster.

Heute Nachmittag fahre ich nach Marseille wie im Oktober 1988, aber das Begehren und das Leiden gibt es nicht mehr. Gestern, ein Blitz, die »posthume« Eifersucht: Marie R. will mich treffen; ich denke, sie will mir sagen, dass sie mit S. geschlafen hat. Vernünftig betrachtet weist alles auf das Gegenteil hin, dennoch bin ich vom Schmerz übermannt. Der 2. Februar, das Datum, das sie für dieses Treffen vorgeschlagen hat, macht mir Angst.

Freitag, 19. Januar

Im Zug auf der Rückfahrt von Marseille lese ich in Calvinos Buch *Wenn ein Reisender in einer Winternacht* das Kapitel »Auf einem mondbeschienenen Blätterteppich«. Es erfüllt mich plötzlich mit glühender Begierde, ich will wie rasend mit jemandem schlafen, während ich seit S.s Abreise wie gefroren war. Mir ist zum Weinen, vor Erinnerung, vor Mangel, vor verschwundener Zärtlichkeit. Einen Mann zu verlieren ist das Gleiche, wie mit einem Mal um mehrere Jahre zu altern, um all die Zeit zu altern, die nicht vergangen ist, solange er da war, und um die vorgestellten Jahre zu altern, die noch kommen. Dieses Bedürfnis bedeutet auch, dass ich vielleicht wieder bereit wäre, die gleiche *favola* mit einem anderen Mann zu erleben.

Mittwoch, 24. Januar

Morgen gehe ich zur Filmvorführung in die Botschaft, vielleicht erfahre ich etwas über S. Manchmal kommt die verrückte Hoffnung wieder hoch, dass er zum Beispiel in die Nähe von Frankreich »versetzt« wurde. Ich glaube, dann würde er mich anrufen. Wenn nicht, wären die zwischenmenschlichen Beziehungen wirklich eine fürchterliche Sache. Dennoch, er kam hierher, er sagte manchmal: »Ich liebe dich.« Er begehrte mich sehr… Aber ich »gebe« ihm noch bis zu meiner Reise nach Abu Dhabi; wenn er mir bis dahin kein Lebenszeichen gibt, werde ich mich auf die eine oder andere Weise zwingen zu vergessen. Denn nun, da die Zeit leer ist, geht sie Schwindel erregend schnell vorbei. Ich schreibe immer langsamer, zehn Zeilen in zwei Tagen.

Freitag, 26. Januar

Sowjetisches Kino in der Botschaft. Keine Neuigkeiten. Ein Film von 1956 über Kämpfe in einer Kolchos-Region. Ihn verstehen, S. verstehen, hieße, auch das verstehen: die kommunistische Organisation usw., diese Frauen mit Kopftüchern, zu einer Zeit, da ich Rock 'n' Roll tanzte. Dieser Ort, die Botschaft, ist, wird mir mit jedem Mal ein bisschen fremder und bizarrer. Aber heute Nacht dachte ich noch, immer noch, an seinen Körper, seine Augen.

Ich erwarte nun eine Journalistin/Dozentin, Hélène S. Ich erinnere mich an mein Warten auf S. am Nachmittag. Immer noch ist es so grausam, dass ich weinen muss.

Montag, 29. Januar

Am Schlimmsten ist, weiterhin zu warten, wo es doch nichts mehr zu erwarten gibt. Darüber hinaus verfüge ich über wahnsinnig viel Zeit, mit der ich nichts Großartiges anfange, ich bin also nicht sicher, ob ich auf dem richtigen Weg bin, oder eher: im richtigen Modus. Außerdem habe ich Angst, dass ich nicht genug Geld habe, wenn ich 1991, oder schlimmer noch 1992 nichts veröffentliche.

Mittwoch, 31. Januar

Morgen ist Februar. An jedem Monatsanfang und an jedem 15. eines Monats warte ich wie auf die Zinsen bei der Sparkasse insgeheim auf ein Zeichen, dass S. in den Westen zurückgekehrt ist und mich anruft. Bald sind es drei Monate. Wie langsam ich wieder zu mir komme, wie langsam und nichtig alles ist, sogar das Schreiben, wiewohl es am wenigsten schlimm ist.

Ich lese die Einträge von Oktober und November. So viele Dinge hatte ich schon vergessen. Dieses schöne Zitat von Borges: »Jahrhunderte um Jahrhunderte, und alles geschieht nur in der Gegenwart; zahllose Menschen in der Luft, am Boden und auf See, und doch geschieht alles, was wirklich geschieht, mir.« Ich wusste es, wusste es so gut, wie es nur geht. Die Gegenwart, »was ist die Gegenwart?«, dieser ganze Sommer. Ich, ich ... Dennoch ein Beweis.

Ich schreibe von einem entsetzlichen Ort: Juni 1952.

Donnerstag, 1. Februar

Sonne, alles ist golden, blau, sanft. Die Vögel zwitschern, und plötzlich ist da dieselbe Traurigkeit wie in der Jugend. Eines Tages muss man sicherlich sagen, wie nah sich eine Frau von achtundvierzig bis zweiundfünfzig Jahren ihrer Jugend fühlt. Das gleiche Warten, die gleichen Wünsche, doch anstatt Richtung Sommer zu gehen, geht man auf den Winter zu. Aber man »kennt das Leben«! So schlecht. Nur ein paar Hilfsmittel, um nicht zu viel zu leiden. Heute Abend treffe ich den »charmanten jungen Mann«, ohne etwas anderes im Kopf zu haben, als das Vergnügen, mich mit einem so hübschen Jungen zu treffen. Das Verlangen nach S. füllt mich noch vollständig und mit grausamer Passgenauigkeit aus.

Freitag, 2. Februar

Ein Tag im »literarischen Milieu«. Fühle mich unrein, mich ekelt. Wieso, kann ich schwer sagen. Nachsicht gegenüber Kundera, aber diese Spiele sind von Bedeutung für die Literaturgeschichte, denn die Leute, die Dozenten vor allem, bewundern das, was man ihnen mit so großer Autorität und Beweihräucherung vorschlägt. Das sind keine harmlosen Spielchen. Schreiben ist für mich entschieden und immer eine Moral. Habe stark das Gefühl, dass eine Leidenschaft wie die für S. und das Schreiben unveräußerliche Werte sind und ihnen die Idee der »Reinheit«, der Schönheit, anhaftet. Ich hatte im letzten Jahr vergessen, wie sehr ich früher dieses Milieu verabscheute, weil ich es in Leidenschaft durchlief.

Montag, 5. Februar

Träumte von meiner Mutter, sie lebte, und es ging ihr fast gut trotz ihrer »Krankheit«. Sie hat ein wenig zu elegante Schuhe gekauft, sie geht schlecht darin. Sie erzählt eine Geschichte, die sie nicht zusammenhängend darstellen kann. Dennoch ist ihr Zustand zufrieden stellend, verglichen mit dem meiner Schwiegermutter; sie lebt wirklich noch und hat auch Alzheimer. Der Traum, dieser Traum, gibt mir das Gefühl, dass die Zeit umkehrbar ist: Ich dachte *gleichzeitig*, dass meine Mutter tot sei, dann ist sie zurückgekehrt, sie war nur krank, und tauchte wieder in die Zeit ein, die per definitionem unendlich ist.

Ich schlafe sehr schlecht. In meinen schlaflosen Nächten *sehe* ich S., ich sehe ihn gerne. Heute Nacht sah ich ihn unten, von hinten, er stellte den Fernseher an, er trug meinen Morgenrock. Immer noch kann ich mir seinen Körper vorstellen, kann ihn, seine Haut Zoll für Zoll fühlen. Ich dachte: Das ist erschreckend, und der Wahnsinn ist nichts anderes, als am Ende »wirklich« zu sehen, was bis dahin nur eingebildet war. Dachte auch viel an den »charmanten jungen Mann«, je mehr ich die Tage vergehen sehe.

Mittwoch, 7. Februar

Kam aus meinem Morgenschmerz heraus, nein, so weit bin ich noch nicht. Träumte von S., ich glaube, ich habe ihn in Polen wieder getroffen. Ich lebe außerhalb der Männer, damit meine ich, außerhalb der Welt der Männer, und dadurch fühle ich mich völlig von der Welt ausgeschlossen. Jeden Tag muss ich einen neuen Zeitplan aufstellen, muss mich zum Schreiben zwingen. Die Zukunft bedeutet nur noch das.

Samstag, 10. Februar

Versuche, mir ohne große Probleme einzureden, dass ein Abenteuer mit B., dem »charmanten jungen Mann« angenehm wäre. Aber das ist wohl eher eine Kopfsache, er existiert für mich nicht, und es ist selten, dass ich zweimal den gleichen Mann begehre. Er weiß nicht, dass er im August 1988 eine verpasste Gelegenheit war. Nur der Gedanke, S. eine Postkarte aus Abu Dhabi oder Dubai zu schicken – die er, abgesehen davon, vielleicht gar nicht bekommt –, schenkt mir ein absurdes Ziel im Leben. Er muss für mich eine solche Quelle von Traum und Schmerz gewesen sein, dass ich nicht leicht auf ihn oder eher auf sein Bild, sein Andenken »verzichten« kann. Ich kann B. keine berauschenden Avancen machen.

Montag, 12. Februar

Gestern Abend sagte Françoise Verny auf *France 3*, sie bereue es, mich nicht zu *Grasset* genommen zu haben. (1974?) In dieser Talkshow, *Divan d'Henri Chapier*, zitiert sie nur Bernhard-Henry Lévy und mich. (Eine widerwärtige Gegenüberstellung, aber längst vergangen in Vernys Äußerungen. Außerdem rühmt sie sich, Lévy entdeckt zu haben, bei mir bereut sie nur, mich nicht genommen zu haben; diese Situation ist mir lieber.) Meine Eitelkeit ist befriedigt, aber Verny ist eine sehr kluge Person und der Typ von Frau, den ich unendlich schätze. In der Sendung *Apostrophes* 1988, als alle sie gemieden haben – diese Intellektuellen sind richtige Spießer –, hatte ich eine große Sympathie für sie, trunken und wunderbar. Doch wenn ich das höre, diese eloquenten Beurteilungen, habe ich gleichzeitig das Gefühl, es handelt sich um eine andere Frau, talentierter, überhaupt besser als ich: eine Art Ideal, die Stimme, die ich in Lillebonne immer durchs Fenster hörte und nicht wusste, ob es das Echo meiner eigenen Stimme war. Und ich kann dieser Stimme nicht das Wasser reichen, dieser Frau, die nicht existiert, diesem Bild, das ich immer angestrebt habe und nie erreichen werde.

Habe das Gefühl, nur nach Abu Dhabi zu reisen, um S. eine Postkarte zu schicken. »In freundschaftlicher Erinnerung.«

Am Abend *Deutschland, bleiche Mutter* gesehen. Ich habe immer bezweifelt, dass dieser Film mir etwas sagt. Die Schönheit, die Wahrheit eines Film, eines Buches gibt es selten, ohne dass die Zeit, die Geschichte, die Veränderungen des

Menschen in der Geschichte und durch die Geschichte in Betracht gezogen werden. Ein schrecklicher und wunderbarer Film. Und der Titel, auch das ein wunderbarer Zufall, ist aus einem Gedicht von Brecht.

Leben und Schicksal, ein großes Buch. *Deutschland, bleiche Mutter,* ein großer Film. Und ich, was schreibe ich?

Donnerstag, 15. Februar

Schlaflosigkeit; danach verschwommene, bedrohliche Träume. Die Straße von Saint-Satur; als ich die Brücke erreiche, ist sie versperrt, es gibt gerade noch so viel Platz, um kehrtzumachen, ganz am Rande des Wassers. Ich gehe in ein komisches Café, eine Art kleiner Salon. Ich treffe Annie Leclerc (die ich noch nie gesehen habe), bin erstaunt, sie dort zu sehen, »welch ein Zufall!«, aber sie geht kurz darauf. Hier in meinem Haus ist Feuer im WC ausgebrochen, Eric hat es verursacht. Ich schlage vor, den Feuerlöscher aus dem Besenschrank der Küche zu holen, aber er ist verschwunden, David ist in Verdacht. Doch ich finde den Feuerlöscher wieder. Ein anderer Traum: Ich fahre waghalsig, habe jedoch keinen Unfall. Ich wache um 7 Uhr auf, weil ich dachte, das Telefon hätte geklingelt. Weiß nicht, ob ich das geträumt habe oder nicht. Es geht mir nicht gut in Bezug auf das, was ich machen müsste. Es ist klar, dass jeder Abend auswärts, wie gestern in Paris, ein Wiedererwachen des Schmerzes, des Verlustes und der Gleichgültigkeit gegenüber dem Schreiben ist. Und am Sonntag fliege ich nach Abu Dhabi …

Freitag, 16. Februar

Es scheint, dass Simone de Beauvoir lediglich die Fantasie hatte, ihr Leben, ihr ganzes Leben, auf einer riesigen Spule aufzuzeichnen. Wie eigenartig, dass diese Frau mit all dem, was sie über das Sein und die Freiheit gesagt hat, so ein doch sehr seichtes, nichtiges Bedürfnis hatte; denn wenn man filmt, wenn man alle Handlungen und Worte eines Lebens aufzeichnet, wird immer irgendetwas enthüllt, jedoch nie alles. Um ein Leben zu erklären, muss man auch alle Einflüsse, alles Gelesene berücksichtigen, und dennoch bleibt immer etwas verborgen, das sich nicht zur Schau stellen lässt.

Samstag, 24. Februar

Im Lauf der letzten Woche wollte der Zufall, dass ich in *Apostrophes* eben über Simone de Beauvoir sprechen sollte. Ich habe sofort zugesagt, auch wenn es für mein Buch eine weitere Verzögerung bedeutet. Es ist für mich eine »Pflicht«, eine Art Huldigung, eine Schuld vielmehr. Sicherlich wäre ich ohne sie, ohne das Bild, das sie während meiner Jugend und meiner ersten Jahre der Herausbildung meiner Persönlichkeit (bis etwa dreißig) darstellte, nicht ganz die, die ich jetzt bin. Und dass sie 1986 acht Tage nach meiner Mutter starb, ist sicherlich ein zusätzliches Zeichen. Angst und der Wunsch, etwas Gutes weiterzugeben, eine gewisse Vorstellung literarischen Handelns.

Was soll ich über die arabischen Emirate sagen? Das Glück über die Reise. Zu sehen, was man sich sonst nur (in meinem

Fall schlecht) vorstellen kann. Entsetzen über den offiziellen Charakter aller Unternehmungen ... Doch komischerweise hat mich nichts belastet, und das ist schon länger so. Unmöglich, mit dem Begleiter etwas zustande zu bringen: Er war der Doppelgänger von Jean-François Josselin! Ich dachte lieber an den charmanten jungen Mann. Dennoch, dennoch war das Erste, was ich am Montagnachmittag in meinem Hotelzimmer tat – ich sehe mich, sitze am Tisch neben dem Fernseher, links die Lampe, vor mir ein Spiegel, der Lärm der großen Straße dringt bis in die 13. Etage, Zimmer 1314: Ich schickte S. über die sowjetische Botschaft in Paris eine Karte aus Abu Dhabi. »In sehr herzlichem Andenken, Grüße vom persischen Golf, A. Ernaux.« Wird er sie bekommen? Wenn ja, gibt es zwei Möglichkeiten: das Telefon oder das Schweigen. Letzteres kann alle möglichen Bedeutungen haben: Gleichgültigkeit; Weigerung, die Beziehung wieder aufzunehmen (wenn auch die fernstliegende Annahme); oder er ist glücklich, dass ich ihn nicht vergessen habe, will es aber nicht zeigen. Ich habe diese Karte geschrieben, um ein Zeichen zu bekommen, entweder ein Zeichen der Empörung oder der Erinnerung.

Es ist strahlendes Wetter, ich habe den Sommer zurückbekommen, den letzten Sommer, als ich mich in der Sonne ausgestreckt und gewartet habe. Ich habe den Eindruck, dass schon so viel Zeit vergangen ist. Der Winter ohne ihn geht zu Ende. Es wäre mir, immer noch, eine große Freude, ihn wiederzusehen.

Freitag, 2. März

Eine schrecklicher Satz von N. am Mittwochabend: »Magst du es denn nicht, wenn der Mann dominiert; wie alle Frauen?« Damit wollte sie sagen: intellektuell dominiert. Dort verläuft der Graben zwischen den Frauen – die einen finden diesen Satz richtig, die anderen nicht.

Bei der Ausstellung von Filonow gab es eine Tonaufnahme, er sagte: »Wenn man Probleme hat, etwas zu schaffen, muss man weitermachen. Indem man die Lösung findet, schafft man wirklich etwas Neues.«

Im letzten Jahr begann ich, schmerzhaft meine Geschichte wieder zu leben. Das Vergessen hat begonnen, aber manchmal stelle ich mir ein Wiedersehen vor und weine.

Zum ersten Mal, seit ich in der Umgebung von Paris lebe, habe ich den Pflaumenbaum im Februar blühen sehen (im Januar war es die Japanische Quitte), die Magnolie geht auch auf. Veilchen im Überfluss. Es ist kalt (0°), so kalt war es seit Dezember nicht mehr. Ist mein Leben im Begriff, »sich zu wenden«? Eher wie eine Schallplatte, die man umdreht, oder wie eine Seite? Aber ich sehe vor allem eine Sonnenuhr.

Dienstag, 6. März

Die alten Lieder, »Frühling ohne Liebe ist kein Frühling«. Obwohl ich so beschäftigt bin – u. a. *Apostrophes* –, der große Schmerz der immer gleichen Tage mit der Frage: »Wie lange? Ohne einen Mann zu lieben?« Doch ich kann nicht mit jemandem schlafen, nur um mit ihm zu schlafen, ich muss Verlangen empfinden, wirkliches Verlangen, wie ich es in den Straßen von Leningrad hatte, an jenem Septembersonntag im Dostojewskij-Haus, im Ballett und im Zimmer des Hotels *Karelia* mit der Gruppe. Alles ist immer noch erschreckend lebendig. Ich habe nichts von seinem Körper vergessen. Letzte Nacht, am Rande der Verzweiflung, masturbierte ich (das kommt fast gar nicht mehr vor), und »war« sein Orgasmus, war für kurze Zeit »er«. Über die Beauvoir und Sartre reden, ist über S. reden, obwohl es in keiner Weise vergleichbar ist und obwohl er objektiv gesehen nur ein russischer Appartschik ist.

Mittwoch, 7. März

Das Glück im Tagebuch der Beauvoir freut mich wirklich, mich, die ich in ein Loch des Grauens gefallen bin, als ich mein eigenes Tagebuch wieder las: Letzten März geschah die Auflösung, der Ekel, die Eifersucht. Noch heute sehe ich diesen Monat mit wundem Herzen. Doch vor allem frage ich mich, wie ich ein wenig »ruhiger« werden kann. Das Grauen im letzten Jahr, gestaltlose Trauer. Dieses Jahr – wo ist der Ort? Der Modus? Nur in den Momenten, da ich S. erwartete oder er da war und wir uns liebten. Werde ich mich je davon erholen? Von diesem spurlosen Verschwinden. Ich korrigiere die englische Übersetzung von *Das bessere Leben*. Am Tag, da er ging, tat ich das Gleiche bei *Das Leben einer Frau*. Vier Monate. Ich weine immer noch bei der Erinnerung. Alles, was ich mache, ist immer noch für ihn, und dabei habe ich nicht einmal Lust, es zu tun: ein Geleitwort zur Tour de France, *Apostrophes*.

Freitag, 9. März

Dieser März ist nicht wie der März 1986, aber er ist genauso wenig »sicher«, Unterbrechung der schriftstellerischen Arbeit aus äußeren Gründen – dieses Feature über die Beauvoir (die Briefe an Sartre hängen mir zum Hals raus). Aufregung über das Buch von K., die auch bei *Apostrophes* ist. Darüber hinaus zwinge ich mich, die Trauerarbeit wegen S. zu intensivieren: Ich lerne kein Russisch mehr. B., der charmante junge Mann vom Sommer 88 (bald zwei Jahre), kommt am Donnerstagabend vorbei; die Fantasien überwältigen mich wieder, ich schlafe schlecht, stelle mir das Mögliche oder eher das Unmögliche vor. Wahrscheinlich kommt B. nur, um »Nachricht« zu bekommen bezüglich seines Wunsches, veröffentlicht zu werden. Ich bin sehr verletzlich, so körperlich, das ist nicht neu, aber seit sieben Jahren, seit meiner wiedergefundenen Freiheit, bin ich es mehr und mehr. Diese Beziehung zu ihm ist eine kleine groteske Geschichte; erst in Neuilly, dann im Café am Boulevard Saint-Germain, 1989 sah ich ihn zweimal wieder, es war mir eher lästig wegen S.; vor einem Monat sah ich ihn am Pont-Royal, hatte mehr Interesse, ausreichend Interesse sogar. Was kommt danach? Am

Telefon zittert seine Stimme ein wenig, ist bewegt und sehr sanft, aber nur, weil ich Eindruck auf ihn mache. Es sei denn, er hat auch ein Verlangen, von dem ich nichts weiß. Mit ihm hoffe ich auf einen vagen Neubeginn, leider eine viel zu fesselnde Hoffnung.

Samstag, 10. März

Ich wache um halb sechs Uhr auf, weil ich dachte, das Telefon hätte geklingelt (ich glaube, es war ein Traum), und bin gleich in das Reich der Leidenschaft eingetaucht, das vor sechs Monaten noch meines war. Ich stelle fest, dass ich dort nicht mehr so oft bin. Dann ein Traum, in dem ich mit unglaublicher Leichtigkeit laufe, ein sehr positiver Traum also, ich laufe breite Treppen hinunter, Teil des Wegs zu einem Parkplatz. Doch dann ein schrecklicher Traum: Ich fahre mit dem Zug nach Rouen über Paris. Er muss in Yvetot halten. Sitze im Abteil, eine Frau zu meiner Linken, ich lese *Marie Claire*. Es ist Nacht, der Zug hält. Ich suche vergeblich den Namen des Bahnhofs herauszufinden. Im Zug sind Reisegruppen nach Italien. (Kam meine Fahrt nach Rom 1963 wieder hoch?) Die Gruppen steigen aus, ich auch. Ich weiß nicht, wo ich bin, und ich werde es auch nicht erfahren. Man sagt mir nur, dass der nächste Zug nach Paris in acht Tagen fährt. Ich muss also ein anderes Verkehrsmittel finden; einen Lastwagen beispielsweise. Ich frage eine Mann, er ist riesenhaft, sein Kopf stößt fast an die Decke im Bahnhof, und ich bin unendlich klein. (Sehr, sehr erstaunlich für mich.) Vielleicht kann er mich mitnehmen. Ich wache auf.

Sehe Jelzin und Zinoview bei *Apostrophes.* Jelzin, das ist S., nur zwanzig Jahre älter, tief liegende Augen, russisch, grausam. Anderer Mund. Der gleiche Narzissmus, die gleiche Aufschneiderei. Russisches Wesen? Am Morgen bereue ich es, eine Karte an S. geschickt zu haben.

Montag, 12. März

Träumte wieder, noch, dass ich in der Schnellbahn war. Verschwommen. Werde ich jetzt jede Nacht mit öffentlichen Verkehrsmitteln fahren?

Dienstag, 13. März

Stehe früh auf, um das Geleitwort für die Tour de France zu verfassen. Ich trödle, träume. Diese allzu bekannte Falle des Verlangens, ein Selbstläufer, der die kommende Geschichte wird. (Natürlich mit dem »charmanten jungen Mann«.) Träumte von einer Reise, entweder nach Annecy oder nach Moskau, ein Hotel, ein Zimmer, die Nummer habe ich vergessen. 1520 oder 1522? Ich glaube 1520. Da ist ein Begleiter, doch es ist nicht S. Und dann dieser schlimme Traum: Ein kleines Mädchen im Badeanzug ist verschwunden und wird dann wieder aufgefunden. Tot? Die Tat wird mit dem *lebenden* Mädchen rekonstruiert, sie geht spazieren. Dadurch, dass sie wieder lebt, kann man erfahren, was passiert ist. Aber es ist sehr schwierig, weil »man das Ende kennt«. Sehr treffend. Ein Traum, der für das Romanhafte, für das Schreiben steht: Man kennt das Ende.

Donnerstag, 15. März

Der charmante junge Mann ist gekommen, er war sehr aufgeregt, und ich dachte, auch er hätte Fantasien oder er dachte, dass ich Lust auf ihn hätte, und er dem »nachgeben« muss. (Ich dominiere hier.) Spannungsgeladene, problematische Atmosphäre, dann löst sich die Lust zu reden auf. Im Grunde finde ich ihn nicht begehrenswert, er ist zu aufdringlich, zu jung, und ich habe vor *Apostrophes* noch zu tun. Er blieb über drei Stunden. Als er geht, sagt er, dass seine Tusse beim Skilaufen sei. Zu spät. Ich bringe ihn zum Bahnhof. Als wir uns verabschieden, streiche ich ihn flüchtig, lustlos über den Arm. Besser als nichts. Warum seine Probleme vergrößern? Bin ein wenig gemein: Ich bin sicher, dass er sehr schlecht vögelt.

Als er im Sessel saß, stand er plötzlich auf: »Entschuldigen Sie, ich habe einen Krampf!« Ich hätte am liebsten gelacht, ein wenig zur Entspannung verholfen …

Aber was ist das für ein Unterschied zu dem bedingungslosen Verlangen, das ich in Leningrad für S. empfand!

Montag, 19. März

Ich habe *Die Mandarins von Paris* wieder gelesen. Ich bin so sehr Anne, mit Lewis – (S.) –, dass ich weine. Die Beauvoir schreibt: »Er sagte: ›Anne!‹ Nie wieder würde er es mit einer solchen Betonung sagen.« Das habe ich auch geschrieben. Und es war so. Diese Tage seit Abu Dhabi tragen mich weit von meinem Leid der ersten, schrecklichen Zeit weg. Ich muss nur noch die Zeilen lesen und mich wiederfinden, vor einem Jahr oder vor einigen Monaten, und ich weine auf der Stelle. Und in meinen Reaktionen sehe ich mich so wie die Beauvoir, auch in der Grausamkeit. »Was für Umstände, dabei kommt es nicht einmal zu einer Liebesnacht!« Das kann ich unterschreiben! Die letzten Worte: »Wer weiß, Vielleicht werde ich eines Tages von neuem glücklich. Wer weiß?« Ja, das sage ich mir immer noch und akzeptiere, dass es nicht mit S. ist. Dieses Buch wieder zu lesen, hat mir Lust gemacht, wirklich über diese Leidenschaft zu schreiben, ohne zu schummeln.

Donnerstag, 22. März

Morgen *Apostrophes.* Das ist für mich wirklich wie ein Examen, wie eine Zulassungsprüfung. Ich habe den Eindruck, »bereit« zu sein, bin es aber nicht, will es dennoch auf jeden Fall nun zu Ende bringen. Ärgere mich, dass ich nur 3000 Francs von Messidor verlangt habe, der sicherlich bereit war, mehr springen zu lassen. Messidor und die PCF umzingeln mich immer mehr. Ich finde das lästig.

Samstag, 24. März

Es ist vorbei. Warum habe ich immer den Eindruck, »unrein« zu sein, wenn ich im Fernsehen auftrete, gesehen werde, den Eindruck, nicht alles zu sagen, was ich über die Beauvoir zu sagen hatte? Bin äußerst unzufrieden.

Was ich über *Das Leben einer Frau* in Bezons gesagt habe, ist die Wahrheit: Meine Mutter musste sterben, damit ich über sie schreiben kann, damit ich am Ende »sie« werden kann.

Buchmesse in Paris. Und wenn S. nun da ist? Mit russischen Autoren? *Und wenn er keine Lust hat, mich zu sehen?* Oder wenn er eine andere Geliebte in Paris hat? Ich bin wieder in der Hölle des vergangenen Jahres, und ich bin nicht sicher, ob ich das will.

Sonntag, 25. März

Extreme Müdigkeit. Ein ziemlich eindeutiger Traum: Der Keller in Yvetot. Ich suche beharrlich eine Zigarette, trotz der Gefahr. (Krieg? Ein Film, der an den Krieg erinnert, in dem ich als Kind spiele?) Wiederholt der Name Stalin. Das ist der Keller von 1952. Mein Vater wollte meine Mutter umbringen. Der Sprung in meiner Welt. Dann Stalin, das ist die KP. (Gestern freundschaftliche Diskussion mit den Kommunisten in Bezons.) Mein Vater ist das Klassenbewusstsein, es ist die Unmöglichkeit, seine Herkunft zu leugnen. Zu wissen, dass seine Art, die mir mit zwölf Jahren unverständlich war (doch, ich weiß, sie war erklärbar), ihre Gründe hatte: die Aggressivität meiner Mutter, ihr Bedürfnis, sich zu erheben, die absolute Herrschaft, die sie über alle ausüben wollte.

Montag, 26. März

Jetzt ist mir sogar der Schmerz genommen. Alles ist grau. S. wird nicht erfahren, dass ich in *Apostrophes* war – dort war ich natürlich für ihn. Ich habe aufgehört, Russisch zu lernen; alles, was mit der Geschichte vom letzten Jahr in Verbindung stand, hat keinen »Sinn« mehr. Ich sehe nur die Leidenschaft, bar jeden Willens, aber es konnte nicht anders sein. Diese Feststellung ist schrecklich. Das »wahre« Leben liegt in der Leidenschaft, in der Todessehnsucht. Und dieses Leben hier ist nicht schöpferisch. Die vergangenen Wochen, in denen ich Beauvoir und Sartre wieder las und nachdachte, waren die zuverlässigste Ernüchterung. Wie immer habe ich mein ganzes Leben, meine Sensibilität in die Erklärung Beauvoirs investiert. Traurig war der anekdotische Charakter, auf den sie von den Anwesenden reduziert wurde.

Dienstag, 27. März

Zehn vor acht, das Telefon klingelt. Ich nehme ab – niemand. Kein weiterer Anruf. Eine Nacht voller Verlangen nach dem »charmanten jungen Mann«, aktuell das einzige Objekt meiner Begierde und meines Wunsches zu vergessen. Ich sah auch wieder deutlich und unverblümt, wie wir uns liebten, S. und ich. Es war ohne jeden Schmerz, war sehr nah am wirklich Erlebten. Die erotische Kraft dieser Beziehung wurde mir deutlich, es ist sicherlich die einzige Wahrheit darüber. Seit Samstag geht es mir sehr schlecht. Zuerst, seit zwei Tagen, ein unstillbares Bedürfnis zu schlafen, und seit gestern nun völlige Lustlosigkeit, Planlosigkeit.

Nachmittag. Zum ersten Mal traue ich mich, mir am Minitel ein Tarot legen zu lassen. Ich frage: »Bekomme ich bald Nachricht von S., meinem letzten Geliebten?« Nach einer halben Stunde die Antwort (Herzlichen Glückwunsch!): S. ist bestimmt sehr viel jünger als sie, er wird sicherlich bald von sich hören lassen, aber erwarten Sie nicht zu viel von dieser Beziehung. Die »Wahrsagerin« wusste mein Alter, aber es ist trotzdem störend. Nein, ich muss vernünftig darüber nachdenken (abgesehen von der Tatsache, dass sie S.s Alter »gesehen« hat): Sie hält mich für eine Frau, die wechselnde Partner hat, also werde ich hinsichtlich der normalen Moral nicht den »guten« Typ für eine dauerhafte Beziehung finden.

Donnerstag, 29. März

Mein Schmerz vom November war insofern »richtig«, dass er die Folge vorweggenommen hat – nicht nur ein Leben als einfache Dauer, sondern auch ein Leben, in dem S. inzwischen fast eine Schande ist, vergeudete Energie. Meine Worte erscheinen mir nun grotesk: »Egal, wo, egal, wann – du kannst alles von mir verlangen, ich werde es dir geben, ich mache es für dich.« Da bin ich mir nicht mehr so sicher. Und er glaubt es vielleicht immer noch.

Zum ersten Mal in meinem Leben sehe ich im März alle Bäume blühen (seit über einer Woche), sogar den Flieder. Nichts von B., der meinen Brief mit der Bitte um Antwort erhalten haben muss. Ich glaube, er ist so intellektuell und so problematisch, dass die Liebe mit ihm kein Fest sein kann, wie ich es mag.

Die Reise nach Abu Dhabi, der Auftritt bei *Apostrophes,* das Geleitwort für Messidor – alles, was mehr oder weniger in Beziehung zu S. stand, hat mich wie erwartet von ihm, von der Erinnerung an ihn weggetragen. Immer noch ist der kleine B. eine Möglichkeit.

Ich bin mir nicht mal mehr sicher, ob es Freiheit im Schreiben gibt. Ich frage mich sogar, ob das nicht das Gebiet der schlimmsten Verfremdung ist, wo die Vergangenheit und das Grauen des Erlebten zurückkommen. Aber zum Ausgleich kann das Ergebnis, das Buch, als Mittel zur Freiheit für die anderen dienen.

Abend: Schrecklich ist, dass ich früher einen Mann suchte, um mich zu »stabilisieren«, um einen Bruder zu haben. Nun suche ich ihn nur wegen der Liebe. Und das ist dem Schreiben am ähnlichsten: *gegen* den Verlust meiner Selbst, *für* die Erfahrung der ausgefüllten Leere.

Freitag, 30. März

Träumte, dass ich nach Madrid (?) fahren muss. Versuche, mich an den Namen dieser beispielhaften Lehrerin zu erinnern, die ich 1959 in der Marie-Houdemard-Schule hatte; vergebens. Es gab eine Zeit, da konnte ich den Namen ohne Schwierigkeiten erinnern. Das ist schon lange vorbei.

Samstag, 31. März

Es ist nicht Madrid, sondern Cincinatti, vielleicht New York und Chicago im Mai. Ich döste fast über dem Bohnenputzen, da kam ein Anruf. Freude. Dann fällt sie wieder zusammen, aber es sind die seltenen Dinge, die mich noch »halten«. Die Welt kennen lernen. Es muss gesagt werden, dass das Land, in das ich mit der größten Freude gereist wäre, mir verweigert wurde: die UdSSR. Aber dieses Glück ist auch nicht mehr sicher. Ich sehe betrübt, wie das Bild von S. zurückweicht und wieder zu dem Bild des schicken jungen Sowjet wird, den ich zum ersten Mal bei Irène gesehen habe.

Denke an Spinoza: das gestaltlose Verlangen, das sich ständig über den Objekten verflüchtigt. Das »fixe« Werk. Ich klammere mich immer an meinen Wunsch, ein historisches Buch zu schreiben, aber müsste ich nicht diesem Liebesproblem, das ich mit S. erlebt hatte, und diesem Schreibproblem ins Auge sehen?

Sonntag, 1. April

Geträumt, dass der kleine B. angerufen hat, seine Stimme zitterte so schrecklich wie beim letzten Mal. Doch er warf mir meine Berührung vom letzten Mal heftig vor. Ich denke, er hat tatsächlich kein Verlangen nach mir, denn mein letzter Brief blieb ohne Antwort.

Ich schreibe das und hoffe das Gegenteil – das auch möglich ist: Er weiß nicht, wie er weitermachen, wie er »Avancen« machen soll.

Ein Grauen vor diesem Text für die pädagogischen *Cahiers*. Zeitverschwendung, vergeudetes Schreiben, nichts, was in Wissen mündet.

Montag, 2. April

Träumte, dass S. mir schrieb, auf Französisch, ich konnte es nicht leicht entziffern. Er dankte mir für meine Karte aus Abu Dhabi und erzählte, wie schwierig für ihn das Jahr nach seiner Rückkehr in die UdSSR war. Im Traum sagte ich mir: »Und ich dachte, ich träumte! Dabei war ich richtig wach.«

Heute nehme ich die Arbeit wieder auf und hoffe, ich habe nach einer Unterbrechung von über einem Monat die Möglichkeit zur Weiterarbeit klar eingeschätzt.

Dienstag, 3. April

Traum: Mein Ex-Mann ist in meinem Arbeitszimmer und sagt: »Du lässt alle deine Unterlagen vor aller Augen offen liegen, die räumst nichts mehr auf, auch Sachen, die so… (welches Wort? »Schrecklich«? »Traumatisierend«?) sind wie das.« Die besagten Unterlagen sind der Bericht vom Juni 1952, den ich gestern zum ersten Mal geschrieben habe: »Mein Vater wollte meine Mutter umbringen.« Eine Art Vorbericht, allem vorangehend. Ich musste weinen, Tränen von 1952. Bald achtunddreißig Jahre her – und dann nichts. Bin erstaunt, dass ich mich nicht an alles erinnern kann, nur an einige Worte meiner Mutter: »Pater Lecoeur lauscht!« Und mein Vater zu mir: »Dir habe ich nichts getan!« Ich: »Wegen dir falle ich durch die Prüfungen! Du hast Unglück über mich gebracht!« Ein normannischer Ausdruck, um zu sagen, dass nichts mehr sein wird wie vorher, dass man dem Grauen anheim gefallen ist.

Freitag, 6. April

Rückkehr aus der Haute-Savoie und aus Grenoble. Neutrale, emotionslose Betrachtung von Annecy. Ich sehe *La Roseraie* und mir ist, als könnte ich genauso gut die Sperre zurückschieben, die Stufen hinaufsteigen, in das verglaste

Kabuff eintreten. So tun und so »sein«, als seien keine sechzehn Jahre vergangen. Das gleiche Leben setzt sich fort. Ich ging durch die Rue Sainte-Claire; der Kuttelmetzger Vidon, die kleinen Cafés, die Käserei Fréti, das Milchgeschäft Pollet; aber die arabische Bar, die Elsässer Metzgerei (schon lange her), die Parfümerie, deren Besitzerin vielleicht von ihren Rendezvous lebte, das Lederwarengeschäft *Le Lazard vert* – sie alle sind verschwunden wie auch *Saveco* in der Rue Filâterie. Von Aix nach Grenoble sieht man Gärtchen hinter den Häusern. Männer mit Schirmmützen und in Overalls sitzen in den Gärtchen und genießen die warme Sonne.

Ich kehre bedrückt zurück wegen des Treffens in Grenoble, wo ich mich selbst in der Rolle der netten Schriftstellerin spiele, die ihre Texte erklärt. Und es gibt in der Post nichts, es wird nichts geben, wird nie etwas geben – weder von S. noch vom kleinen B. Die Sache ist erledigt.

Montag, 9. April

Zum ersten Mal seit dem 6. November, als ich S. zum letzten Mal gesehen habe, wache ich mit einem unerklärlichen Glücksgefühl auf. Dass dieses Glück grundlos ist, ernüchtert mich jedoch ziemlich.

Ich muss mich entscheiden, endlich über diese Sache zu schreiben, muss aufhören zu zögern.

Dieses Bedürfnis, etwas zu schreiben, das für mich gefährlich ist – wie eine Kellertür, die sich öffnet und man eintreten muss, koste es, was es wolle.

Bibliographie

Les armoires vides, 1974
(nicht übersetzt)

Ce qu'ils disent ou rien, 1977
(nicht übersetzt)

La femme gelée, 1981
(nicht übersetzt)

La place, 1983
(Das bessere Leben, C. Bertelsmann, 1994)

Une femme, 1987
(Das Leben einer Frau, bei Goldmann in Vorbereitung)

Passion simple, 1991
(Eine vollkommene Leidenschaft. Geschichte einer erotischen Faszination, bei Goldmann in Vorbereitung)

Journal du dehors, 1993
(nicht übersetzt)

La honte, 1996
(nicht übersetzt)

Je ne suis pas sortie de ma nuit, 1996
(nicht übersetzt)

L'événement, 2000
(nicht übersetzt)

La vie extérieure, 2000
(nicht übersetzt)

L'occupation, 2002
(nicht übersetzt)

Alle Titel im Original bei Éditions Gallimard, Paris.